EL RETORNO DE

Los Tigres de la Malasia

Más antiimperialistas que nunca

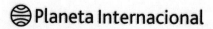 Planeta Internacional

Paco Ignacio Taibo II

Con la colaboración involuntaria de Emilio Salgari

El Retorno de Los Tigres de la Malasia

Planeta

Diseño de portada: Fidel Olvera / Factor 02

© 2010, Paco Ignacio Taibo II

Derechos reservados

© 2010, Editorial Planeta Mexicana, S.A. de C.V.
Avenida Presidente Masarik núm. 111, 2o. piso
Colonia Chapultepec Morales
C.P. 11570 México, D.F.
www.editorialplaneta.com.mx

Primera edición: abril de 2010
Primera reimpresión: septiembre de 2010
ISBN: 978-607-07-0371-3

Impreso en los talleres de Litográfica Cozuga, S.A. de C.V.
Av. Tlatilco núm. 78, colonia Tlatilco, México, D.F.
Impreso y hecho en México – *Printed and made in Mexico*

En la zona dura de la nueva administración democrática de la ciudad de México existía un núcleo de ingenieros y arquitectos que trabajaban jornadas de catorce horas para evitar que la entropía del caos cayera sobre nosotros, impedían inundaciones, tapaban socavones, evitaban que la mierda infiltrara el agua potable. Para ellos, según he descubierto, salgarianos, este libro: Pancho Chema González, Gustavo Rodríguez Elizarrarás, Rodarte y R. Curzio. Para que vean qué difícil lo tiene el Corsario Negro versus Sandokán, digan lo que digan.

A la memoria y las enseñanzas de Philip José Farmer, quien dijo «Sólo el inconsciente es democrático», y se refería a un espacio de su mente poblado por un millar de personajes de novelas de aventuras.

En un cuaderno de notas, de los muchos que he llenado a lo largo de mi vida, localizo una cita. El cuaderno es viejo, no puedo recordar si lo que anoté en su día era una frase de Emilio Salgari, o mía a propósito de Salgari. Se encuentra en una página en la que también copié las conclusiones del doctor Herr, médico del escritor, sobre su mitomanía y su esquizofrenia aguda. Trato de rastrear el origen de la sentencia sin éxito. Encuentro muchas variaciones, como la frase que Joseph Brodsky escribió sobre Montale: «En lugar de imitar a la vida, el arte imita a la muerte, imita a ese reino sobre el cual la vida no ofrece ninguna noción»; o la de Sydney Pollack: «No hago películas para imitar a la vida».

Pero no encuentro la frase del cuaderno. No sabré si le pertenece a Emilio o es de otro autor. Renuncio. Es la cita obligada para empezar este libro. Valga pues, más allá de la autoría:

No es la literatura la que debe imitar a la vida,
es la vida la que debe imitar a la literatura.

NOTA DE ARRANQUE
Lo que no es

No voy a pretender que estas nuevas aventuras de los Tigres, de mis entrañables Sandokán y Yáñez, son producto del tardío descubrimiento de obras fragmentarias inconclusas de Emilio Salgari vendidas por los herederos de éste, tras el caos familiar que produjo su suicidio, a un prestamista sirio en Milán llamado Ibrahim Tropea, quien las olvidó y dejó que les pasaran los años dormitando en un arcón depositado en un viejo cuartel de bomberos de alguna pequeña ciudad de la Liguria, donde tenía una prima casada con un apagafuegos, y donde yo finalmente las encontré ayudado por un cura rojo que quería que diera conferencias sobre la situación en México y los zapatistas.

Nada de eso. Se trata definitiva y cínicamente de un pastiche salgariano, producto del reencuentro entre una permanente vocación literaria por la novela de aventuras y mis amores infantiles por el maestro de la literatura de acción, cultivados durante muchos años; originados en un niño enfermo y feliz en una sociedad represiva y sin televisión, y prolongados en un adolescente que llegó a la lucha política y social de los años sesenta armado con el código ético de los Tres Mosqueteros, la actitud vital de Robin Hood y el antiimperialismo de Sandokán.

Cuando decidí escribir estas nuevas aventuras, me debatí conmigo mismo durante un año, tras un par de ilusionadas conversaciones con mis editores, Anne Marie en París y Marco en Milán, sobre cómo retomar la saga salgariana. Podía tomar un avión a Los Ángeles y de ahí a Singapur y plantarme en el terreno en menos de veinte horas desde mi base habitual en la ciudad de México, para luego dedicarme a la observación, las notas de paisajes, la recopilación de historias locales; podía irme a Londres a estudiar durante un par de meses en el Museo Británico las narraciones contemporáneas de las guerras del imperio contra los piratas malayos y la verdadera historia del rajá Brooke; podía usar mis oficios de historiador para moverme verticalmente por las décadas del medio siglo XIX para documentar contextos y acumular a esto erudiciones sobre barcos, plantas, monedas, joyas, libros, vestuarios.

Estuve tentado a hacerlo.

Finalmente retorné al punto de origen, que no estaba en Borneo, Malasia o en la mítica e inexistente isla de Mompracem (de la que me habían traído un frasquito con arena y dicho que era poco más que una roca); no en el Museo Británico o en la historia. El punto de origen era Emilio Carlo Giuseppe Maria Salgari, en su sórdido despacho en su ático de Turín, redactando en su escribanía portátil, con la tinta que se fabricaba personalmente, perseguido por acreedores; obligado a producir veintidós cuartillas diarias, apoyándose en mediocres enciclopedias, malas geografías, desinformados diccionarios y en una soberbia, una maravillosa imaginación y una portentosa capacidad para fabular.

Todo un personaje el Emilio: suicida, hijo de suicida, padre de suicidas. Nacido en agosto de 1862, veronés. Ojos dulces, mirada triste. Pequeñito, un poco más de un metro cincuenta. Bigote negro terminado en dos puntas que se alzaban. Ciclista amateur empecinado, gimnasta. Llamado por sus detractores «Falso capitán» o «el Tigre de la Magnesia». Duelista empedernido. Casado con Ida (llamada *Aida*), que sufría de enfermedades nerviosas, tristezas y depresiones. Padre de Romero, Omar. Generador de falsas autobiografías, historias sobre su marinería, que no hubo tal, tan sólo un breve pasar sobre las olas del Adriático.

No es escribir contar falsas historias sobre uno mismo, pero lo intentó toda su vida: «He viajado mucho, he visto el mundo fumando una montaña de tabaco».

Masacrado por la crítica culterana, castigado por enseñantes y maestros ortodoxos, comparado desventajosamente con Verne (qué aburrido Verne con su vocación pedagógica y explicativa), bendecido por los lectores infantiles y juveniles, víctima de un intento de secuestro de la retórica mussoliniana que trató de hacer suyos al escritor y sus personajes. Absurdo: ¿qué harían los Tigres o los héroes filipinos o el Corsario Negro ante los delirios imperiales de Mussolini? ¿De qué lado se pondrían los héroes salgarianos en la guerra colonial contra Abisinia?

¿Entonces? Al modo salgariano, me dije: imaginación, malas enciclopedias y mucha inventiva; mediocres atlas y buenos personajes; anacronismos, abundantes dislates y más abundantes pasiones. No se trataba de investigar un mundo sino de reinventarlo. Fue obligada pues una meticulosa relectura de la saga salgariana de Sandokán, Yáñez, Tremal Naik y Kammamuri y de su secuela en Luigi Motta; bucear en el estilo y la intencionalidad. A Salgari le debo no sólo los personajes, sino muchas frases, descripciones, modos de ver, manías, obsesiones. Topé con una dificultad casi irresoluble: había que encontrar un estilo de contar que conservara el sabor decimonónico, pero que adelgazara la narrativa convencional y el exceso de diálogos formales; quizá a esa búsqueda se deba lo mucho que tardó este libro en escribirse y lo mucho que le debe a Victor Hugo, Zola y Eugenio Sue.

Busqué en las enciclopedias, los libros de viajes, los manuales de zoología, los libros de biología de la escuela de mi hija, los libros de barcos de Pepe Puig y en ellos encontré más de lo que necesitaba; sumé una colección filatélica que reunía juncos, elefantes, nativos de las islas de la Sonda, pagodas y deidades hindúes, palacios laosianos y dirigibles; incorporé libros de viajes, crónicas de Darwin, Russel, Magallanes, Malinowsky, diccionarios de armas y novelas de Conrad y Multatuli; guías turísticas y extrañas respuestas a más extrañas preguntas en Internet. Desde luego inventé todo lo que pude: plantas y animales, pueblos, y también instrumentos y mecanismos. Incluso canibalicé algunos capítulos de mi novela *A cuatro manos*.

Me he tomado tan sólo un par de libertades extras a las ya explicadas: explicitar la tensión política y la vertiente anticolonial de las aventuras de los Tigres (origen de mi antiimperialismo, que sin duda se nota y sabe salgariano y no leninista) y despuritanizar el proyecto original, demasiado atrapado en las convenciones de la literatura para adolescentes decimonónicos en la que estaba capturado Salgari. Esto significa entre otras cosas el uso de nuevos insultos y viejas descripciones amorosas. ¿Cómo no integrar el Kama Sutra a una saga salgariana? ¿Cómo dejar fuera a Federico Engels y la Comuna de París?

En una encuesta celebrada entre jóvenes lectores italianos poco después de la muerte del maestro, al inicio del siglo XX, un par de ellos explicaban por qué lo leían a escondidas dado que sus padres no se los permitían: «Calienta la cabeza»; «Excita los nervios». Espero que el efecto siga siendo el mismo, aun en la era del *Discovery Channel*.

He utilizado el apellido Yáñez, tal como se le conoció en las traducciones españolas y no Yanes como lo escribió Salgari, y Sandokán y no Sandokan, porque así lo llamábamos de niños.

Finalmente, confesar que aunque parecía un libro de fácil factura, no lo fue. Pero sí fue enormemente divertido.

LA CONSPIRACIÓN

Todo poder es una conspiración permanente.
HONORÉ DE BALZAC

Todo poder se hace derivar del misterio.
MULTATULI

I
El horror

Los dos hombres salieron de la niebla lentamente, como si renacieran; uno de ellos iba casi desnudo, a no ser que se pudiera llamar vestimenta a los restos de la camisa de seda que colgaban escasamente sobre un brazo, a un calzoncillo cubierto de lodo y a su calzado, una única bota que lo hacía cojear; el otro sangraba aparatosamente de una herida en la frente, a pesar de lo cual estaba fumando un puro.

A causa de su apariencia fantasmal ambos personajes parecían jóvenes aun sin serlo; quizá el brillo de sus ojos, el aura de energía que esparcían en la atmósfera, la sensación de violencia triunfante, las risas sueltas y las amplias sonrisas, el flujo de adrenalina que flotaba en torno a ellos, imitara la juventud, y la imitaba airosa y convincentemente. Una segunda mirada no podía ocultar las abundantes canas en la cabeza de aquel que tenía la camisa destrozada y el torso lleno de arañazos, un malayo, y las arrugas profundas en torno a los ojos del hombre del puro, sin duda de origen meridional europeo, quien lucía en medio del tizne las manchas en la piel de quien había bebido el sol durante muchos años. Iban armados con hachas de mango corto y revólveres muy singulares, unos Turret de seis tiros de tambor horizontal, muy poco comunes en el mundo y particularmente extraños en aquella zona del planeta, porque habían sido construidos especialmente para ellos por el ingeniero y armero J. W. Cochran en Allen, Pennsylvania. Los hombres conversaban animadamente en una mezcla de inglés y malayo, en la que frecuentemente aparecían palabras chinas, en portugués de Macao e incluso alguna palabra obscena en el idioma favorito de la procacidad, el español.

La brisa marina era insuficiente para disipar la niebla y sólo lograba mezclarse con ella llevando hasta los dos hombres, que caminaban por un sendero rocoso que ascendía hacia la nada, el olor de la sal. El sonido de una sirena pareció indicar que el mundo exterior seguía existiendo: dos toques cortos y uno largo.

—Siguen ahí —dijo Yáñez de Gomara, y arrojó el puro hacia el sonido del silbato que surgía de la niebla.

—Son como la suerte, hermanito, nunca nos abandonan —respondió Sandokán.

Los dos hombres apresuraron la ascensión siguiendo difícilmente el caminito marcado entre las rocas, que unos instantes después los llevó hasta una cabaña de palma.

—¡Dakao! —clamó el príncipe malayo al ver que nadie los estaba esperando en el exterior.

—Algo raro está pasando. Nuestros problemas no terminaron allá atrás —dijo Yáñez.

Sandokán repitió la contraseña en voz alta y ante la ausencia de respuesta amartilló la pistola. El portugués dio una patada a la puerta de la cabaña, que se desplomó botando sus goznes, y entró con su revólver en la mano. El instante que le tomó habituar los ojos a la escasa luz fue precedido por el descubrimiento del horror. Yáñez no era un hombre que se asustara fácilmente; a lo largo de su azarosa vida había visto prácticamente todas las formas del mal, la brutalidad y la barbarie; pero había algo en el interior de aquella pequeña cabaña, alumbrada tan sólo por la tenue luz del amanecer, que se filtraba por las hojas de palma entrelazadas que cubrían la única ventana, que lo hizo temblar. Sobre la mesa, junto a restos de una comida sin duda abandonada intempestivamente por sus dueños, yacían tres cadáveres de niñas destripadas, los cuerpos abiertos en canal y en sus rostros, que mostraban la última imagen del terror, un extraño signo pintado con su propia sangre. El impacto de la escena hizo que Yáñez retrocediera tropezando con Sandokán.

Yáñez salió a las afueras de la cabaña y respiró profundamente para rehuir el vómito. En ese instante, de la choza surgieron gritos y un disparo de revólver. Yáñez giró para enfrentarse a lo desconocido agradeciendo inconscientemente que la acción lo sacara de la pesadilla.

—Mira lo que he encontrado. Casi lo mato —dijo Sandokán surgiendo de la puerta con un enano colgando de su mano por el cinturón. Era un enano de rasgos africanos más que asiáticos, similar a los pigmeos que alguna vez había podido ver Yáñez en el mercado de Zanzíbar, y proclamaba evidentemente su inocencia en una lengua que ninguno de los dos hombres, a pesar de que entre ambos hablaban una docena de idiomas y dialectos y entendían los rudimentos de otras tantas lenguas más, podía comprender. El enano tenía en su rostro pintado en sangre el mismo extraño signo. Parecía un patético juguete roto.

—Ésas eran las hijas de Dakao, pero ¿dónde está él? ¿Dónde está su mujer?

—¡Mierda puta! ¿Quién puede querer asesinar a tres niñas pequeñas? ¿Ante qué salvajismo nos encontramos?

—¿Qué tienen que ver con los que nos emboscaron? ¿Eran los mismos?

—¿Dónde están los asesinos, pequeño?

Y el enano, como si lo hubiera entendido, comenzó a sollozar señalando hacia el mar.

—Vámonos rápido de aquí. Luego tendremos tiempo para interrogarlo, y si no, llevémoslo a Hong Kong, allí hablan todas las lenguas del planeta, y para engañar a los recaudadores de impuestos, han inventado una nueva.

Sandokán sacó de su fajilla una bengala y encendiéndola la disparó hacia la niebla. Casi instantáneamente la sirena de la lancha respondió con dos toques cortos y uno largo.

II
La Mentirosa

Los motores producían una leve vibración que Sandokán oía a través de los pies descalzos en la madera del puente de mando. Ese suave ronroneo le decía si estaban finamente ajustados o algo estaba fallando. Así como alguna vez llegó a detectar los futuros vientos por frágiles manchas en las nubes cercanas a los horizontes, ahora había hecho del sonido de los motores un mundo auditivo y registrable, pequeños signos controlados.

El malayo se había quitado el turbante de seda blanca y su cabellera ondeaba al aire, una cascada de pelo que alternaba el negro cuervo con nuevas canas plateadas. Otros ojos con otra cultura podrían haberlo descrito como un sujeto de Delacroix, con ese particular magnetismo y tono de epopeya de algunas de las obras del francés. Y mucho más después de que el pintor había descubierto Oriente a través de su viaje por el norte de África en 1832. Parecía una figura de las secciones más bélicas de la Biblia. Sin duda a Delacroix le hubiera gustado Sandokán como sujeto para uno de sus cuadros.

A su lado el viejo Sambliong, el eterno contramaestre de los Tigres de la Malasia, mostraba su sonrisa ampliamente desdentada en el centro de una larguísima barba blanca.

—Tigre, los motores están a menos de medio poder y estamos alcanzando los diez nudos. Este cachorrillo es una belleza.

—Han pasado los tiempos desde *El Mariana*, vejete —dijo Sandokán sin apartar la vista del horizonte, pero estirando el brazo para depositarlo sobre el hombro del viejo malayo.

La Mentirosa, que cruzaba el mar de Célebes a media velocidad, ostentaba orgulloso su nombre en español en ambos lados del casco, lucía un pabellón mexicano y tenía un registro en el puerto de Veracruz, donde había sido construido el año en que murió el presidente Juárez por ingenieros navales alemanes y artillado por el mismísimo coronel Balbontín con tres piezas de ciento setenta y ocho milímetros y un cañón de caza, a más de un par de ametralladoras. Era mucho más que un yate artillado, pero mucho menos que un navío de guerra, aunque con artilleros precisos y la ayuda de la sorpresa podía enfrentarse a los cañones de un buque europeo de mediana envergadura y desde luego a todos los prahos, falúas y juncos armados que pululaban en el Índico.

La Mentirosa, a los ojos de un observador inocente, resultaba un velero de mediana estampa, pero la magia de su ingeniería permitía ocultar o mostrar su artillería encubierta, que subía a la cubierta con un sistema de elevadores, que en menos de cinco minutos ponía las piezas en operación, mientras las ametralladoras camufladas como instrumentos de pesca eran desenfundadas. Tenía dos potentes motores *compound* alimentados por carbón, cuya chimenea se desmontaba deslizándose sobre unos ejes y acostándose, para formar parte del puente, dándole al barco una apariencia inofensiva y un tanto extraña.

De aspecto engañoso, con unos sesenta metros de proa a popa, el puente principal un tanto elevado y dos palos arbolados, parecía un velero de carga algo pesado, a causa de la estructura y el blindaje.

En el interior se encontraban la sala de máquinas, las bodegas, el camarote de la tripulación con unas cuarenta literas y el camarote del segundo de a bordo y el jefe de mecánicos. En la segunda cubierta, tras un puente convertido en una amplia terraza donde colgaban varias hamacas, se accedía a una sala enorme que daba ingreso a los dos camarotes de sus propietarios.

Era su carácter engañoso el que le había dado el nombre. Porque el navío podía hacer dieciséis nudos a toda máquina (unos treinta y tres kilómetros a la hora), en un océano en el que sólo un par de las mejores fragatas británicas escasamente llegaban a los trece. Y era en resumen un inocente velero que se tornaba un peligroso barco de vapor artillado.

La extraña tripulación a bordo de *La Mentirosa*, de un poco menos de cincuenta hombres, era una torre de Babel: marineros que lo mismo paleaban el carbón por turnos, que se hacían cargo de izar las velas y aprestar cañones, de la pesca o de las ametralladoras; tomaban turnos de ayudantes de cocina, mayordomos, cazadores o exploradores, mensajeros e instructores de combate con armas blancas y de fuego. A diferencia de las marinas imperiales, mucho más rígidas, los Tigres de la Malasia, aun en estado de relativa paz, multiplicaban sus funciones dentro y fuera del barco, en esta condición de marineros y combatientes que siempre habían tenido. Para maniobrar un buque como *La Mentirosa* hubieran sido necesarios muchos menos hombres, pero para hacer de él una pequeña máquina de guerra eran los justos.

Había sido en estos dos últimos años la casa flotante, engañosa y a veces maligna de los Tigres de la Malasia, su reducto y hogar móvil, en casi continuo desplazamiento por los mares del Sur, cambiando a veces de señas de identidad: matrícula, bandera, apariencia externa, incluso de nombre. Barco fantasma de todos los fantasmas.

III
Peces de colores

—¿Te das cuenta de que a lo largo de estos años hemos hecho tantos amigos como enemigos? No es un mal promedio —dijo el portugués apareciendo de improviso en el puente de mando.

—¿Dónde dejaste al enano?

—Durmiendo en la antesala de tu camarote, vigilado de vista por dos de los tigrecillos.

—Sigues sangrando por ese corte en la frente.

El cielo se había vuelto de un rojo carmesí, en esos escasos minutos en que el sol está a punto de ocultarse en el horizonte. Yáñez, haciendo caso omiso de su herida, contempló el suave oleaje.

—Deberíamos aprovechar estas horas de brisa y no desperdiciar carbón.

—Ya lo repondremos más tarde —respondió Sandokán—. Cúrate esa herida, estás manchando mi tumbona de sangre.

Sandokán era un puro ejemplar de la raza malaya, aunque notablemente alto, piel olivácea muy clara, de frente amplia y con algunas arrugas, espesas cejas, muy musculoso, con las piernas levemente arqueadas por años de vida a bordo de un buque y con una cabellera rizada, bigote y barba color de ala de cuervo en los que asomaban abundantes canas. Dominaban su rostro un par de ojos negros dentro de los cuales parecía arder un fuego especial.

—Tengo más miedo al doctor Saúl que a las heridas.

Convocado por su nombre, apareció cojeando en el puente de mando el mestizo filipino. Parecía una uva pasa, en el rostro no había espacio para una nueva arruga; traía en una de las manos una palangana con agua y un botiquín portátil en la otra. Refunfuñando en tagalo, colocó sus cosas en una mesita pequeña al lado de una de las tumbonas y señaló a Yáñez con un dedo flamígero; éste le respondió diciendo:

—Primero el príncipe.

Saúl respondió a la señal de Yáñez y se dirigió hacia Sandokán, que distraído observaba el creciente batir de las olas en el rápido curso de *La Mentirosa*.

El filipino dirigió a Yáñez una mirada de furor.

—¡Tú comiste mis peces chinos! —increpó el doctor Saúl, que no estaba dispuesto a dejar el asunto de lado.

—Soy incapaz de una atrocidad semejante —respondió el portugués, y luego comenzó a reírse, pero el dolor aplazado por las emociones regresó y un gesto agrio le vino al rostro.

—¡Primero a él, Saúl! —gruñó Sandokán saliendo de su ensimismamiento.

—Te curo sin *matadolor*, jefe, comiste los peces de colores —dijo el filipino cediendo.

—¿De qué habla?

—El *matadolor* es un invento suyo. Ha descubierto unas plantas milagrosas que maceradas en alcohol y mezcladas con betel producen un adormecimiento en la zona herida. Está a la altura de los últimos avances científicos. Los médicos modernos europeos hablan de «anestesiar», han estado usando éter e incluso han descubierto un líquido llamado cloroformo que adormece al paciente y creo que se bebe o se aplica en el rostro del herido.

—Me sorprendes siempre. ¿Dónde has averiguado todo eso?

—Me lo ha contado Saúl.

—No, lo del cloroformo…

—El hombre al que ganamos una fortuna a las cartas era un doctor. O lo había sido antes de volverse un pésimo jugador de cartas. ¿Recuerdas? Hace un par de meses, aquel francés-polaco…

—¿Y qué es esa historia de los peces de colores?

—El doctor Saúl dice que me comí sus peces chinos. Sospecha que los usé en un experimento culinario.

El médico afirmó enérgicamente con la cabeza. La luz de la tarde comenzó a cambiar, nubes de tormenta aparecieron por el horizonte.

Yáñez estoicamente dejó hacer al filipino que, tras limpiar la herida de la frente, la cubrió con una venda.

Sandokán se levantó de la tumbona, tomó los restos de su camisa y limpiándose la sangre la tiró al mar.

—Mientras estabas por ahí hablé con Samú, y le pedí que mandara la falúa a interrogar a los pescadores de las villas de la costa. No pueden haber dejado de detectar movimientos extraños. Alguien tiene que haber visto algo, oído algo. Quedamos en verlo en la Roca de Simbiang.

—Allí estará también el viejo Kammamuri. Por Baco que tengo ganas de verlo de nuevo.

—¿Tienes el mensaje de Dakao? Quizá haya algo en él que no tomamos en cuenta al principio, o se nos pasó por alto.

—Lo tengo en mi camarote. Pero no esperes gran cosa. Simplemente decía que tenía algo muy importante que decirnos y nos citaba en su casa. Tenía quince días de haberlo escrito. Cuando lo recibimos nos tomó una semana partir; y eso porque coincidía con el mensaje del maharato, si bien recuerdo... Hemos llegado tarde.

Yáñez se levantó de la otra tumbona. El portugués era un hombre relativamente alto y muy delgado, casi todo él tendones y músculos, de pelo negro con algunas canas entreveradas y un rostro afilado dominado por una nariz aguileña y un potente bigote. Tenía una cicatriz en la sien derecha que le llegaba hasta las cercanías del ojo y que sin duda provocaba que cuando estaba bajo tensión tuviera un leve tic, que hacía que el ojo perdiera la simetría. Ojos por cierto de un gris suave. Probablemente había sido muy blanco, pero la continua exposición al mar y al sol de los trópicos le daban el aspecto de un saludable europeo meridional.

—Excelente curación, doctor Saúl, recuérdame comprarte unos nuevos peces chinos. Más de uno, al menos dos. ¡Tres maravillosos peces chinos, dorados!

El médico gruñó y se afanó en los rasguños y leves cortes que lucía Sandokán en el pecho.

De repente, el malayo alzó el rostro y miró fijamente al portugués.

—Hace un par de años que nos hemos dedicado a las enfermedades de la vejez, a la observación de cómo cambia el mundo que nos rodea, a los viajes de placer para ver lo buenos que son los ferrocarriles hindúes y los prostíbulos de Malaca; a jugar ajedrez con Van Horn en su bungalow en Célebes... y de pronto...

—Sé lo que quieres decir —respondió Yáñez—, resulta excitante todo esto. Si no fuera por la desaparición de Kammamuri y la muerte de las tres niñas...

—¿Qué habrá visto Kammamuri?

IV
Kammamuri

Cruzó las piernas y sobre el regazo hizo reposar la larga carabina. Usando tan sólo la mano izquierda, la derecha acariciando el guardamonte del gatillo y la culata de incrustaciones nacaradas, comenzó a comerse el platón de fruta.

Tenía mangos y mandurianes, una toronja de kilo y medio, mangostanes, esa fruta maravillosa que ha sido comparada por los europeos con una mezcla de fresas y uvas, pero del tamaño de una pera y carne blanca. Y unos apestosos durianes, que una vez abiertos sabían maravillosamente. Rambutanes que lo obligaron a pelar la cáscara espinosa y comer la carne tan parecida a los lychees, tan queridos por los chinos. Carambolas de forma estrellada con un sabor fresco parecido a la manzana.

El hindú adoraba los frutos malayos, pero esta vez había optado por aquel banquete de fruta, que sólo le había costado unas monedas en el mercado, porque tenía problemas con la boca, le flojeaban los dientes, le dolían las encías y de vez en cuando le sangraban.

El polvo flotaba en torno a él. Las mujeres que recorrían los puestos del mercado, los niños desnudos jugando con el cadáver de un roedor, el hombre que transportaba el carrito repleto de cocos, alzaban la tierra suelta que una suave brisa llevaba en su totalidad hasta los ojos del personaje, un indostano de mediana estatura, piel bronceada con reflejos cobrizos, ojos muy negros y rasgos finos, con una rala barba, casi unos pelos sueltos en la punta de la barbilla.

Kammamuri podía ser identificado a los ojos de un buen observador como un nativo del centro occidente del subcontinente hindú, un mahrata o maharato, perteneciente a cualquiera de los noventa y seis clanes en que se dividía aquel imperio maharashtra de fieros guerreros que en el pasado habían dominado la India central.

El hindú entrecerró los párpados y su rostro se volvió una máscara en la que el turbante de tela blanca y sucia llegaba hasta las cejas, las ranuras de los ojos dejaban entrar una línea de luz mientras chupaba parsimoniosamente los mangos. Un mendigo pareció pensar que el hombre armado sentado en el suelo daba una cierta dignidad a la esquina y se sentó a su lado.

Kammamuri lo contempló un instante. Era un manco leproso. Le ofreció uno de sus mandurianes.

—Cazador, si me das una pieza de plata te hablo de los que nadie quiere hablar, de los sin nombre, de los que traen el miedo y la muerte —dijo el mendigo.

—¿Y por qué debería gastar una pieza de plata en eso?

—Pareces ser un hombre que valora la información. Los hombres sabios saben que la información y no los cañones hacen la gran diferencia. Los hombres sabios quieren saber, los necios, ignorar.

—¿Y quién dijo eso? ¿Confucio? ¿Eres acaso un mendigo sabio? —preguntó Kammamuri chupando con fruición su mango y acercando los dedos de su mano derecha al gatillo de su carabina.

—Lo dijo Yáñez, el Tigre Blanco; y sí, soy un mendigo ilustrado. Te reconocí enseguida, esa carabina es inconfundible, maestro maharato.

Kammamuri le dirigió una segunda mirada de reojo y aprovechó para deslizar sus ojos entornados del mendigo a los pliegues del sarong, muy ajustado a la cintura, de una mujer que iba pasando. Luego volvió a mirar al mendigo escrutándolo. Había perdido el brazo a la altura del codo, un sable o un hacha se lo habían cortado. Las manchas de la piel que había identificado al principio como lepra no lo eran, siendo una mezcla de leishmaniasis, esa enfermedad de la piel tan común en Malasia, con roña, pequeñas heridas, mugre, quemaduras sin curar mal vendadas. El rostro estaba igual de maltratado por una vida azarosa, pero en el centro, a los lados de una nariz ganchuda que alguna vez había sido rota, brillaban dos ojos negros como carbones luminosos.

—Habla, luego veremos si tu historia vale una pieza de plata, o una de oro. Sabes que los Tigres de la Malasia somos generosos.

—Vienen envueltos en una niebla verdosa, envenenada. Cercan las aldeas precedidos por el ladrido de unos perros que no lo son. Hombres dirigidos por demonios, muertos que andan, esqueletos con armas de fuego. Asesinan, queman, secuestran a los niños y a los jóvenes. Y luego desaparecen sin dejar rastro. Sólo vuelven en los sueños y siempre dicen el mismo mensaje: «No hables de nosotros, no existimos, somos la nada».

—¿Has estado fumando yang? ¿Cómo te atreves a contar esa historia?

—Yo ya he muerto muchas veces, señor.

Kammamuri contempló al mendigo y confirmó lo que decía, era un verdadero despojo humano. Le vino a la cabeza una frase de un poeta que a Yáñez le gustaba citar frecuentemente: «Este miedo difuso, esta ira repentina. El éxito de todos los fracasos. La enloquecida fuerza del desaliento». La dureza del poema, el intentar comprender lo que había detrás de las palabras, que tan frecuentemente Yáñez recitaba, lo ensoñó durante un instante. El mendigo pensó que el hindú ya sabía lo que le estaba contando.

—Estás aquí por eso, ¿verdad? El Tigre Blanco y Sandokán van a venir a matarlos, ¿verdad?

—¿Dónde han sido sus ataques?

—A muchas millas de aquí, muy al sur del Kinabalú. Pero los que lo han sobrevivido hablan en susurros. Cuentan historias.

—¿Y las autoridades no hacen nada?

—Los ingleses no se enteran de nada. Nunca se enteran de nada. Tienen demasiado calor y les molestan los mosquitos. Y el rajá no quiere enterarse, vive en el sueño del opio y duerme casi siempre. Es un pobre imbécil que sólo abre los ojos para ver las danzas de coño de sus bailarinas; pero está tan drogado que ni las contempla, ni menos las toca —dijo el mendigo y luego se puso en pie y se alejó mordiendo la fruta que Kammamuri le había dado. Luego regresó y miró fijamente al maharato.

—Tengo un solo brazo, pero puedes contar con él.

—¿Dónde puedo encontrarte? ¿Cómo te llamas?

—Me llamo Sin y yo te encontraré.

Kammamuri acarició su carabina y siguió comiendo. Comía mientras pensaba y hacía ambas cosas bien, gozándolas. Rumores, no eran los primeros; historias, pero sin sobrevivientes. Los perros, la niebla, el robo de niños, las masacres. El mendigo se había ido sin su pieza de plata. Decidió gastarla en la más vieja fuente de información de las islas. Se puso en pie secándose las manos en los calzones que alguna vez habían sido blancos, llevó la bandeja vacía al puesto del mercado donde se la habían vendido y husmeó en las callejuelas de la aldea hasta encontrar a una joven prostituta que, por sólo dos monedas de cobre, prometió llevarlo al paraíso.

—Eres un hombre viejo, pero no eres un hombre sabio —le dijo la mujer mientras se desnudaban.

V
Dibujos

Yáñez terminó de dibujar a los seis hombres que los habían emboscado. Para diferenciarlos de las dos figuras que los representaban a ellos, puso en las manos de las esquemáticas imágenes de los enemigos los kriss malayos de hoja relampagueante, mientras que a los hombrecitos que simulaban ser él y Sandokán les dibujó las pistolas. No había sido exactamente así. Dos hombres armados con carabinas los habían estado esperando en un recodo del camino y los otros cuatro eran los de los kriss, o eso era lo que creía recordar.

Últimamente había perdido la precisión de la que solía hacer gala su memoria; se había quedado sin la vieja cualidad que le permitía recordar de un combate cada acto, cada hecho; ahora quedaba la sensación nebulosa y el resumen racional. Tan sólo eso. Y era insonora, sin gracia, no producía en la memoria olores ni dolores.

El enano estaba jugueteando cerca de una mesita baja con un ábaco.

—Ven para acá.

—*Irunga puagh, ti lo* —o algo parecido dijo el enano, y se acercó sonriente a la mesa. Contempló los dibujos. Luego señaló a uno de los hombres, armado con revólver y turbante, y apuntó con el dedo a Sandokán, que se entretenía sacándole unas notas a una *spinetta*, un pequeño clavicordio, en una esquina del camarote.

—Bien, chico —aprobó Yáñez.

El enano señaló al segundo hombre de la pistola y acto seguido puso su dedo índice en el pecho de Yáñez.

31

—Bien, compadre —dijo el portugués—. ¿Y los otros cuatro? ¿De dónde salieron? —y los señaló a su vez.

El enano señaló a los hombres del kriss y luego su rostro, movió la mano mostrando la pintura.

—Sí, los que te pintaron el rostro. ¿De dónde venían? —Yáñez hizo la universal señal de la interrogación alzando ambas manos y los hombros.

El enano volvió a los viejos dibujos y mostró el de la choza. Con su dedo señaló el mar.

—¿Y tú? ¿De dónde venías? —Yáñez señaló al enano y luego señaló la casa y el mar volviendo a hacer el gesto de la interrogación.

El enano señaló el mar. Luego mostró sus manos al frente cerradas en puños y unidas, como si estuvieran amarradas.

—Te trajeron con ellos, venías con las manos atadas.

El enano tomó el lápiz y dibujó algo que parecía un bote, un barco, una canoa, y luego dibujó a seis esquemáticos hombrecillos y a un séptimo mucho más pequeño con las manos juntas al frente.

Yáñez le dio una palmada en la espalda y muy ceremonioso compartió con él su oporto.

—*Pinga bangui* —dijo el enano chasqueando la lengua en gesto de aprecio.

—Creo que con el asunto de los dibujitos no le vamos a poder sacar más al personaje este —resumió Yáñez. Luego, como si lo hubiera pensado mejor, volvió a sus lápices de colores.

Se encontraban en el salón que vinculaba los camarotes de Sandokán y Yáñez. Una sala de lujo oriental, mesas y sillas con incrustaciones de nácar y oro, varios grandes libreros, paredes cubiertas de tapices hindúes, los ojos de buey velados con seda rosa veteada de plata. Del techo colgaba una espléndida lámpara veneciana. Sandokán se levantó de la *spinetta* y contempló por enésima vez el salón. Lujo oriental mezclado con lujo occidental. Sí y no. Las frases nunca habían parecido más ridículas. Lujo de opereta; un museo de los restos de millonarios naufragios, despojos de saqueos. Barroco, acumulativo. Extrañamente elegante, nada que ver con una casa de putas de Macao. Lo que más estimaba Yáñez era la bodega, cubierta parcialmente por un biombo y el armario de los disfraces, y Sandokán apreciaba particularmente las panoplias de cuchillos y dagas, yataganes y machetes de acero de Borneo, kampilangs malayos y pijanrats, espadas árabes y bayonetas hindúes.

Sandokán suspiró dejándose caer sobre un diván de terciopelo negro, hasta él llegó Yáñez para mostrarle el papel en el que había estado dibujando.

—Así era, ¿verdad?

—Exactamente.

El papel mostraba en gruesos trazos el signo que habían encontrado pintado con sangre en los rostros de las niñas muertas y en la cara del enano. No se parecía a ningún ideograma conocido. Era una especie de «S» envuelta en un rombo. ¿Una serpiente encerrada en una caja? ¿Una «S» dentro de un castillo?

Sandokán tiró de un cordón que colgaba del techo y unas campanillas sonaron a lo lejos. A su llamado, Tarunga, el jefe de la escolta, apareció en la puerta y el príncipe malayo le entregó el dibujo.

—Muéstralo a toda la tripulación, si alguien lo reconoce, tráelo a nosotros.

—No va a dar resultado —dijo Yáñez.

VI
La Roca

La Mentirosa cruzó sin mayores percances el estrecho de Balambangan cerca de posesiones británicas sin cruzarse, ni siquiera a la distancia, con ninguna otra nave. Cosa extraña porque el estrecho solía estar enormemente poblado, dado que era una zona de paso hacia las Filipinas y la China continental de las posesiones holandesas. El mar absolutamente calmo parecía un espejo repleto de destellos de plata. ¿Engañoso o certeramente calmo?

La Roca de Simbiang era un pequeño puerto pesquero cerca del límite nororiental de Borneo al que no habían llegado ni las pretensiones territoriales del rajá de Brunei, ni el poderoso brazo de los británicos de Sarawak. Tenía unos depósitos carboníferos de una pequeña compañía escocesa que abastecían a los cada vez más frecuentes barcos de vapor que cruzaban el estrecho hacia el norte, una gran tienda de abastos propiedad de un chino, un puesto de correos, un mercado y unas cuantas casas en torno a él.

Los dos Tigres esperaban encontrarse en el embarcadero a Kammamuri, pero entre las docenas de vendedores de pescado y verduras, mirones y mendigos, no se encontraba el maharato. Cuando el bote de *La Mentirosa* los llevó a tierra, un mendigo se les acercó y les puso un pequeño pedazo de papel arrugado en las manos.

Ha surgido algo interesante, espérenme. K.

Yáñez intentó detener al mendigo tras leer el mensaje, pero éste se había escabullido.

—Hay cosas que no me gustan —dijo Sandokán.

—Sambliong, mantengan en alerta a *La Mentirosa* y cómprales a los escoceses tanto carbón como podamos meter en las bodegas.

En esos momentos apareció el bote que habían enviado a recorrer las aldeas pesqueras más cercanas. Samú, un malayo muy alto que sabía velear como nadie en todo el archipiélago, llegó hasta ellos con una carrerilla. Traía una mirada inquieta.

—¿Alguna noticia de los asesinos de las hijas de Dakao?

—Nada, Tigre. No han visto ningún praho en las cercanías en los últimos días.

—¿Y qué has encontrado?

—Todo el mundo tiene miedo, la isla se ha vuelto tierra de mucho miedo. Los poblados de la costa están inquietos, allí no ha sucedido nada, pero el rumor es que hacia el interior están ocurriendo cosas muy malas.

—Siempre ha sido un país de chismosos, de fantasiosos contadores de cuentos —dijo Sandokán—. Los hombres les ganan a las viejas en eso de inventar genios del bosque y apariciones.

—A los portugueses les gustan los milagros —dijo Yáñez en descargo de la credulidad de los dayakos.

—¿Y qué es lo que dicen, Samú?

—Eso es lo que me molesta. No tienen nombres para lo que sucede, hablan de perros que son casi humanos, de niebla verde, de que no son ellos los que están cortando cabezas.

Sandokán hizo un gesto de enfado. Los dayakos del interior habían sido cortadores de cabezas por razones guerreras y rituales, el príncipe malayo no aprobaba esas prácticas.

Atardecía. Al encontrar la oficina de correos cerrada caminaron por el poblado y entraron en un almacén, cuya puerta se encontraba bajo un rótulo en caracteres chinos que decía en cantonés y repetía en inglés con letras más pequeñas «La justicia de Lu». El dueño, un atareado chino vestido con una chaqueta acolchada de algodón azul, hizo a un lado a los dependientes y reptando entre barriles de clavos y pilas de martillos, barrenas y sierras, se aproximó a ellos.

—Distinguidísimos señores, el humilde Lu se aproxima en persona a servirlos —dijo hablando de sí mismo en tercera persona y chasqueando los dedos. Sus empleados ofrecieron a los Tigres un par de sillas tomadas en medio de la quincallería y las pilas de cable de acero, alambre de púas y herramientas de los más diversos orígenes. Junto con las sillas apareció de inmediato una adolescente con un servicio de té humeante.

—Se nos ha recomendado tu tienda por la justicia de tus precios y la calidad de tu material —dijo Yáñez sonriendo.

—Lo ha hecho un amigo nuestro de tierras muy lejanas hace ya muchos años, de Macao para ser precisos. Nos dijo, por cierto, que no dejáramos de recordarte los mutuos amores que entonces ustedes tuvieron con la Rosa Blanca —dijo Sandokán.

El chino mostró su desconcierto, unas suaves líneas de preocupación aparecieron a los lados de sus ojos. Luego reaccionó rápidamente.

—Supongo que la compra en la que están interesados los caballeros es de gran volumen.

—Así es, quisiéramos hacernos cargo de la herramienta que necesitamos para una importante plantación que estableceremos en Borneo; incluso quisiéramos que usted se hiciera cargo permanentemente del abasto.

—Si fueran tan amables los distinguidísimos señores de seguirme a mis oficinas en la trastienda, sería más fácil para todos ultimar este negocio.

Y con estas palabras guió a los dos Tigres hacia el interior de la tienda. El dayako Kompiang tomó su lugar en guardia frente a la puerta que cruzaron. Los Tigres de la Malasia no sólo habían pasado a la parte trasera de un comercio chino, se habían adentrado en las poderosas sociedades secretas. La mano de los tongs de Singapur llegaba hasta Borneo, sucursal de los existentes en el continente chino, fortalecidos por el nacionalismo que se había producido entre las comunidades chinas de ultramar tras la Guerra del Opio, y que eran cruelmente perseguidos en todos los dominios británicos. Sociedades secretas en las que el odio a los europeos, la fraternidad entre los miembros y, de vez en cuando, los intereses no muy ortodoxos que rondaban las prácticas criminales o simplemente comerciales, creaban una hermandad más allá de la sangre entre sus miembros, que podían encontrarse en gran abundancia en las costas del mar de China septentrional, a lo largo de todas las posesiones británicas y holandesas.

—¿Ustedes no son hermanos? —dijo de repente llenándose de recelo el chino.

—No, no lo somos, sólo de sangre; o sea que lo somos, porque nuestras causas son iguales: liberar Asia de los parásitos colonialistas. No te asustes, Lu, ante ti están Sandokán y Yáñez de Gomara, los Tigres de la Malasia —el desconcierto primero y más tarde el orgullo resplandeció en los ojos del chino.

—Pero se decía de vosotros que... Mompracem es casi una leyenda en estas tierras...

—Acabamos de salir de unas largas vacaciones, hermano.

—¿Qué puedo hacer por ustedes, distinguidísimos señores?

—Tú tienes amigos, compañeros, socios en muchos de los poblados de la costa y sabes que la información es la reina de todas las sabidurías. ¿Qué sabes de lo que está sucediendo en el interior? ¿Qué más puedes averiguar? ¿Quiénes están detrás de lo que está pasando? ¿Traficantes de esclavos? ¿Algún pequeño rajá que tiene la cabeza más pequeña que el culo? —preguntó Sandokán.

—¿Tienen algo contra nosotros? —preguntó Yáñez.

—Me será relativamente sencillo, señores. Yo he estado oyendo rumores durante las últimas semanas. Me pondré de inmediato a la tarea —dijo el chino tendiendo la mano a los dos personajes.

Sandokán fue el primero en estrechársela presionando suavemente con el dedo índice en el pulso de la muñeca del chino, el gesto de reconocimiento fraterno de los afiliados al tong de la Rosa Blanca. Yáñez repitió la operación.

En las afueras de la tienda Sandokán mandó a llamar a Simpang, un dayako del interior.

—¿Tienes miedo?

—A veces, Tigre.

—¿A los fantasmas del bosque? ¿A los perros que son humanos? ¿A la niebla verde? ¿A los cortadores de cabezas?

El dayako sonrió mostrando una dentadura reluciente. No era, como algunos de los malayos, aficionado a masticar betel.

—Yo he cortado algunas cuando era joven, Tigre. Sólo tengo miedo a un hombre armado con un kampilang, cuando es más diestro que yo y quiere mi pellejo.

—¿Y?

—Para eso tengo mi pistola —dijo y sacó un pistolón de chispa que tenía un centenar de años de antigüedad.

—Vas a tener algo mejor —dijo Sandokán y sacó de su faja un Colt ofreciéndoselo. Las lágrimas estuvieron a punto de brotar de los ojos del dayako— Te dejaremos en la Roca, vas a viajar hasta el interior de la isla y luego al llegar al Luma girarás hacia el norte y esperarás la llegada de alguno de nosotros en Sarawak. No entrarás en combate, serás mis ojos y mis oídos. Todo lo que te parezca extraordinario lo guardarás aquí —y le puso un dedo en la frente— para relatarlo al Tigre Blanco y a mí.

Cuando quedaron solos, Yáñez le dijo a su hermano de sangre:

—Sólo se tiene miedo a lo que se ignora y a lo que se conoce sobradamente de uno mismo.

VII
Desconcierto

¿Qué estaba pasando? ¿Qué estaba haciendo en esa zona de Borneo el hindú? Las últimas noticias que habían tenido de Kammamuri lo situaban en las cercanías de Sarawak, en la plantación que dirigía por cuenta de Tremal Naik. ¿Por qué había viajado cruzando el tercio superior de Borneo hasta la costa nororiental? ¿Qué esperaba encontrar?

Sandokán se quedó en silencio, contemplando la gran montaña que se destacaba en el horizonte, hacia el interior de la isla. Al amanecer era un paisaje de una inmensa belleza dominado por el coloso. Como todos los paisajes grandiosos estaba repleto de rumores: cascadas de agua, el viento entre los árboles, los sonidos del bosque bajo, los murmullos de la vida.

Yáñez se acercó en silencio para no romper el embrujo.

—Kinabalú. Habitualmente está cubierta por nubes, hoy es un día excepcional. ¿Sabes que en un día como este desde la cima se pueden ver las primeras islas de las Filipinas hacia el noreste? Mide cuatro mil metros, una magnífica escalada. Alguna vez la subimos juntos, ¿no es cierto? —dijo el malayo.

Yáñez asintió. Hacía muchos años, en la guerra contra el rajá títere y usurpador que los ingleses habían puesto en lugar de la familia de Sandokán.

—Esta es tu tierra, aquí naciste. No está mal un poco de sentimentalismo, pero no exageres —dijo el portugués, que de vez en cuando desplegaba su cinismo como un manto protector.

Sandokán se rió, con una risa franca y abierta.

—A veces dan ganas de matarte, europeo de mierda, diablo blanco...
Seguro que no conoces en tu profunda incultura por qué se llama así.
Kinabalú: la viuda del chino. Una vieja leyenda que me contaba mi madre dice que en su cresta habitaba un dragón que custodiaba una perla
inmensa; a causa de ello un príncipe chino llegó desde los otros mares
y se la robó haciendo que el dragón lo persiguiera. Al llegar a su junco,
cuando los chinos ya desesperados y al borde de la muerte trataron de
matarlo a cañonazos, el dragón, que se reía de las balas y que no era muy
inteligente, confundió los proyectiles con la perla, se los tragó y terminó
hundiéndose. Pues bien, amigo mío, andando por estas tierras el príncipe chino tomó una mujer malaya y cuando regresó a China, a pesar
de las promesas, la dejó para siempre. De ahí el nombre de la montaña.

A la espera de las noticias del chino y de la llegada de Kammamuri,
los dos Tigres descendieron de *La Mentirosa* y fueron a la oficina de correos, una pequeña tienda en la que se comerciaban las cosas más inve-
rosímiles: cubos de latón, latas de sardinas, fósforos, tabaco picado en
resmas para liar cigarrillos, jarabes para la tos, té negro hindú, una escalera de madera, clavos, rollos de cuerda, armazones sin cristales para
anteojos y cucharas de peltre.

Kammamuri no había dejado recado alguno: ni huellas del maharra-
to y sí en cambio un mensaje urgente telegráfico originado en Manila y
dirigido a «Eduardo Leonor» firmado por «El resurrecto». Yáñez, para
hacerse con el telegrama, sacó de su bolsillo uno más de sus falsos pasaportes, con el que se identificó ante la sorprendida mirada del chino
que atendía la oficina y que los había reconocido de inmediato, y leyó
las palabras que desde Manila les enviaba Lázaro:

De máxima urgencia conversar con ustedes.

—¿Qué está sucediendo? Todos nuestros amigos tienen urgencia de hablar con nosotros, y luego no aparecen en el momento indicado —le dijo
Yáñez a su hermano de sangre mostrándole el telegrama de su banquero.

—Sería bueno que mandáramos una docena de avisos, habría que
alertar a varios amigos —sugirió Sandokán.

Al salir de la pequeña oficina de correos, la mirada huidiza de un
hombre que estaba descargando unos sacos de una carreta hizo que
Sandokán se alertara. Su instinto guió la mirada circular con la que re-

corrió lo que los rodeaba. Aparentemente nada fuera de lo normal alteraba la vecindad, pero los sacos de la carreta contenían algodón, y para eso no eran necesarios tres cargadores. No en Borneo.

—¿Traes cargada la pistola? —le preguntó en un susurro a Yáñez.

—No te gustan los muchachos de la carreta, ¿verdad? —contestó el portugués.

Sandokán sonrió mostrando su aún blanca y potente dentadura. La sonrisa del tigre ante el olfato de la sangre.

Caminaron hacia el puerto siguiendo la vereda del río y acercándose a la carreta y sus cargadores. Cuando estaban a unos pasos, uno de ellos aullando sacó un kriss del interior del saco y se lanzó hacia el príncipe malayo con el cuchillo alzado. Sandokán dio un paso atrás y le descerrajó un tiro en la frente que dejó al hombre fulminado. Todo sucedió tan rápido que los otros dos hombres, sin ver a su compañero muerto, trataron de arrinconar a Yáñez contra un árbol, pero el portugués había reaccionado ante el aullido y los estaba esperando; con el sable detuvo el cuchillo de uno de los apuñaladores, en el momento en que bajaba hacia su pecho, y con la mano izquierda sacó la pistola y descargó dos balazos en el pecho del segundo, que se fue de espaldas cayendo sobre una de las ruedas de la carreta; su primer agresor trató de entrar en el cuerpo a cuerpo y, a riesgo de ensartarse en el sable del portugués, intentó clavarle el cuchillo en el rostro.

Yáñez se deslizó hacia el suelo y estiró la mano que portaba el sable clavándolo en el pecho de su enemigo, el cuchillo pasó a unos centímetros de su cara y fue a dar a tierra, al lado del rostro del frustrado asesino.

Yáñez se puso en pie sacudiéndose el polvo, dejó caer su sable al suelo, observó las chozas, la pequeña oficina de correos y telégrafos, dos puestos de verduras y frutas atendidos por mujeres; encendió un cigarrillo y aspiró el humo golosamente; luego tomó el kriss de uno de sus atacantes y olió la cuchilla zigzagueante.

—¿Envenenados? —preguntó Sandokán, mientras de una patada alejaba a un perro del cadáver de uno de sus enemigos muertos.

—Sí, con jugo de upas. Si nos llega a rozar alguno de los tres cuchillos estaríamos siendo olisqueados por ese perro.

—¿Sólo tres asesinos? Nos subestiman.

Yáñez miró fijamente al perro que, dado que no le permitían acercarse a los muertos, intentaba lamerle la mano al portugués.

—Todavía no ha nacido el perro que oficie mi funeral —le dijo.

—Deberíamos tener la buena costumbre de dejar a alguno de nuestros atacantes vivos, así podríamos interrogarlos —dijo Sandokán. En esos momentos, alertados por los disparos, llegaban corriendo un grupo de marineros de *La Mentirosa* con sables y carabinas en mano.

—Sambliong, averigua de dónde han salido estos tres pobres diablos, cuándo llegaron al poblado, si alguien los conoce. Y revisa sus ropas. Trae acá al enano para ver si los reconoce.

Mientras tanto, algunos vecinos se iban aproximando. Un niño se acercó a uno de los muertos y le quitó las sandalias. Yáñez se aproximó a uno de los puestos y compró un enorme hueso, aún con carne y se lo dio al perro que lo había adoptado. El animal, como todos los perros de los dayakos, siempre tenía hambre; era de una raza indistinguible, consumido por la sarna y los parásitos y con una mirada vivaz un tanto acuosa.

Las indagaciones de Sambliong no dieron ningún resultado. El registro de las ropas de los muertos, tampoco. Pero hubo una confirmación a las pesquisas: los hombres tenían grabado en el tobillo un pequeño tatuaje, la «S» en el rombo, la serpiente en el castillo.

El enano miró a los muertos con desconcierto. Sólo reaccionó al ver el tatuaje de la serpiente en el rombo, que lo hizo palidecer.

—¿Te vas a llevar al perro que iba a oficiar tu entierro? —preguntó Sandokán ante la conducta del animal que seguía fielmente al portugués camino al embarcadero.

—¿Qué perro? —dijo Yáñez ignorando al animal que intentaba a toda costa lamerle la mano.

—Hay que reconocer que tiene sus virtudes. No ladra, no gruñe, es mudo, y parece que no tiene instinto de pelea... ¡Mierda, es una perra! Habrá que bautizarla: «La hija del portugués errante», por ejemplo.

—Si me sigues dando la lata la llamo Sandokana, la meto en nuestra cabina y tú tienes que darle de comer.

El perro mudo, que era perra, pareció estar de acuerdo con la propuesta y aprovechando un descuido le lamió la mano también a Sandokán.

VIII
El llamado de los Tigres

—A veces vienen por tierra y aunque aquí nunca han llegado se dice que también vienen por mar, excelentísimos señores.

—¿Quiénes vienen por mar y tierra? —le preguntó Sandokán al chino Lu.

Yáñez miraba fijamente a su interlocutor. Nada de chino impasible, una suave mancha de sudor en el cuello, tenía miedo.

—Ellos, los hombres de la serpiente. A veces dicen que los encabeza una máscara. Y son musulmanes, pero no son, porque algunos no rezan mirando a esa ciudad que no existe y llaman La Meca. Y viene con ellos un viento verde envenenado y los perros muertos, que reviven a su conjuro.

—¿Has visto a esos hombres o a esos perros? ¿Dónde los han visto? ¿En el interior? ¿En qué aldeas de la costa?

El chino negó con la cabeza.

—Borneo es muy grande, señores. Pero los diablos están en todos lados.

—¿Esa es la mejor historia que nos puedes contar? Los diablos están en todos lados... ¿Dónde? ¿Cuándo? ¿Conoces a alguien que los haya visto? ¿Conoces a algún sobreviviente de sus ataques? ¿Qué sabes de caravanas de esclavos que recientemente hayan pasado por aquí?

—Los barcos de esclavos hace meses que no vienen a la Roca, señores.

Una vez que el chino hubo abandonado el camarote llevándose en las manos una perla que Sandokán le había regalado, los dos Tigres se quedaron en silencio durante un largo instante. A diferencia de lo que solía decir Yáñez, que la ignorancia produce preguntas y las preguntas, sabiduría, se sentían atrapados en una inmensa concha marina donde sólo habitaban los rumores.

—¿Qué hacemos? ¿Hong Kong y el interrogatorio del enano? ¿Esperamos a Kammamuri? —preguntó Yáñez.

—Tomemos dirección nordeste. Urge darle respuesta al mensaje de Filipinas. Hong Kong y Kammamuri tendrán que esperar —resolvió el malayo.

Yáñez se dejó caer sobre una hamaca, sacó un fino estilete de su faja y comenzó a limpiarse las uñas. Por más que se lavaba las manos tenía la sensación de que algo de la sangre de los recientes muertos se le había pegado a la piel.

—Sambliong, quiero hablar con el señor Monteverde —llamó en voz alta Sandokán.

El ingeniero jefe de *La Mentirosa* apareció poco después frotándose las manos. Parecía que de un momento a otro sacaría de ellas una chispa eléctrica. Personaje extraño como el que más, pálido hasta la muerte y alto hasta el conflicto con los quicios de las puertas, Julio Eduardo Monteverde, un español con una docena de mestizajes en su pasado, rara vez dejaba las recónditas profundidades del barco y cuando lo hacía, se peinaba su escaso cabello y usaba unos lentes de vidrios entintados. Se decía que había sido jesuita en Goa y que su vida sexual fue el escándalo de la comunidad, hasta que un día se desnudó en medio de la iglesia de Nuestra Señora del Rosario, en Monte Santo y al grito de: «¡Dios no existe! Y además, no importa», abandonó la ciudad. Sandokán lo había salvado de la muerte al encontrarlo tirado en Singapur al borde de la inanición. Habitualmente el príncipe malayo no era dado a la filantropía, pero al ver cómo el escuálido personaje, famélico y desesperado, se ponía de pie y entrechocaba los cráneos de otros dos mendigos que lo estaban hostigando, lo incorporó a sus filas. Dónde y cuándo había adquirido una pericia magistral con los motores, nadie lo sabía.

—Señor Monteverde, motores a toda marcha, necesitamos estar lo antes posible en Mindanao.

—Tenemos carbón suficiente y sólo necesito reforzar a los fogoneros.

La perra muda que había sido bautizada Victoria, en honor a la emperatriz británica, que como Sandokán decía frecuentemente, era «una perra de mucho cuidado», comenzó a olisquear al ingeniero, que la veía con desconfianza.

—Señor, ¿ya les explicó a los dayakos que no es comestible su perra? —preguntó Monteverde.

—Es de Yáñez, que les explique él... a ellos y a Mao, nuestro jefe de cocina.

Algunas horas más tarde *La Mentirosa*, bajo el doble impulso del viento y sus dos *compound*, doblaba la punta de Pulu Gaya, que marcaba el extremo nordeste de la isla de Borneo.

Mientras tanto el llamado de los Tigres comenzaba a circular. Poner en alerta una red creada a lo largo de cuarenta años, pero que había permanecido dormida, no era cosa fácil: telegramas, rumores, mensajeros en la noche, palabras deslizadas al oído que llegaban a amigos, amigos de amigos, protegidos, viejos cómplices, envejecidos guerreros en retiro que ahora eran abuelos apacibles, comerciantes honestos de pasados menos honestos, hombres en todas las latitudes que no eran lo que parecían, hermanos de sangre con promesas a la espera, deudores de favores, soplones, informantes; incluso los cultivadores del mito de los Tigres. Aun así, desde el puente de *La Mentirosa* el rumor, el llamado, comenzó a crecer y dispersarse en ondas concéntricas: los Tigres estaban vivos, los Tigres querían saber, los Tigres iban a actuar, los Tigres no perdonaban. ¡Retornaban los Tigres de la Malasia!

IX
El secuestro de Kammamuri

A la caza de los rumores, que había aprendido en su larga vida a nunca despreciar y sin darle explicaciones a nadie, Kammamuri había dejado la plantación que administraba para Tremal Naik y estuvo durante unos meses trabajando como cazador al servicio de las comunidades en Borneo. Cazaba por dinero: un elefante loco que destruye las cosechas, un tigre que se había acostumbrado a la carne humana, una jauría de monos hambrientos que arrasaban los frutales. A cambio de las piezas capturadas los poblados le daban de comer, le ofrecían donde dormir y de vez en cuando hasta una mujer, no excesivamente joven, calentaba su cama.

Iba siempre acompañado de una pequeña pantera negra, una variedad del leopardo de pintas o manchado, mucho más común en Borneo que su más difundido pariente. La historia de sus relaciones con Bah era larga. La había encontrado en la India, cuando era un cachorro, capturada en una trampa de espinas y tras haberla liberado y alimentado con pedacitos de carne y leche de coco, la pantera nunca se había alejado demasiado de él. Extraño animal, alma gemela del maharato, de una terrible independencia, Kammamuri veía en ella una mezcla de ferocidad y ternura, y admiraba en ella el pelo brillantemente negro como el más oscuro de los carbones y una mirada verde y unos colmillos blanquísimos que relucían en la oscuridad. Bah apreciaba la vida en solitario del hindú y nunca había hecho buenas migas con los ocasionales conocidos de Kammamuri, manteniéndose a distancia de aldeas y poblados, desapareciendo por semanas y reapareciendo de repente, colocando un pequeño tapir muerto a los pies del cazador como muestra de aprecio.

¿Y el rumor? Todo era excesivamente vago, pero Kammamuri había aprendido del lenguaje de la vaguedad y cuando escuchaba una historia trataba de imaginarse cómo había llegado hasta la boca de su informador, y había aprendido a trazar los caminos del rumor. Si lo escuchaba en una aldea, imaginaba cómo las historias habían llegado hasta allí y de dónde podrían provenir. Durante las primeras semanas sólo fueron miedos y dichos, pero de repente, a unos doscientos kilómetros de la costa y en la parte oriental de la isla, cuando recorría los sembrados periféricos de una aldea, observó columnas de humo que se elevaban al cielo. Conforme se iba a acercando a la aldea, el olor a muerte que conocía tan bien comenzó a mezclarse con el humo grisáceo y de repente se vio ante una empalizada de bambú en cuyas puntas afiladas se encontraba una serie de cabezas cortadas; tras ella lo que había sido la aldea terminaba de arder y las pavesas del reciente incendio soltaban el humo que el maharato había visto desde la distancia. Montó la carabina y avanzó en medio de la muerte. Acercándose a los rescoldos comprobó que el incendio había sucedido hacía no menos de veinticuatro horas. La desolación era absoluta, cadáveres que empezaban a pudrirse por todos lados. Hombres y mujeres, más viejos que jóvenes, no adolescentes ni niños. Parecía un ataque de esclavistas, pero habitualmente las partidas no operaban en Borneo y las escasas veces que lo hacían, nunca tan al interior de la isla.

Huellas. Muchas huellas. Trató de desentrañar en el suelo los movimientos, las cantidades, las rutas. Sí, había huellas de perros, perros de combate, de jauría. Algunos de los cadáveres mostraban huellas de dentaduras, que no eran las de chacales o hienas, carroñeros que no abundaban por esa región. ¿Los atacantes? No habían sido menos de un centenar, tres de ellos con botas. ¿Europeos? ¿Mestizos? Armas de fuego, machetes, kriss malayos. Algunos cadáveres estaban destripados, el rombo con la «S» en su interior grabado a cuchillo en los rostros. ¿Esclavistas? Sí, porque una columna que incluía hombres y mujeres atados entre sí, con dos hileras de custodios al margen, había salido hacia el interior de la isla, rumbo al suroeste. Pero no sólo se trataba de esclavizar, también de aterrorizar.

A Kammamuri, que había tenido a lo largo de su vida a la muerte como fiel compañera, que había visto los horrores y las brutalidades más grandes, los más terribles actos de brutalidad, la imagen de la aldea lo conmovió. Se dijo entonces a sí mismo que ya estaba viejo. Y esa certeza lo enfureció más.

El maharato siguió a la columna durante varias millas. A un día y medio de marcha, las huellas se desvanecían al pie de un río muy ancho que daba a un lago de regulares dimensiones repleto de formaciones volcánicas en sus costados. ¿Embarcaron en lanchas? No encontró ninguna huella de tal cosa. ¿Volaron por el aire? ¿Cruzaron el lago sobre las aguas? Desconcertado, miró el paisaje en todo su tamaño, en la gran escala. Yáñez siempre le decía que dejara de mirar el suelo, cosa por demás difícil para un rastreador, que levantara la mirada, que lo imposible era sólo una forma extraña de lo probable. Pero aquí sólo había imposible, nada de probable y por más que alzara la vista no encontraba respuesta.

Prosiguió buscando en círculos cada vez más amplios, pero cerca de la aldea de Luasong se rindió. Hasta allí habían llegado las historias, pero sólo eran eso, historias de campesinos que le tenían miedo a la noche. Giró hacia el nordeste, pasó por la Roca y dejó un recado para los Tigres, después se internó nuevamente en Borneo siguiendo los rumores y las leyendas, y sólo encontró eso.

Y ahora el mendigo manco parecía haber abierto de nuevo la puerta del infierno.

Salió del sueño lentamente, sintiendo que lo estaban observando; no abrió los ojos y simuló seguir dormido; el calor de la mujer que había estado a su lado se desvanecía, ella no estaba allí; la carabina había quedado apoyada en un banco a un par de metros de la estera y tenía un machete con su ropa al alcance de la mano; saltó buscándolo, pero la mano encontró el vacío.

—Te estoy apuntando, perro, quédate quieto —dijo una voz en inglés.

«Soy un hombre viejo, pero no un hombre sabio», se dijo a sí mismo el maharato repitiendo las palabras de la mujer, y alzó los brazos.

X
Lazarito

La callejuela no parecía prometer gran cosa: tierra sucia, algunas barracas, un gran almacén de alto techo y gruesas puertas, dos perros callejeros y sarnosos descansando bajo un sol tórrido; pero el carruaje que se detuvo dejó descender a dos personajes lujosamente ataviados. Uno de ellos un viejo encorvado, vestido con una bellísima casaca de seda negra, que abría sus pasos con un bastón de madera de ébano con empuñadura de plata que simulaba la cabeza de un león; el otro un malayo algo más joven, ataviado con una librea de sirviente azul marino, que arrojó una moneda al conductor del cabriolé, quien rápidamente puso al trote a sus dos caballitos y desapareció por la esquina. Una vez solos, los dos personajes cruzaron la calle y avanzaron hacia el edificio de piedra de dos plantas, sin duda ruinoso, del que la vegetación empezaba a apropiarse.

El malayo golpeó suavemente el gran portón de madera que mostraba las huellas de la humedad y la suciedad reinante. Tres golpes cortos y uno largo resonaron extrañamente absurdos en el silencio del callejón vacío, donde sólo se escuchaba el polvo movido por el viento.

Tras una larga pausa, una mirilla se abrió en el portón y unos ojos fugaces contemplaron a los recién llegados. La puerta se entreabrió chirriando, dando paso al viejo y su sirviente.

—Queremos ver a don Lázaro —dijo el viejo en un español agallegado.

La pequeña filipina que había abierto la puerta asintió con la cabeza y los condujo por un dédalo de pasillos en los que no había ni demasiada luz ni ningún adorno o decoración.

Sin tocar previamente, la muchacha abrió una puerta al final de un pasillo interminable y dio acceso a los dos personajes. Sentado ante un enorme escritorio repleto de papeles, en un cuarto con las ventanas tapiadas e iluminado por dos lamparillas chinas, Lázaro Buría levantó la vista y tras observar a sus dos visitantes produjo un gesto de extrañeza. Algo en los personajes le recordaba a...

—Felipe Prado, dueño de varias plantaciones en Malasia, natural de Orense —se presentó el viejo.

Lázaro hizo un gesto a la muchacha que se retiró cerrando tras de ella la puerta, y se levantó de su silla avanzando hacia los dos hombres.

—Supongo entonces que yo soy su sirviente —dijo el malayo en inglés y luego escupió, haciendo un gesto de desagrado, hacia una chimenea que se encontraba apagada.

Lázaro se llevó las manos a la frente golpeándola ruidosamente y comenzó a reírse a carcajadas. Y remató refiriéndose a sí mismo:

—¿Y qué le dijo Jesús a Lázaro? Levántate, levántate.

Y poniéndose en pie con un gesto, ofreció asiento a sus invitados en dos lujosos sillones que se encontraban en la penumbra.

—¿Y a qué debo el honor de tener en este humilde banco en la ciudad de Mindoro, en las mismísimas islas Filipinas, a mis principales accionistas, clientes y amigos, el príncipe Sandokán y el señor Yáñez de Gomara? ¿Por qué vienen disfrazados a visitar a su humilde servidor?

—Del disfraz hablaremos más tarde —respondió Yáñez pasándose al inglés, el idioma que los tres compartían.

—¿Qué ocurre, Lázaro? —dijo Sandokán, poco dado a circunloquios—. Tu mensaje era apremiante. Nos obligó a quemar las reservas de carbón de *La Mentirosa* para llegar hasta aquí en cuatro días.

Lazarito, Lázaro Buría, el banquero de los Tigres, era un cubano avecindado en Filipinas por oscuras razones, entre las que sin duda debería encontrarse un exilio político, que lo había obligado a cambiarse de nombre con frecuencia. Era alto, con pelo aborregado en el que se veían algunas canas, cortado casi al rape para evitar el calor, y una mirada fiera bajo unas cejas muy juntas, casi una sola; tenía la costumbre de hablar de sí mismo en tercera persona y llevarse frecuentemente a la boca el anillo coronado con una turquesa que traía en el meñique de la mano izquierda, para mordisquearlo.

—Más allá de toda chanza, me alegro de que estén aquí y más me regocija que hayan venido disfrazados. Envié hace dos semanas una docena de mensajes esperando encontrarlos en alguno de los habituales puntos de contacto, porque la cosa es seria.

—¿A qué llamas seria, Lázaro? —preguntó Sandokán.

—Están sucediendo cosas muy raras, caballeros. Voy a intentar contárselas en orden. Hace unos meses las operaciones de la Banca Buría en Mindoro fueron sometidas a vigilancia por las autoridades españolas y el propio Lázaro, o sea yo, yo mismo, válgame Dios, sometido a vigilancia personal. No, no se preocupen, Lázaro es poco menos que genial, casi brillante y no es la primera vez en su vida que la policía quiere su piel, o sea que contrató a los dos oficiales de la policía que pusieron a vigilarlo. Ahora trabajan para él en el muelle aunque rinden sus informes, mismos que Lázaro escribe, en la jefatura. No era de extrañarse. Cosa normal en estos tiempos en los que se habla mucho de una reactivación del movimiento de los independentistas, hasta quizá un levantamiento. Pero las investigaciones bancarias iban como se dice, válgame Dios, más allá de rutinas y vulgares precauciones, tenían interés sobre todo en ustedes dos y sus fondos.

—¿Nosotros? ¿Qué podemos importarles a los españoles dos tigres viejos y desdentados como nosotros? —preguntó Sandokán.

—Sigue, Lázaro —dijo Yáñez encendiendo la pipa de Sandokán y para sí uno de los puros de Manila con los que se había recientemente proveído.

—Nunca he podido saberlo. Y no eran los ingleses, era Manila y el gobernador general de las Filipinas el que indagaba, o por lo menos alguien que usaba su nombre con gran libertad. Pero no quedó aquí la cosa. Entre la correspondencia que les ha llegado en las últimas semanas, y que en caso de que viniera a nombre de la Banca me he permitido abrir, se encuentran extrañas noticias: los almacenes en Singapur que ustedes poseen sufrieron un derrumbe tras una extraña explosión cuyas causas nunca pudieron establecerse y la empresa aseguradora, que es una filial del Banco Hispanoamericano de Madrid, se niega a pagar el seguro utilizando extraños argumentos. Españoles de mierda, alpargateros, buenos para cobrar las cuotas, pero no para cumplir. Como si esto fuera poco, las cuentas bancarias en Hong Kong han sido bloqueadas por el gobierno británico sin dar mayores explicaciones, y eso es conflictivo aunque no definitivo —dijo Lázaro frotándose las manos.

—¿Y entonces? —preguntó Sandokán, al que los prólogos le parecían absolutamente innecesarios y que en materia de conversaciones le hubiera gustado ser suizo en lugar de asiático para prescindir de cualquier circunloquio.

—Me quedaba para maniobrar el banco local —dijo Lázaro, que no estaba dispuesto a estropear por los caminos de la síntesis una buena historia—. Como ustedes deberían saber y si no, aquí estoy yo para contárselos, desde el inicio del siglo las instituciones de caridad llamadas obras pías, dirigidas por las órdenes religiosas, establecieron algo así como una caja de préstamos, ahorros que prestaban a los grandes agricultores criollos, con interés, claro. Estas obras concedían préstamos a los hombres de negocios a ciertas tasas de interés. En 1851, un real decreto estableció con esa carcasa el Banco Español-Filipino. O sea que me fui por ese camino, donde hay muchos amigos y no se hacen tantas preguntas.

Yáñez contempló al cubano. Se decía que financiaba al sector más radical de los independentistas filipinos, a más de los cubanos y que costeaba de su bolsillo la edición de los libros de su amigo José Martí.

—Espérate, Lázaro, ¿qué está pasando ahora en Filipinas? Antes de que cuentes nuestra historia tengo que saber dónde estamos parados, hace mucho que no leo prensa española —dijo Yáñez ante la impaciencia de Sandokán, que arrojaba humo con su pipa como si se tratara de una de las chimeneas de *La Mentirosa*.

—Este país se está calentando, caballeros. Ahora hay mucho descontento sobre todo por los trabajos forzados, el abuso en el cobro de tributos, el monopolio estatal del tabaco y la presión de los curas, que quieren bautizar a todo cristo. ¿Ustedes recuerdan el motín de Cavite en 1872? Claro que recuerdan, si algo tuvieron que ver en ello. Ese Lázaro tan desmemoriado cuando quiere... Pues después del levantamiento de los filipinos dentro del ejército colonial en los astilleros, el virrey jodió parejo y se fue a destruir a los liberales, entre ellos tres curas de ideas libertarias, vaya contrasentido, coño: Mariano Gómez, José Burgos y Jacinto Zamora, que protestaban porque se quería quitar a curas criollos y mestizos sus parroquias para llenarlas de curas asturianos, gallegos y andaluces, que por cierto son los mejores curas, porque no hacen nada y dejan singar alegremente, y se los cargaron, los fusilaron el 17 de febrero de 1872, el mismo año en que se tendieron los postes de telégrafo en Manila. Bueno, pues de ahí a hoy han estado surgiendo sociedades secretas que quieren sangre, una de ellas se llama Gomburza, por las primeras letras de los apellidos de los curas. Y hay inquietud.

—¿Y qué tiene que ver con nuestros intereses? —preguntó Sandokán.

—Aparentemente, nada.

El portugués hizo un gesto con las cejas pidiendo que la información prosiguiera, Sandokán se puso en pie y comenzó a dar vueltas alrededor de la mesa del cubano, con lo que éste mantuvo su conversación en permanente giro de la cabeza.

—Y entonces, con el incendio de Singapur, el bloqueo de los bancos españoles e ingleses, Lázaro usó el banco hispano-filipino. ¿Y qué le dijo Jesús a Lázaro? ¡Levántate, levántate! —dijo Buría alzando las manos al cielo—. Y Lázaro se puso a andar. Hizo un puente bancario con los franceses de Nanquín y luego lo pasó a la banca prusiana en Hong Kong y... Ahí tienen sus cuentas bancarias sin ingleses, tan felices como siempre y activas, caballeros, aunque con algunos agujeros, que uno hace magia, pero no tanta.

Lázaro les tendió un abultado portafolios en el que se encontraban los informes financieros, las nuevas cuentas y sus sistemas de acceso.

—¿Qué opinas? —preguntó el portugués a Sandokán.

—Normalmente serían un par de accidentes aislados: Lázaro vigilado porque es Lázaro, y los ingleses husmeando y metiendo sus narices en unas cuentas bancarias de sus viejos enemigos. Pero el banco español, la aseguradora que no paga... No me gusta nada, demasiado mal olor en el aire.

—Coincido contigo, estas historias... las citas de Kammamuri y Dakao, el ataque en la Roca, el enano. Llevo días con un extraño picor en las palmas de las manos.

—Tengo una gran cantidad de correspondencia para ustedes, de los más variados orígenes. Lázaro es como los Reyes Magos, que además de que no existen, traen regalos. Desde hace dos meses no tenía noticias y decidí retener el correo. Supongo que Lázaro no hizo mal. Y no sobra decir que pueden quedarse en la casa de Lázaro el tiempo que requieran —dijo Lázaro Buría cloqueando como gallina a punto de poner un huevo.

—No —respondió Sandokán—, tengo un mal presentimiento, iremos a la plantación. ¿Puedes disponer un transporte seguro, Lázaro? Hoy dormiremos en tu casa y mañana saldremos para la plantación, tan pronto lleguen los Tigres que nos servirán como escolta.

—Desde luego, tengo un cabriolé a su disposición. Y si me apuran podemos ponerle una ametralladora Gatling en el techo, que he comprado muy barata con su dinero, claro, caballeros. Uno tiene a veces ideas geniales.

XI
Drogado

Lo habían tenido drogado, posiblemente la sustancia la ponían en la comida, o en el agua. Sólo podía quitarse la capucha cuando sus captores dejaban el cuarto. No era una choza, ni un calabozo de piedra, eran de madera las paredes. ¿Un bungalow? ¿Un cuarto en una casa comunal dayaka a la orilla del mar? No oía los rumores del mar, no oía un río. Bajo la nube del opio todo se confundía, noches y días, interrogatorios, respuestas, golpes. Y la oscuridad. El cuarto no tenía ventanas.

Tremal Naik le había enseñado a Kammamuri que un interrogatorio es un cuchillo de doble filo, que muchas veces el que interroga, ante la habilidad del interrogado, cuenta más de lo que quiere saber y a su pesar informa al que tortura.

Por ahora no lo querían matar, si no ¿para qué la capucha?

¿Cuántos días han pasado? Ha perdido la cita en la Roca con los Tigres. Los Tigres... Querían saber todo sobre el señor Yáñez y el príncipe Sandokán. No querían saber nada sobre él, ya lo sabían y tampoco preguntaban sobre Tremal Naik y la plantación. ¿Dónde estaban ahora Yáñez y Sandokán? ¿Cómo era *La Mentirosa*? ¿Tenían alguna mansión en alguna parte del Índico? ¿En qué lugares? ¿Seguía existiendo la base de Mompracem? ¿Quiénes eran sus contactos en Sarawak? ¿Quiénes en Singapur? ¿Cuáles eran las actuales relaciones de Yáñez con Assam? ¿Dónde estaba Soares, el hijo del portugués? Kammamuri no tenía respuestas a muchas de las preguntas; nunca se había subido a bordo de *La Mentirosa*, no tenía idea dónde podía estar Soares. Y las cosas que sabía se las guardaba en el más recóndito escondite dentro de sí mismo. Eso sí, como buen maharato, contaba historias, contaba desembarcos y cañonazos, contaba la última batalla por Mompracem, contaba la cicatriz que Sandokán tenía en el pecho...

Lo interrogaban en inglés. Había un interrogador, siempre el mismo, el hombre de la voz muy ronca, un mestizo anglohindú, del cual, después de varias sesiones, Kammamuri podía decir que había vivido buena parte de su vida en Calcuta; un segundo personaje estaba a su lado y musitaba preguntas y órdenes que el segundo repetía. Kammamuri lo llamaba en los sueños tortuosos del opio «el jefe». Una vez, a la incierta luz de la linterna con la que lo interrogaban, había vislumbrado sus botas y en otra ocasión una máscara de plata. El jefe era europeo, ¿holandés?

Los captores no sólo se habían limitado a interrogarlo, muchas veces lo apalearon. Habían probado con él las torturas religiosas: suponiéndolo mahometano, le untaron manteca de cerdo en la boca. Kammamuri, en uno de los mejores momentos de su cautividad, simuló sufrir y estar aterrorizado, hasta que sus interrogadores descubrieron que se estaba riendo de ellos. Suponiéndolo hinduista, utilizaron entonces grasa de res que le pusieron en el rostro. Nuevamente el maharato, que era un animista muy singular, al borde del ateísmo, simuló estar horrorizado.

Las torturas religiosas lo habían dejado incólume, pero el apaleamiento le había roto al menos un par de costillas. Afortunadamente aún no habían pasado a torturas mayores. Él sabía varias... desechó el pensamiento y utilizó una vieja técnica aprendida hacía muchos años. Musitó las palabras: «El dolor pasa a través de mí, el dolor deja su centro dentro de mí y va saliendo, el dolor disminuye conforme escucho los latidos del corazón, uno, dos, tres, cuatro... El dolor se esconde, la sangre recorre el cuerpo, llega a...»

No servía demasiado, pero al menos lo devolvió a un estado de tranquilidad que le permitió volver a pensar con orden y no vapuleado por las sensaciones y los residuos de la droga en su cuerpo, y a concentrar su rabia.

Contempló nuevamente el cuartucho en el que lo habían alojado. Se movió hasta una esterilla, arrastrando una cadena que le unía manos y pies, y desechó un cuenco de agua a pesar de la inmensa sed que le habían producido las drogas y sus propios gritos.

A lo lejos, escuchó el ronroneo de un gran felino, Bah, la pantera.

—Hermanita —musitó, luego escupió un salivazo teñido de sangre contra la pared y en la oscuridad sus dientes manchados de betel refulgieron en una maravillosa sonrisa.

XII
De nuevo la muerte

Una carta habría de alterar profundamente el estado anímico de los dos Tigres, venía de Nueva Calcuta, la plantación en Sarawak y lugar de retiro de Tremal Naik.

Sandokán, presintiendo malas noticias, se mordió los labios hasta hacérselos sangrar, mientras recordaba la sonrisa de admirable dentadura del cazador de serpientes de la Selva Negra con el que tantas cosas habían compartido en el pasado, la piel morena y brillante, que untaba con aceite de coco, del tercer hermanito de los Tigres. La leyeron sobrecogidos, Sandokán por encima del hombro de su amigo.

La carta había sido dictada a Darma, su hija, en el lecho donde el hindú, al borde de la muerte, enviaba un último saludo a sus viejos amigos de correrías y les informaba que la causa de su enfermedad, que en dos días lo había puesto en los huesos en medio de terribles fiebres y convulsiones, era sin duda un envenenamiento.

No temo por una vida que se ha jugado tantas veces y tantas veces se debió haber perdido, que vive tiempos extraordinarios. Temo que este ataque a mi persona sea un ataque a las suyas, mis viejos Tigres hermanos. He ordenado que Westmoreland ponga en estado de alerta a los trabajadores de las plantaciones y se armen nuevamente. Lamentablemente no está conmigo Kammamuri que salió de aquí hace unas semanas a la busca de confirmar extraños rumores. Muchos de los muchachos, al menos medio centenar encabezados por

57

el tuerto Roy, aún recuerdan el combate y serán buenos aliados si ustedes deciden disponer de ellos. Si esta carta es una despedida, y los dioses habrán de saberlo antes que nosotros, les hago una última petición desde el lecho de la muerte. Manden al infierno a mis asesinos para que allí pueda encontrarme con ellos y ajustar cuentas.

Una posdata escrita por sir Westmoreland, el esposo de Darma y viejo enemigo de los Tigres reconquistado por ellos, les notificaba que las conclusiones de Tremal Naik eran justas, se había mandado analizar la fruta y esta contenía un potente veneno. Uno de los sirvientes había desaparecido el día posterior a que la enfermedad se manifestara, sólo para reaparecer días más tarde tirado en la calle, en un callejón de Sarawak, sin duda estrangulado. El mestizo indobritánico y yerno de Tremal Naik se preguntaba si acaso se trataría del retorno de los thugs, que los Tigres con ayuda del hindú habían eliminado hacía muchos años.

Darma escribía también una posdata, muy sencilla, y que para Yáñez y Sandokán resultó un mandato sagrado:

Mi padre hubiera querido que ustedes lo vengaran.

La noticia dejó durante un rato a los Tigres en silencio, Yáñez se mordisqueaba el bigote, Sandokán golpeaba la palma de una mano con el puño de la otra rítmicamente.

—Lo vamos a vengar, le arrancaremos el cráneo a los que lo envenenaron —dijo Sandokán con una voz que parecía surgir como un profundo y sin embargo suave rugido de sus entrañas.

—¿Qué es esta maldición? ¿Quién nos persigue? —preguntó Yáñez a las palmeras, el aire, los cocoteros que vislumbraba a través de la ventana.

El cuarto en la mansión de Lázaro les parecía insoportable, encerrados entre las paredes se sentían ahogados. Los dos Tigres salieron a una terracita.

Pasaron la noche al aire libre, en vela, fumando, recordando historias del cazador de serpientes en la Selva Negra que había sido su mejor amigo.

XIII
Diabolus Metallorum

Estaba amaneciendo.

Yáñez sacó unos lentes de armazón metálica del bolsillo superior de su camisa de seda blanca y del bolsillo del pantalón una arrugada carta.

—Deberíamos leer otra de las cartas. Debe ser importante para que BB haya roto el silencio desde Singapur.

—Lee pues —dijo Sandokán tendido en una hamaca en el porche de la casa de Lázaro.

Queridos S y Y:

La tensión en Malasia ha venido creciendo tal como se espe-raba. Muchas de las cosas que les contaré en esta carta las conocen sobradamente e incluso en algunas han sido ustedes protagonistas destacados o testigos privilegiados. Pero me veo forzado a escribir-lo así para darle forma al mapa político de la región y las tremendas presiones que el imperio británico ha creado con su voluntad de do-minio industrial, comercial y maligno. Me rehusaba a usar esa pa-labra: maligno, diabólico; porque como ustedes bien saben creo en las fuerzas que produce la sociedad, en sus fuerzas más allá de los hombres, viles instrumentos del sistema y no en el demonio; aunque los sucesos de estos últimos años han sido una prueba brutal para mi raciocinio y mi lenguaje.

El poder de los sultanatos bugis, que parecía indiscutible, aun en su fragmentación se ha ido disolviendo a golpes de mazo y maniobras. Los grandes comerciantes y guerreros que lo crearon se han vuelto los restos de un mundo repleto de orgullos que se desvanecen. En el inicio, la fundación de Singapur por sir Stamford Raffles. ¿Recuerdan sus historias? Aquel personaje de ojos enormes, brillantes, con esa apariencia de mestizo que tan poco gusta a los británicos, quizá por su origen, porque era de algún lugar de América llamado Jamaica. Había nacido a bordo de un barco, hijo de una holandesa, se decía. Fumaba continuamente y tenía la nariz roja, cara de borracho, que bien lo era. Entró en la Compañía de las Indias Orientales como empleado, para cubrir deudas familiares y terminó en nuestras tierras fundando Singapur. Hace cincuenta años que murió y lo único bueno que se me ocurre decir de él es que hablaba malayo con fluidez. En su momento Singapur pareció intrascendente, otro puesto comercial de avanzada del imperio para que los mosquitos se comieran a unos cuantos burócratas blancos, y para que los abanicos les espantaran el aburrimiento al mover suavemente el aire. Pero el auge comercial provocó su eclosión (y mucho tuvo que ver la inauguración del canal de Suez en 1869 y la anexión de Birmania en 1866). Singapur era quizá la más políglota ciudad de Asia, y probablemente lo sigue siendo, con una población mayoritaria de chinos (quizá el único pueblo que está en todas las otras partes del planeta, ¿verdad? Algún día tendría que abandonar el terrible trabajo que hago y jubilarme para estudiar el porqué), bugis y malayos, en la que se podían encontrar todo tipo de ciudadanos europeos, empujados por las mareas de sus desesperanzas; algunas razas del Indostán, javaneses, nativos de Sumatra y hasta algunos árabes.

La segunda Guerra del Opio y el motín de los cipayos en la India en 1857 crearon entre los mandamases del imperio británico una doble sensación: por un lado la de la fragilidad en la que se encontraba su dominio, por otro la de su fuerza. No hay nada peor que la combinación de miedo y codicia para hacer actuar a una bestia alimentada por una reina boba, el vapor, el carbón y las manufacturas textiles.

Sería el estaño el que haría la diferencia en la península malaya. A partir de los años cincuenta, el descubrimiento de grandes minas de estaño en Selangor y Perak en la costa occidental y cambió todo. Llamado por Geber *Diabolus Metallorum* en su *Summa perfectionis magisterii*, era muy conocido en la antigüedad y hay varias menciones a él en el Antiguo Testamento, pero sería hasta 1854 cuando el amigo Julius Pelegrin lo descubre como elemento químico, y surgen varias utilizaciones novedosas en las aleaciones de estaño, hierro y cobre; en la fabricación del vidrio para hacerlo menos frágil; en las latas de conserva por su resistencia a la corrosión. Y sobre todo el auge de la manufactura de tazas y platos de peltre.

Imposibilitados para lograr que los nativos trabajaran en las terribles condiciones que se producían en las minas, los británicos importaron a millares de trabajadores chinos (¿Recuerdan? En el 70 había en Perak cuarenta mil.) Los prófugos de las minas comenzaron a ejercer la piratería en las costas occidentales. Ustedes recuerdan bien a Lu Feng. Las guerras de sucesión en los pequeños estados malayos trajeron el caos. Y en el caos de los nativos prospera el imperio, la única gran fuerza organizada que avanza aplastando lo que se encuentra, siempre y cuando la dejemos. Primero los británicos apoyaron a Tun Matahir para frenar a los siameses... La flota británica combatió en el sur del mar de China y su influencia creció. Cuando el primero de abril de 1867 terminó el reinado de la Compañía de las Indias Orientales y la corona se hizo cargo directamente de esta parte del imperio, tenían en la península malaya una base muy sólida en Singapur y los Estrechos, a más de Wellesley y Malaca.

Luego vinieron las guerras de Selangor de 1867 a 1873 por el control de los ricos distritos del estaño donde los sultancillos se enfrentaron. En medio de estas batallas las sociedades secretas chinas tenían mucho que decir, habían organizado a los parias de las minas y buscaron aliados, tanto la secta de los Ghee Hin como los Hai San intervinieron y terminaron tomando bandos opuestos. La zona minera quedó devastada y eso, en 1873, permitió a los británicos meter sus narices y buscar el control; era la situación ideal para otra expansión. Mucho de esta historia sucedió en los últimos años aunque les debe resultar desconocida, porque habíamos perdido el contacto y no los he visto en Singapur desde el 71.

La inquietud política dominaba toda la región, no sólo en Selangor se estaba cocinando el gran cambio, en Perak, con el tratado de Pangkor en 1874, los británicos colocaron a su primer embajador residente, un hombre al que yo conocía bien, James W. W. Birch, que metió de lleno sus manos en los asuntos locales cambiando los sistemas de recolección de impuestos del estaño y combatiendo la esclavitud (a los británicos les gusta cambiar las cadenas del esclavo por las proletarias cadenas del salario de subsistencia). Los jefecillos y sultanes de pacotilla a los que se privaba de sus grandes negocios conspiraron y lo mataron hace un par de años. El imperio tenía en sus manos el pretexto y se enviaron tropas de la India y Hong Kong a Perak, que arrestaron y arrasaron a las fuerzas del sultán, al que mandaron a un orgulloso retiro. Los nuevos residentes, más inteligentes que Birch, que era como un rinoceronte en una tienda china de porcelana, cambiaron de modo de actuar usando a los malayos para imponer su ley. La invasión condujo al control entero de la península utilizando el sistema de poner en cada sultanato un «residente británico» que dirigía políticamente todo excepto los asuntos religiosos. En eso los británicos son generosos, mientras las mercancías se suban y bajen de los barcos, poco les importa a qué dios recen los peones.

Si a esto suman ustedes que desde 1873 los franceses tomaron Hanoi y dominan ya toda la Indochina; los holandeses han controlado Java y Sumatra, a pesar de permanentes alzamientos tribales; los españoles han reafirmado su férrea posesión de Filipinas sofocando a los independentistas, y las exploraciones navales prusianas que demuestran el interés del káiser en Nueva Guinea y las islas Salomón, que sin duda han de crecer en años próximos y no tardaremos en ver la bandera de la Neuguinea-Kompanie en nuestras playas; la presencia imperial es cada vez más fuerte en la región, con ella los expolios, las maniobras, la destrucción de cacicazgos, los cambios y las alianzas, la introducción de la economía industrial en minas y grandes plantaciones, el gran comercio, y tras él los navíos de guerra y los ejércitos, y detrás las contradicciones entre los imperios que quieren hacer del subcontinente índico uno más de sus patios traseros.

Les hago este tedioso resumen para que valoren la siguiente información que no es más que una serie de constantes rumores que han llegado hasta mis innumerables oídos; muchos de ellos contradictorios, muchos de ellos absurdos, muchos de ellos consejas de ancianas, muchos distorsiones de situaciones que deben tener un origen en fragmentos de la verdad.

Intentaré ser claro en algo que no lo es:

Se habla en Singapur de la posibilidad de que surja una potente nueva compañía británica en Borneo, si no es que ya surgió. Por qué y para qué, no lo sé. ¿Qué materias primas invitan nuevas codicias en esa región? No lo sé. Borneo y sobre todo el interior de la isla es inmenso y difícil de explotar comercialmente. No hay caminos, ni siquiera rutas, la actividad comercial es minúscula y casi toda asentada en las costas. Cierto, allí está Sarawak y Brunei, pero son un tres por ciento a lo más de esa isla, que es casi por sí sola un subcontinente; los dayakos del interior están fragmentados en miles de tribus y siguen siendo fieros.

Se dice que se está acumulando o se ha acumulado un gran capital para esa operación.

Por otro lado se habla de una sociedad secreta que se ha establecido en el interior de la isla de Borneo. Se dice que esa sociedad ha nacido en Singapur, que desde aquí actúa y que es una sociedad secreta donde participan europeos (¡!). También se dice que nació en Hong Kong, que se trata de escoceses cuyo capital proviene de las manufacturas textiles (lo que parece absurdo, ¿querrán venderles lana a los dayakos del interior?), que los fundadores son angloindostanos que cuentan con las fabulosas reservas económicas de los thugs (¿les suena conocido?). He intentado ir más allá, pero en las indagaciones he perdido a dos buenos compañeros, que aparecieron muertos frente al hotel Victoria con el cuello cortado y en una de las paredes del interior de mi humilde casa ha aparecido pintado con sangre un rombo en cuyo interior hay una «S». Parezco estar paralizado, pero mis recursos aún siguen siendo muchos, no hay mendigo en Singapur que no acepte mi mano, pero ¿cómo infiltras un rumor? Incluso he recibido presiones del gobernador diciendo que todo esto son tonterías y que dedique mis esfuerzos a causas más prometedoras, lo que parece confirmar la importancia de esa supuesta sociedad.

Por último, el nombre de ustedes dos ha vuelto a sonar, tanto por los que los señalan como involucrados en esa sociedad secreta, de la que serían jefes y financiadores, como por los que simplemente preguntan por su existencia y su ubicación. ¿Dónde han estado en estos dos últimos años Yáñez de Gomara y Sandokán? ¿Qué han estado haciendo? Y esas preguntas me motivan una nueva: ¿Quién lo quiere saber y por qué? Algunos periódicos en inglés, tanto en

Singapur como en Hong Kong, así como en la India, han elabora
do fantásticos reportajes sobre sus personas y sus viejas historias.
Gracias a ellos me he enterado que ambos están consumidos por el
opio, que viven en Europa en las cercanías de una ciudad española
llamada Salamanca, que están formando la más grande flota pirata que hayan visto los mares de China, que murieron en Perak, que
se han retirado al monte Kinabalú, que viven en un monasterio bu-
dista bajo nombres falsos, que Sandokán murió a manos de Yáñez
en una disputa y luego usted se suicidó, o que han asaltado la banca
del casino de Goa.

Es importante que ustedes conozcan estas historias y que a su
vez me informen de lo que les parezca pertinente. No creo en todo
lo que llega a mis oídos, pero donde hay humo, hubo fuego.

Quedo de ustedes como un hermano más, el hermano perdido
en territorio enemigo.

B. Barak

Post Scriptum: Les ruego la máxima discreción en sus comunicacio-
nes conmigo. Tengo la ingrata sensación de que me están vigilando
permanentemente, veo sombras donde no las hay, y creo que no las
distingo si las hubiese. Y si no es así, es algo peor, me estoy volviendo viejo y tengo ya menos resistencia al doble juego y al riesgo, de
la que tenía. La mano me tiembla cuando me afeito. Por eso he dejado de afeitarme.

Yáñez depositó los arrugados papeles sobre una mesita y se quedó mirando fijamente a Sandokán.

—No entiendo nada, voy por una cerveza.

—Trae dos —dijo Sandokán.

—Tú no bebes.

—Pero te veré beber la tuya y la mía.

Terminaba de amanecer.

XIV
La plantación

Las pavesas de lo que había sido la enorme mansión todavía ardían, quedaban fragmentos de muros de piedra que aún no se habían derrumbado y maderas y metales humeantes casi fundidos por el enorme fuego. El calor que aún desprendía el incendio era tremendo. Sandokán y Yáñez se cubrieron el rostro con los pañuelos que llevaban al cuello y avanzaron en medio de las ruinas. Si los ojos del príncipe malayo y su compañero lloraban, era debido al acre humo y no al valor de lo perdido. Las cosas materiales nunca habían sido tan importantes. Al frente, Sering, Pulang y otros dos de los Tigres de la escolta abrían camino con sus largos machetes dotados de un gancho en la punta; iban abriendo el espacio entre las ruinas; acababan de derribar una enorme mesa de madera y tiraban definitivamente los restos de una chimenea que milagrosamente habían permanecido en pie.

Para fortuna de los personajes, el cielo se cubrió de nubes y un violento chaparrón comenzó a caer casi instantáneamente. Las pavesas al contacto con el agua comenzaron a desprender vapor y un humo blanquecino que se impregnó, Yáñez pensó que para siempre, en las narices y la ropa del grupo.

—A la derecha, ahí estaba la trampilla que daba a la bodega —guió Sandokán.

De un golpe con la punta del machete Sering deshizo los restos de la trampilla. Los escalones se habían conservado en buen estado. Sandokán bajó sacando su pistola de la faja, Yáñez lo siguió a muy corta distancia.

Gracias a la luz del día que se filtraba desde la trampilla contemplaron la desolación. Muchas de las botellas habían reventado por el calor. Pero mágicamente una que estaba en un anaquel en la zona más alejada de la escalera, parecía haberse conservado.

—No sé cómo resistirá un Madeira estos cambios de temperatura —se preguntó Yáñez.

—Seguro que sabe muy bien. Y el vino de arak horrible que teníamos habrá mejorado. Y ese licor de arroz que te gustaba, que tantas veces obligaste a beber a nuestros compañeros, ha desaparecido, estaba al pie de la escalera.

Sandokán se rió a carcajadas.

—Sering, trae dos faroles y el resto de ustedes regresen con los tigrecillos y monten vigilancia alrededor de las ruinas. No queremos más sorpresas en un solo día —dijo Yáñez.

A través de la trampilla se filtraba la luz y los sonidos de la tormenta. Yáñez deambuló hasta encontrar una botella en particular y sacando del pecho un pequeño cuchillo que llevaba en una funda siempre al lado del corazón, rompió lacres y comenzó a devanarse con el corcho hasta lograr perforarlo. Dio un largo trago, se enjuagó la boca con él y luego lo escupió.

—¿Cómo está?

—Asqueroso.

La llegada de las farolas permitió a los dos Tigres dar un vistazo al sótano. La humedad, tremenda en aquella región del planeta, lo había inundado todo; moho y plantas de sombra habían crecido y con sus raíces le habían dado al sótano, una excavación natural sobre una base de roca que se encontraba bajo la mansión, una apariencia selvática. El incendio no parecía haber afectado demasiado las zonas más alejadas de la escalerilla.

Sandokán se puso al pie de la entrada y dando paso por número comenzó a contar las losetas de piedra.

—Ocho... nueve, diez...

Sacó de la faja un cuchillo de largo filo, lo introdujo entre las juntas de la piedra y comenzó a hacer palanca; una vez que hubo logrado levantar la losa unos centímetros, Yáñez acudió en su auxilio con un pedazo de madera e introduciéndolo bajo la piedra aumentó la fuerza alzándola varios centímetros más.

—Mantente firme, hermanito —dijo Sandokán, mientras introducía la mano bajo la losa y poco después sacaba una bolsa de cuero que debía pesar medio kilo.

—¿Cuándo guardamos esto? —preguntó Yáñez, que seguía bebiendo sorbos del recalentado Madeira, empezando a tomarle el gusto a ese té alcohólico.

—La verdad, no lo recuerdo, y tampoco recuerdo por qué lo guardamos aquí. Y ni siquiera recuerdo a quién se lo quitamos.

—Eso sí lo sé, era parte del tesoro de Lu Feng y cuando le cortamos la cabeza con todo y coleta a aquel miserable, nos lo llevamos...

Sandokán deshizo el nudo de la bolsa y metió la mano para sacarla con cuatro o cinco perlas negras maravillosas que brillaban a la luz de las linternas.

—Carajo. ¡Mi colección de grabados! —exclamó Yáñez y girando sobre sí mismo contó otros tres pasos largos hacia la izquierda del escondite de las perlas, cerca de una de las paredes de piedra estaba el cofre. Yáñez intentó abrirlo con su cuchillo, pero necesitó de la ayuda del pequeño machete de Sandokán. En el interior, tras apartar dos pistolones y una colección de herraduras, sacó una carpeta de madera muy fina, cubierta de seda.

—Mi colección... —susurró acunando entre los brazos la carpeta.

—No era tuya, se la quitaste a un inglés al que ahorcaste. Una colección es algo que uno hace al paso del tiempo, como por ejemplo mi colección de sables. Vas consiguiéndolos poco a poco, los atesoras, los guardas. Tú no coleccionaste esos grabados, sólo se los quitaste a aquel siniestro inglés.

—Había matado a un chino —dijo Yáñez a modo de disculpa.

—Yo también maté a un chino, a varios. Recuerdo en la caverna de Lu Feng... Y esa vez en el mar de la Sonda cuando nos atacó la flotilla... —respondió Sandokán dispuesto a no perder esta discusión.

—Tú nunca mataste chinos a sangre fría.

—Tienes mala memoria, hermanito, una vez ordené que ahorcaran a aquel jovencito de la coleta que había envenenado a mi primo el príncipe Nubián.

—Tú nunca mataste a un chino estando borracho.

—De nuevo te equivocas. Cuando nos atacaron en aquel prostíbulo en Hong Kong, yo estaba bastante borracho. Y menos mal que paraste en seco con tu brazo la puñalada que me daba el pequeñajo. Pero a ése lo maté yo, con estas manos y te aseguro que estaba muy borracho.

—¿Insinúas que maté al inglés para quedarme con sus grabados? —preguntó Yáñez furioso.

—No, primero lo mataste y luego le quitaste los grabados. Cuando le disparaste un tiro en la frente no sabías que tenía ningún tipo de grabados. Y de cualquier manera era un inglés de mierda...

Yáñez abrió la carpeta de madera y seda, que cubría otra de cartón rígido con conteras de cuero y fue retirando cuidadosamente las cintas. Luego repasó las dos docenas de originales. Allí estaban varios Dureros y Dorés y un maravilloso grabado de John Tenniel de *Alicia en el País de las Maravillas*, aquel en que una Alicia crecida se veía oprimida por las paredes de la diminuta casa; y un grabado de George de Maurier publicado en *Punch*, llamado «Pequeño sueño de Navidad», que mostraba a un monstruo persiguiendo a un niño en la nieve.

Había varios grabados de Gustave Doré, un ilustrador francés famoso que ahora trabajaba en Inglaterra, y que desde los catorce años grababa para libros ilustrando a Coleridge y a Cervantes. Las mejores piezas eran un grabado que llevaba fecha de apenas tres años antes, de un hombre en el mástil de un velero, varias ilustraciones de *La Divina Comedia* e incluso un Quijote de 1863.

Le gustaba el trazo enérgico del grabado, fuera de grises, todo definido en líneas. Le recordaba los dibujos de los monjes que había visto en su infancia en la abadía donde se había criado.

Tenía la colección un grabado de Honoré Daumier: «El Sena es un río», donde alternaban chiquillos y hombres bañándose en el río. Todo con un tono irreverente, fortalecido por un personaje que estaba meando en las aguas.

Pero el favorito de Yáñez era un George du Maurier titulado «Sueño del mar», muy reciente en su realización, apenas de dos años antes, y que también había sido publicado en el *Punch* de Londres. Mostraba a un grupo de señoritas victorianas volando sobre el mar, con alitas y con sus sombreritos y vestidos playeros; la inocencia y el absurdo. Maravilloso.

Aunque todas las piezas estaban firmadas y numeradas, la colección no debería valer gran cosa, porque decenas de las piezas circulaban por el mundo y los grabadores no eran excesivamente respetados en un planeta que era propiedad de los pintores. Aun así Yáñez gozó de nuevo los grabados que tenía casi olvidados.

Sandokán lo interrumpió tocándole levemente el brazo.

—Hace menos de veinticuatro horas que se inició el incendio. Las huellas de nuestros enemigos deben aún estar por ahí, incluso a pesar de la lluvia —dijo Yáñez.

Sandokán convocó a los ocho Tigres y les dio unas rápidas órdenes en malayo.

—¿Y la gente que trabaja en la plantación? ¿Dónde está? No vimos a nadie al pasar por el caserío. No puede haber desaparecido. ¿Tienes balas suficientes? —le preguntó el malayo al portugués, mostrándole acto seguido su carabina.

Yáñez revisó su cartuchera, sacó sus armas y se las mostró a Sandokán; además del Turrent llevaba un Colt de seis tiros. El malayo verificó que sus armas estuvieran cargadas y asintió.

La lluvia había acabado con todos los restos del incendio, pero el calor seguía siendo muy intenso. Oleadas de vapor subían del fango. Los dos Tigres avanzaron por un sendero que salía de la parte trasera de lo que había sido la mansión y cruzaron unas verjas de metal, que daban a una plantación de hortalizas. A un centenar de metros podían verse una docena de las típicas chozas de palma del campo filipino en torno a un pozo artesanal.

Los pájaros habían huido y el silencio era absoluto. Sandokán sacó un sable de su vaina y olió el aire.

XV
La emboscada de los francotiradores

La escolta de los dos Tigres holgazaneaba en las afueras de los restos de la mansión. Eran ocho hombres armados con carabinas hindúes, pistolones con culata de ébano adornada con nácar, algunos de ellos llevaban rifles más modernos e incluso un par, revólveres; y todos ellos portaban colgado del hombro, en su funda, un kampilang, el machete largo que los había hechos famosos.

Luego Sandokán juraría que había escuchado primero el silbido de la bala que el disparo, pero eso era imposible. Vio cómo Kulu recibía el impacto en mitad de la frente y se desplomaba. Sonaron media docena más de disparos. Sandokán desperdigó a sus hombres y buscó con la mirada a Yáñez, que con los dos revólveres en las manos corría hacia una de las chozas, buscando a los tiradores o quizá sólo tratando de guarecerse.

—En el lindero —gritó el portugués.

—¡A mí, Tigres! —rugió Sandokán saltando hacia la protección que daban las chozas. De repente le cruzó por la mente que quizá allá le esperara una emboscada; un chasquido destrozando el pretil del pozo le hizo buscar hasta encontrar una pequeña columna de humo. Los disparos efectivamente salían del borde del bosque. A sus espaldas otro de los Tigres había caído, tomándose el estómago con las manos y chillando.

Sandokán se cubrió tras la pared de una de las casuchas. Poca cobertura real producían los muros de palma, fuera de ocultarlo de la visión de los tiradores.

—A mi voz, una descarga contra el bosque. ¡Todos a una! —gritó.

—Espera a que disparen —dijo Yáñez, que se había arrastrado hasta ponerse a su lado.

Desconcertados por la falta de fuego de los Tigres, los emboscadores salieron hacia el lindero del bosque para afinar sus blancos. Eran al menos una veintena.

Cuando Sandokán estaba a punto de dar la voz de ataque para lanzarse a una muerte casi segura, sonaron, como telas que se rasgaban, las ráfagas de la ametralladora. Yayu, un siamés con la cara parcialmente quemada, se había deslizado aprovechando la confusión hacia el cabriolé y tomado la potente arma. Varios de los atacantes cayeron.

—¡Ahora! —gritó Sandokán y tras disparar su carabina, sacó las dos pistolas que traía y se lanzó hacia los desconcertados enemigos.

Cuando un Tigre ataca, sólo hay dos maneras de pararlo, una bala en el cerebro o en el corazón. Poco más se puede hacer en esos veinticinco metros que separaban a emboscadores y emboscados.

Saltando como un enloquecido, Sandokán descargó sus pistolas contra los emboscadores, que intentaban huir, de un sablazo en la espalda detuvo a uno de ellos que se quebró como un junco y se lanzó sobre un segundo logrando atraparlo por los tobillos. Yáñez y los restantes Tigres fusilaron a muy corta distancia a los hombres que corrían intentando guarecerse en el bosque. Todavía uno de los Tigres alcanzó a uno de los rezagados y prácticamente lo cortó en dos con su kampilang. Sandokán mientras tanto lidiaba con el hombre que había capturado y que había logrado sacar de la faja un estilete. Tratando de estrangularlo con una mano, el príncipe malayo pudo apresarle la muñeca y sin dudarlo le mordió los nudillos, no sin que antes el hombre, un filipino muy fornido, le propinara un tremendo puñetazo en la nariz. La mano izquierda de Sandokán continuaba apretando el cuello del hombre que había perdido el cuchillo hasta que su cautivo se estremeció.

Inútil fue el disparo de Yáñez que acertó en la frente del filipino, el hombre ya estaba muerto.

Sandokán se irguió sacudiéndose el polvo, sangraba abundantemente por la nariz. Yáñez se acercó obligándolo a alzar la mirada al cielo y le colocó delicadamente un pañuelo para restañar la sangre.

—Ten cuidado, hermanito, no vayas a manchar mis grabados.

—¿No los perdiste en la refriega?

—No, los traía bajo el brazo y disparaba el Colt con la otra mano. ¿Estás bien?

—Sí, la nariz no debe estar rota. Pero vi caer a Kulu con un disparo en la frente.

—También está muerto Tarunga, el jefe de la escolta.

Fueron caminando lentamente hacia donde estaba el joven malayo que había recibido dos disparos en el pecho y el estómago. Tarunga los había acompañado desde que era un niño; era el segundo de ese nombre, que había tomado de su padre, muerto veinte años antes en un duelo contra dos fragatas inglesas.

Yayu, el siamés de la cara quemada, viejo compañero de correrías de Yáñez desde la época en que éste había sido maharajá de Assam, estaba recogiendo las armas útiles y las municiones de los muertos.

—Tigre, tienen rifles modernos —dijo pasándole a Yáñez una de las carabinas.

Yáñez contempló el *mauser*. No había muchos de esos en las Filipinas, donde el ejército español estaba armado con anticuadas carabinas.

De repente el siamés lanzó un grito de advertencia:

—¡Tigre Blanco, mira, ven!

Yáñez caminó unos cuantos metros y descubrió hundido en medio de unas yerbas altas el cuerpo de un hombre delgado y de tamaño por encima de la media, vestido con sandalias y un sencillo traje hindú de un color blanco sucio, llevaba el turbante verde de aquellos musulmanes que habían hecho el peregrinaje a La Meca.

—Un santón —dijo el siamés.

Sandokán, que ya no sangraba, se había acercado y de una patada hizo girar el cuerpo del hombre, que desmadejadamente quedó boca arriba. Bajo el turbante traía una máscara metálica, acerada y brillante que le cubría totalmente el rostro. Un tiro le había alcanzado directamente en el corazón y otro le había roto un brazo. El Tigre tomó la máscara y la arrancó. El hombre era un europeo.

—¿De cuándo acá los ingleses o los franceses peregrinan a La Meca? —le preguntó a Yáñez.

Se quedaron contemplando el rostro del muerto.

—¿Te parece un enemigo despiadado?

—No, más bien parece un oficinista.

Era un hombre de cuarenta o cincuenta años con una cara redonda, un bigotillo desabrido; bajo el turbante un pelo ralo y muy fino, un par de cortadas de la última vez que se afeitó. En la parte interior de la muñeca derecha tenía tatuado el rombo con la serpiente.

Yáñez comenzó a registrarlo; en una bolsa de tela, ahora ensangrentada, que le colgaba a un costado, traía una colección de mapas de las islas del Índico de la Malasian Railway, un Colt .45 nuevecito y una hojita de papel repleta de cifras.

—¿En clave?

—Posiblemente —respondió el portugués echándosela en el bolsillo.

Sandokán tomó el Colt y la cartuchera y con un gesto se lo ofreció a Yayu.

—Te lo has ganado, si no hubieras sacado la ametralladora probablemente no estaríamos aquí ahora viendo a sus muertos. —El siamés de la cara quemada, al que nunca nadie había visto sonreír, enseñó los dientes a Sandokán.

—Aquí hay un herido, jefe.

Los dos Tigres se acercaron. Un hombre con la pierna rota y ensangrentada avanzaba hacia ellos sostenido por los dos gemelos, unos muchachos vivaces nativos del sur de Célebes cuyo padre, un viejo pirata que había combatido con los Tigres contra Brooke, les había puesto los nombres de Abeduledyumali y Abeduledyulali y que Sandokán había rebautizado simplificando como Mali y Lali al incorporarlos a su nueva escolta.

El herido, que se quejaba en tagalo, trató de dejarse caer al suelo.

—¿Qué dice? —preguntó Yáñez.

—Que hemos matado a su santo padre —contestó Sandokán y luego se dirigió a los mellizos—: Muéstrenle que se trata de un europeo.

Los dos escoltas arrastraron al empavorecido filipino hasta el cuerpo del muerto y lo obligaron a que lo viera. La actitud del nativo se transmutó de pánico en sorpresa.

XVI
La peligrosa opinión de un observador

De regreso en Mindoro, Lázaro los estaba esperando con una suntuosa comida y un nuevo paquete de cartas. Tras enviar al puerto a un par de sus hombres para que pusieran en alerta a la tripulación de *La Mentirosa* e hicieran averiguaciones sobre la llegada a la isla de la partida que los había atacado, los Tigres se dejaron caer en dos sillones en las afueras de la mansión del cubano, mientras les llegaba el olor de un cerdo que se estaba guisando.

—Están ustedes viejos, mis estimados jefes, ya no deberían andar tirando tiros por el mundo, se los dice Lázaro, válgame Dios.

—Vete a cagar —respondió Yáñez, que realmente estaba agotado.

Sandokán soltó una enorme carcajada, que interrumpio cuando una idea le cruzó la mente e hizo que se le frunciera el ceño.

—Lázaro, ¿quién sabía de nuestra plantación? ¿Quién, en nombre del demonio, podría conocerla? No habremos ido allí más de tres o cuatro veces; a ocultarnos hace dos años, según recuerdo. Me molesta pensar que tenemos enemigos que saben tanto.

—¿Y qué me dices del europeo? ¿Y de lo que nos dijo el que capturamos? —añadió Yáñez.

Lázaro les entregó un par de jugos de piña, el del portugués aderezado con ron cubano, y se sentó ante ellos en cuclillas.

—Era musulmán. ¿Hay muchos musulmanes en Filipinas, Lázaro?

—Un cinco por ciento, son nativos de Mindanao y de las islas de Jolu y Sulu... Cuando la inmigración árabe del siglo XVI convirtieron a una parte de la población y tienen a un sultán por ahí. Los llaman moros —dijo el cubano.

—Pues cuenta que la partida armada se formó hace unas semanas, que el santón que había hecho la peregrinación a La Meca, y que se cubría con guantes, la máscara y calcetines negros, les habló en árabe y les dijo que se aproximaba la yihad, les soltó toda la retórica de la guerra santa y lo que es mejor, les entregó dos docenas de *mausers* alemanes nuevos, de los que por cierto hemos recuperado más de una docena, con abundantes municiones... Él lo cuenta así, pero sin duda se trataba de una partida de bandoleros previamente existente. Por mucha yihad que cuentes o creas no se improvisa un grupo armado de la noche a la mañana. Los embarcaron en un bote y los trajeron a atacar la plantación... Por cierto, Lázaro, la santa ametralladora que nos prestaste hizo la diferencia.

—Hacía mucho que no oía hablar de la yihad, la guerra santa —comentó Sandokán.

—Y menos aplicada a un par de pobres diablos como nosotros —respondió el portugués—. La palabra significa «lucha», «esfuerzo», pero admite todas las interpretaciones, creo recordar que en el Corán se lee «Yihad bis saif», o algo así, es una referencia contra la explotación y la opresión. No me hagan mucho caso. Pero en manos de un fundamentalista se puede convertir en un llamado a la guerra santa religiosa con permiso añadido de cortar la cabeza a quien le rece a un dios diferente al suyo. La rebelión del Mahdi en el Sudán puso de moda el término, pero ahí había una guerra contra los británicos. ¿Qué carajo tenemos que ver nosotros con el imperio de Victoria?

—A mí no me preguntes —dijo Sandokán—, de niño, cuando había que estudiar el Corán, yo me iba de cacería.

—Lázaro, más vale que te cuides, tenemos unos enemigos extrañamente poderosos.

—¿Qué le dijo Jesús a Lázaro? Levántate, levántate... He puesto en alerta a todos mis hombres y voy a tener una charla con el gobernador de la isla cuando ustedes se hayan marchado, quiero ver, señores, qué opinan las autoridades españolas de la presencia de un grupo de moros armados en sus tierras.

Lázaro Buría, como todos los cubanos, era un adorador de los cerdos y esta vez había ordenado a sus cocineros que guisaran un puerco de regular tamaño en un agujero en la tierra, destazado y sazonado, cubierto de hojas de plátano y rodeado de frutas, para que los jugos de la carne y las frutas hicieran el trabajo de cocinar. Antes, sirvió a sus invitados una sopa de melón amargo particularmente deliciosa y unos huevos de pato en salazón. Comieron el puerco sobre grandes lonchas de pan recién horneado y con una variedad de salsas picantes, que se mezclaban con gracia con el dulce de las frutas.

La comida fue tan brutal y ambos habían comido de manera tan abundante, que Sandokán y Yáñez aceptaron la oferta de Lazarito, quien ordenó que se tendieran en el patio un par de hamacas a la sombra de unas palmeras, para que los Tigres durmieran la siesta.

Aunque los personajes se negaran a admitirlo, aquellas dos semanas habían sido agotadoras. Tanto Sandokán como Yáñez se acercaban peligrosamente a los sesenta años, lo que, dada su azarosa vida, las múltiples cicatrices que ostentaban tanto en el cuerpo como en el espíritu y la longevidad que alcanzan los piratas en esas latitudes, podía considerarse, a los ojos de un observador no comprometido, una edad avanzada. Y más vale que el tal observador no le hiciera ningún comentario al respecto a ninguno de los dos personajes.

XVII

La carta de Engels

Entre las piezas más extrañas del correo que se había acumulado en los últimos seis meses se encontraba una nota proveniente de Londres y que había tardado seis largos meses en arribar:

Estimado señor de Gomara:
Le agradezco profundamente sus anotaciones sobre el comportamiento de los orangutanes en esa remota zona del planeta conocida como la isla de Borneo; me han de ser de gran utilidad en un trabajo que estoy preparando sobre el papel del trabajo en la transformación del mono en hombre, que pretende avanzar, ir más allá, sobre las huellas del darwinismo para establecer el trabajo como la piedra angular de la evolución. Han sido particularmente útiles sus notas sobre la dilapidación de alimentos, y la destrucción de reservas alimenticias en germen, así como las operaciones que realizan con sus manos y los rudimentos del lenguaje. No siendo un zoólogo lamento no haberle dado toda su utilidad al material que usted me ha proporcionado. He estado leyendo el reciente trabajo de Alfred Russel Wallace, pero me parece limitado y «naturalista». En cambio, puedo advertirle que sus reflexiones me han permitido colocar otra pequeña piedra en el edificio de una teoría que avanza en la búsqueda de la emancipación de las clases trabajadoras.
Quedo de usted.

FEDERICO ENGELS

Yáñez también había leído el *Archipiélago malayo* de Wallace y estaba profundamente indignado con el antropólogo inglés, que en su paso por las islas del Índico había descrito y catalogado, acumulado y anotado, animales, costumbres humanas, descripciones raciales, hábitos, plantas, con esa manía de los naturalistas para catalogar el universo. Decenas de años en el archipiélago malayo hacían que Yáñez desconfiara de cualquier visión europea sobre el mundo que lo había acogido y del que se sentía absolutamente parte. Lo irritaba la supuesta superioridad de los portavoces de la civilización ante los cachorros de la «barbarie», su displicencia abrumadora y catalogadora. No se daban cuenta que igual de exótico o más que lo que describían, era el mal hábito que ellos practicaban de cagar a escondidas en la selva y que causaba risas entre los dayakos.

Y eso que Wallace no era un insensible y remataba su libro diciendo: «La riqueza, el conocimiento y la cultura de unos pocos no constituyen la civilización» y criticando el estado de barbarie social que reinaba en Inglaterra donde el crimen, la indigencia, la miseria industrial, mantenían a tres décimos de la población en la absoluta pobreza.

Aun así y parcialmente reconciliado con el naturalista, a Yáñez le había puesto de mal humor en la lectura de Russel Wallace la descripción de sus relaciones con los orangutanes, a los que en Borneo se había limitado despiadadamente a cazarlos para disecarlos o conservar sus esqueletos. El naturalista contaba, para fastidio de Yáñez, una docena de cacerías de orangutanes y se solazaba narrando cómo los había herido en un brazo o en la espalda y perseguido a los pobres animales, heridos y sollozantes a través de la selva.

En ultimado caso y volviendo a Federico Engels, lo que Yáñez quería era reivindicar a los orangutanes como una forma superior a la humana, no convertirlos en el eslabón inferior de la cadena; quizá todo había sido un error, un lamentable malentendido. Tendría que escribirle de nuevo al caballero Engels.

XVIII
El mar enfurecido

Como todo en aquel océano enloquecido, la tormenta pareció surgir de la nada. Venía con vientos de noventa kilómetros por hora, y una marejada que fue creciendo hasta llegar a olas de seis metros. Durante más de una hora *La Mentirosa* se zarandeó sacudida por el oleaje, e incluso un barco tan estable como aquel crujió apretado en sus junturas por la fiereza del mar.

Sandokán estaba en la proa del barco encarando la tormenta, olas inmensas se estrellaban contra la nave que parecía cortar milagrosamente el océano. Empapado y rodeado de espuma sonreía fieramente al mar. Esa era su eterna relación con el océano en combate, retarlo, derrotarlo. Yáñez tomándose de una cuerda se acercó hasta él aprovechando un respiro para llevarle un capote. Intentó decirle que se quitara de allí, que podría ser peligroso, pero el rugido del mar lo hacía imposible, además bien sabía que sus recomendaciones serían inútiles y prefirió meterse a su camarote a beberse una botella de Madeira que reservaba para el día en que el mundo se acabara.

Repentinamente llegó la calma. Sandokán apareció por el camarote chorreando agua y comenzó a cambiarse de ropa.

—Nos hemos enfrentado a rivales poderosos, hemos combatido por razones de venganza, para vengar terribles afrentas, para lograr reparación de injusticias, hemos roto los dientes de las maquinarias brutales del imperio, hemos asesinado por orgullo y a veces por rapiña y codicia. Hemos matado por supervivencia a enemigos implacables que querían adornar sus tronos con nuestras cabezas, hemos incluso peleado y dejado nuestra sangre y la de muchos hermanitos para defender una roca en mitad del océano y prefiero no recordarlo, pero hubo veces en que hicimos ondear la temida bandera roja de los Tigres de la Malasia para combatir el aburrimiento. A veces el odio pudo más que la razón y ciegos de rabia cortamos cabezas o torturamos…

—No le des vueltas, hermano —dijo Yáñez buscando la precisión—, hemos combatido contra el progreso y a veces pienso que contra la historia, y un combate así es un combate de bárbaros. Bárbaros bellos y geniales, pero salvajes al fin y al cabo. ¿O cómo llamas tú el impedir que crecieran las redes comerciales inglesas y holandesas en el mar de la Sonda? ¿De qué manera puedes explicar que los barcos de la civilizada Europa surcaban los Estrechos muertos de miedo?

—Lo llamo justicia. El comercio existió en estas tierras mucho antes de que lo impusieran los europeos con galeones artillados; mucho, muchísimo antes de que llegara Brooke con *The Royalist* y Raffles se apoderara de Singapur —contestó airado Sandokán.

—¿Y qué me dices de apoyar a los rebeldes hindúes o a los independentistas filipinos? Y ha sido a veces piel contra piel. Por eso me gusta mi historia. Soy un traidor a mi piel y moriré orgulloso de serlo.

Mientras el portugués fumaba en pipa, Sandokán se había envuelto en una enorme toalla. Podría parecer, en medio del murmullo de un mar que comenzaba a calmarse, una escena familiar, pero en la intensidad de las palabras del príncipe malayo algo lo desmentía.

—No iba por ahí, Yáñez, no estoy haciendo un balance funerario ni dictando mi testamento, bien sé que seremos polvo y que no habrá memoria en estas islas de nuestro polvo en cien años.

—Polvo enamorado —dijo Yáñez.

—Me gusta —respondió el malayo.

Durante unos minutos permanecieron en silencio. Un silencio que rompió el portugués:

—Estaba pensando que nunca habíamos combatido contra la niebla.

—¿Por qué lo dices? Hemos enfrentado tifones, inundaciones, temblores y erupciones volcánicas, hemos estado a punto de morir de sed en el desierto y más de una vez nos bebimos nuestra orina en una balsa en el océano, por no contar el medio millón de veces que hemos estado a punto de morir ahogados. ¿Ahora te preocupan los magos y los rumores de pescadores sobre esa misteriosa niebla verde?

—No es la niebla. Es el maligno ser, niebla también, que está detrás de ella. ¿Una niebla que deja a doscientos campesinos muertos y que es capaz de bloquear nuestras cuentas bancarias en Hong Kong; que pone detrás de nuestras cabezas a una horda de leguleyos acusándonos de contrabando y que moviliza a la prensa de tres países contra nosotros? Es lo mismo.

XIX
Sexo

La Mentirosa, rehuyendo las rutas tradicionales, ascendió costeando la isla de Luzón y tras cruzar el mar de China, se aproximó a la pequeña colonia portuguesa de Macao. La Cidade do Santo Nome de Deus de Macau era tierra vieja, fundada en 1517 como el primer puerto comercial europeo en tierra china. Los años habían pasado generosamente por ella aunque, últimamente y tras la Guerra del Opio, la competencia brutal de Hong Kong, que se encontraba a unas pocas horas de distancia, se la estaba comiendo. Hoy, delimitada por sus murallas, parecía pequeña.

Anclaron en el puerto exterior para no despertar sospechas, Yáñez no quería tener demasiado cerca a las autoridades de sus paisanos, que sabían de él más de lo que al Tigre Blanco solía gustarle.

Mientras *La Mentirosa* se aprovisionaba de carbón y de víveres, los Tigres decidieron rendir un homenaje final a Tremal Naik y recordando que el hindú, locamente enamorado entonces de Ada Corishant, los había acompañado una vez hasta un burdel en Calcuta y se quedó montando guardia en la puerta, y pensando que tantas emociones en las últimas semanas cargaban el sexo, hicieron dos cosas: se colocaron una cinta negra prendida en el brazo con alfileres para honrar la muerte de Tremal Naik y se dirigieron a un prostíbulo.

Yáñez vestía para la ocasión una chaqueta de terciopelo castaño con botones de oro, botas con polainas y hebillas de oro y un sombrero de Manila de paja prestado por Lázaro y adornado por una cinta roja.

Sandokán se había puesto un pequeño turbante de seda blanca con una gran perla adornando la frente y una casaca roja bordada en oro. El enano, al que la tripulación había bautizado como Pinga Puagh, llevaba una chaqueta de lino recortada de Yáñez y un turbante de seda verde que le había prestado Sandokán.

Los prostíbulos de Macao eran famosos por su extremado lujo y curiosamente interraciales, en un contexto como el del sureste asiático donde las huellas del color y las huellas del poder estaban firmemente asociadas, donde la represión racial era una ley social. En eso había que reconocer la maravillosa democracia portuguesa en materia de sexo.

El prostíbulo no escondía su voluptuosa misión, las paredes de la sala que operaba como recepción estaban adornadas con imágenes de Bali, cuadros hindúes sacados sin duda de las estatuas de Khajuraho y maravillosas sedas chinas.

Los hicieron pasar a una sala donde se servían bebidas y una mestiza portuguesa cantaba fados.

—No te pongas triste, hermanito. Venimos a lo que venimos —dijo Sandokán y tomando del brazo a una china han, de bellísima sonrisa, desapareció tras unas cortinas.

Yáñez se bebió una ginebra con agua de coco mientras escuchaba los fados. Se estaba poniendo triste. La cantante mestiza se le acercó.

—¿Me acompañas?

El portugués la siguió tomado de su mano. Entraron en una habitación cuyo único centro era una enorme cama redonda repleta de cojines.

La mujer dijo:

—Mi religión me impide quitarme el velo, pero mi religión no ha dicho nada respecto al manto —y dejó caer la toga mostrándose desnuda. En el cuarto de al lado Sandokán se enfrentaba a la china que insistía en cabalgarlo.

Yáñez de repente se encontró envuelto por las piernas de la muchacha y con su vulva acariciándole la nariz. Hasta aquí habían llegado las enseñanzas del Kama Sutra. La mujer era un círculo perfecto en cuyo centro se encontraba el sexo, brazos y piernas giraban lentamente sobre los cojines. Eso se llamaba la estrella y había que tener menos años y más habilidades gimnásticas y acrobáticas para practicarlo.

Dejó que la mujer trabajara por él.

En la puerta del burdel Sandokán reflexionó:

–¿Te has dado cuenta de que es una de las pocas palabras universales? *Putari* en malayo, *putaine* en francés, *putae* en latín, *puttana* en italiano, *puta* en español y portugués.

–¿Y tú cómo sabes lo del francés y el latín?

–Uno tiene su extraña educación –respondió Sandokán sonriendo humildemente.

–¿Cuándo hemos ido de putas en latín?

–Tienes mala memoria, hermanito, se te olvidan las monjas españolas.

Yáñez se dio una palmada en la frente.

–Puto es el hombre que de putas fía/ y puto el que sus gustos apetece –dijo Yáñez, traducido al malayo el español de Quevedo, que no por ser certero dejaba de sonar francamente extraño.

XX

El ataque de la escuadrilla de prahos

Cuando los dos Tigres arribaron a bordo de *La Mentirosa*, la situación no podía ser más desoladora. Las guardias estaban reducidas a la mitad y sobre la cubierta algunos hombres se retorcían entre vómitos. Saúl, el médico filipino, tenía la enfermería y los pasillos que daban a ella saturados de hombres desmayados y con convulsiones.

—¡Envenenamiento! Sandokán, alguien metió veneno en la comida, y no lo entiendo, no sé qué es, no encuentro... ¿Cómo matas lo que no conoces?

—¿Cuáles son los síntomas? —preguntó Yáñez.

—Fiebre muy alta, vomitan y vomitan, tienen convulsiones —e hizo un horrible gesto torcido, que si la situación no hubiera sido extremadamente peligrosa, hubiera arrancado una carcajada a Yáñez—. ¡Tremendos dolores en el estómago!

—Puede ser una cocción de suntra —dijo Sandokán al filipino.

—¿Ha muerto alguien? —preguntó Yáñez.

—Nadie. Hasta ahora —contestó el médico con el rostro ensombrecido—. Pero Sambliong está muy mal.

—Esperemos que la dosis no sea mortal. Dales de beber agua de coco y mantenlos frescos —dijo Yáñez.

—Saúl, ¿recuerdas los polvos que nos regaló el médico brasileño hace un par de años, la ipecacuana? Toma una pizca por cada enfermo, mézclalo con mucha mostaza y disuélvelo en arak, una copa por enfermo y que se lo traguen. Con eso van a eliminar parte del veneno.

Yáñez sacó una pequeña ánfora plateada del bolsillo posterior del pantalón, la abrió y dio un profundo trago. Sandokán lo miró con extrañeza.

—¿Algún síntoma, hermanito? ¿O es tu nueva receta?

—No, es madeira. Simplemente me estoy preparando para lo que va a venir. Si subimos a cubierta no tardará en aparecer el peligro bajo alguna extraña forma. ¿Cuántos hombres sanos quedan, Saúl?

—No más de veinte, y a la mayoría los tengo ocupados aquí haciendo labor de enfermeros.

Los dos Tigres, tras dar instrucciones al médico filipino para que utilizara sus propias cabinas como ampliación de la enfermería, se dirigieron a la cubierta.

—Kim, ¿quién se encuentra al timón? —preguntó Sandokán a un joven hindú de no más de quince años, pero con impresionante musculatura y una cara de gran vivacidad surcada por una tremenda cicatriz que le hacía asimétrico el rostro.

—El señor Monteverde que, cuando se enfermó Sambliong, subió de la sala de máquinas.

—Dile que se prepare para salir del puerto. Prefiero enfrentar lo que sea que venga en mar abierto.

—Yo voy a transformar el barco —dijo Yáñez caminando hacia los mecanismos que desplazaban la torreta y permitían mostrar los cañones.

—¡Mira! —dijo de repente Sandokán señalando un grupo de pequeñas barquichuelas que se acercaban por estribor a *La Mentirosa*. Era muy frecuente en Macao, al igual que en Singapur o Hong Kong, que cualquier vapor de mediana importancia que se encontrara recalando en la bahía fuera asediado por estas barcazas de comerciantes que ofrecían comidas regionales, para que los marinos descansaran del repetitivo aprovisionamiento de la nave: traían frutas y tortugas guisadas, sesos de mono, vegetales frescos; pero también joyas de bisutería, cuchillos, telas y vestidos. Esta vez, sin embargo, y ya atardeciendo, resultaba poco habitual que esas fueran sus intenciones, aunque se acercaban con todo tipo de luces, braseros encendidos, faroles de señalización.

—Kim, carga de metralla el cañoncito del castillo de proa. Mali, llama a Kompiang y que saque a cubierta una caja de granadas y dos docenas de rifles y munición —gritó Yáñez.

—¡Yayu! —gritó Sandokán uniéndose a Yáñez en los preparativos.

El siamés apareció corriendo, tomándose la barriga entre las manos.

—¿Puedes hacerte cargo de una de las ametralladoras?

—De inmediato, Tigre —dijo mostrando una fiera sonrisa.

—Si vienen con malas intenciones, pronto van a ver que resultamos un hueso duro de roer, hermanito —dijo Sandokán, al que la sangre fluyendo por las venas con ímpetu rejuvenecía por instantes.

—¡Tigre! —gritó un javanés apodado Dingo desde la proa—. Se acerca una barquichuela muy iluminada.

—Metralla a diez metros al frente de los barcos, no quiero que se acerquen más —gritó Sandokán,

Como si hubieran estado esperando su orden, los dos pequeños cañones del alcázar hicieron fuego guiados por la sabia puntería de Yáñez y del hindú Kim, los impactos levantaron una gran ola de agua unos pocos metros al frente de las barcazas que se acercaban.

—Retroceden, Tigre.

Yáñez se acercó a su hermano de sangre descendiendo con un par de saltos del alcázar.

—Cuidado, los disparos deben haber alertado sobradamente a las patrullas navales de los portugueses. Lo último que necesitamos es un par de estiradas y curiosas narices europeas metidas en estos momentos en las cercanías de *La Mentirosa*.

Sandokán asintió.

—Señor Monteverde, a media máquina, cruce en medio de las barcazas —le dijo al improvisado piloto—. Si se acercan intentando abordar abran fuego. ¡Turong, descubre las ametralladoras! ¡Voto a Belcebú, que si quieren ver nuestra sangre, pintaremos el castillo de proa con la suya!

A su lado se había puesto el enano armado con dos tremendos pistolones de chispa. Sandokán le dio una suave palmada en la espalda.

De la chimenea de *La Mentirosa* comenzaban a salir chispas.

—¿Quién está paleando el carbón? —preguntó Sandokán a Yáñez.

—Deben ser nuestros cocineros, porque no queda nadie más útil a bordo.

—Señor, las chalupas se van acercando —dijo Kim al oído de Sandokán. Su afirmación fue simultánea al sonido de un par de disparos. Uno de los Tigres que vigilaba a popa se desplomó con una herida de bala en el pecho.

—¡Cuidado, tratan de abordarnos! —gritó Sandokán.

Y así era, una de las pequeñas chalupas se había acercado lo suficiente a *La Mentirosa* como para lanzar garfios de abordaje e intentar la aproximación. La docena de Tigres en la cubierta dirigidos por Yáñez reaccionaron rápidamente cortando los cabos con sus hachas de abordaje, y los dos gemelos javaneses les lanzaron un par de bombas de mano, que hicieron más estrépito que daño, pero invitaron a dos de las lanchitas a alejarse.

—Son unos imprudentes, hermanito —aulló el portugués en medio del estruendo. Sandokán sacó de su faja de seda roja un par de Colts. El enano comenzó a emitir sus habituales gritos de *pinga puagh,* y bailó en torno a Sandokán una danza de guerra que consistía en girar velozmente sobre un solo pie en torno a sí mismo.

—Me vas a marear, pequeño, detente.

—Las barcazas no vienen solas —señaló Yáñez.

Efectivamente, mientras el cielo enrojecía por los incendios de algunas de las barcazas y el sol comenzaba a ponerse, una docena de prahos se acercaba a *La Mentirosa* cerrándole la salida de la bahía. Los prahos, unos veleros muy comunes en los mares del sur de China y en la península malaya, tenían treinta metros de largo y eran muy ligeros, de menos de cincuenta toneladas: tenían una doble fila de remos manejados por medio centenar de esclavos, llevaban balancines para estabilizarse ante el fuerte viento y tenían en el centro una todilla.

Los dos Tigres conocían bien aquellas embarcaciones, en las que habían actuado en sus primeros años como piratas, veloces pero generalmente mal artilladas, que dependían del abordaje para someter a sus enemigos. Lo que los atacantes no sabían era el oculto poder del yate artillado.

—¿Qué hace una escuadra de prahos malayos tan al norte?

—Todo hasta ahora son sorpresas —respondió Sandokán.

Mientras tanto, cruzando sin mayores dificultades entre las barcazas, Kim disparó una de las grandes piezas casi a bocajarro, cubriendo de metralla una de las chalupas y desarbolándola; pero una docena de prahos estaba aproximándose peligrosamente a la nave. Una lluvia de fuego cayó sobre cubierta.

—Están lanzando carbones encendidos con una catapulta.

Yáñez tomó en sus manos la ametralladora y comenzó a disparar sobre los ocupantes de un pequeño praho que se hallaban a unos cien metros de *La Mentirosa.* Las culebrinas y dos o tres pequeños cañones de bronce de los prahos respondieron. El ruido era ensordecedor.

Corriendo de un lado a otro del navío, la mermada tripulación de *La*

Mentirosa guiada por Yáñez y Sandokán intentaba responder a todos los asaltos, tratando de impedir que los prahos los abordaran y que la inmensa superioridad numérica de los asaltantes hiciera la diferencia.

Casi lo habían logrado cuando un sampán chino los alcanzó. Simultáneamente un par de cañonazos acertaron en una de las ametralladoras hiriendo a su servidor y una de las bolas de fuego lanzadas por la catapulta logró hacer arder una parte del velamen que no había sido recogido.

Por la popa, media docena de chinos armados con machetes cayeron sobre Sandokán y uno de sus Tigres, el viejo Tschao, que al cubrir el cuerpo de su líder recibió un tremendo tajo en la frente. Los revólveres de Sandokán hicieron blanco en tres de los chinos, pero un cuarto se lanzó sobre el Tigre de la Malasia y cayó rodando con él por la cubierta.

El enano con sus dos pistolones en la mano frenó un momento a los otros dos asaltantes, lo que permitió a Sandokán un respiro. El Tigre tomó el cuello del chino con su potente mano y comenzó a estrangularlo.

Yáñez mientras tanto hacía estragos en otro de los prahos utilizando la pieza de artillería ligera que se encontraba en el castillo de proa.

—¡No son nada si han perdido la sorpresa! —gritó el portugués animando a la docena de Tigres que disparaban sus carabinas desde la cubierta con una puntería magistral. Yayu se había posesionado de la segunda ametralladora y disparaba con gran tino contra otro de los barcos que pretendía un nuevo abordaje. Pronto los veleros supervivientes comenzaron a retroceder, varios de ellos maltratados por la artillería de *La Mentirosa*. Uno de los prahos definitivamente se estaba hundiendo. Otros dos estaban en llamas y el sampán que los había abordado era un cascajo desarbolado y repleto de cadáveres a un costado de *La Mentirosa*.

—Kim, ordena al señor Monteverde que dé máxima potencia a las hélices. Vamos detrás de aquel praho, el mejor dotado, que parece dirigir esta mierda de escuadra —dijo Sandokán soltando el cuerpo muerto del chino, que se desplomó a sus pies como un homenaje a la temible fuerza del viejo pirata.

El enano a su lado reía histéricamente mientras trataba de cargar uno de sus pistolones. Frente a él, dos chinos muertos, con sendos balazos en la frente, mostraban su tremenda puntería.

XXI
El abordaje

—¿Qué ves? —preguntó Sandokán ansioso.

—Tenías razón —dijo Yáñez enfocando un excelente catalejo de tres tramos que había expandido con un seco movimiento—. Es sin duda el barco insignia de esa escuadra de canallas. En cubierta hay unos treinta malayos, con túnicas escarlatas, cota de malla, armados con fusiles y sables de abordaje. Es un barco pirata al viejo estilo. ¿Lo hundimos?

—No, quiero capturarlo. Ya es hora de que sepamos quién está tras nuestros huesos.

A su lado Monteverde se quitaba la sangre de los ojos; una de las balas de las culebrinas de los prahos había caído cerca de la cabina del timón y destrozado los cristales, un fragmento de los cuales le había hecho una herida en la frente, la sangre manaba impidiéndole ver.

—Samú, bajen una chalupa y monten en ella una ametralladora, revisen los cascajos de esos tres prahos, a ver qué encuentran —dijo Sandokán.

—Y luego tras el barco pirata, con los motores de *La Mentirosa* estaremos sobre él en media hora —replicó Yáñez—. Señor Monteverde, quítese la sangre de los ojos, por favor. No se puede guiar un barco tan maravilloso como este a tuertas.

—Sí, ¿verdad? Es una auténtica lata —respondió el aludido.

—¡Saúl! Un reporte de los enfermos y los heridos —pidió Sandokán.

Una vez que la chalupa con el dayako y otros dos Tigres se alejaba del yate rumbo a los prahos desarbolados y ardiendo, *La Mentirosa* se dio a la tarea de perseguir a la capitana de la flota pirata. Ciertamente los poderosos motores no eran rivales del praho que por más que trataba de tomar la fuerza del viento, perdía metros por segundo.

—Tienes veinticinco enfermos, dos heridos y un muerto; no pude hacer nada por Mantanani —dijo Saúl con una cara abrumada por la tristeza.

El praho se encontraba a unos doscientos metros de *La Mentirosa* cuando Yáñez pudo contemplar claramente la cara y los gestos del hombre que parecía dirigirlo: un malayo ricamente vestido con una casaca negra y armado con dos revólveres.

—Metralla en ambos cañones. Primero vamos a ablandarlos. Hermanito, ¿te haces cargo de la ametralladora?

Yáñez asintió encendiendo un cigarrillo.

La artillería del praho, media docena de cañones de bronce y una culebrina abrió fuego. La mitad de los disparos quedaron cortos, pero un par de balas alcanzaron a *La Mentirosa*, una de ellas impactando en el blindaje y sin hacer mayores daños y otra pasó silbando cerca de donde se encontraban los dos Tigres.

—Vaya, tienen dientes —exclamó Sandokán.

—Un minuto aún —respondió Yáñez gritando y ya con los dedos en el doble gatillo de la ametralladora Maxim.

En la cubierta los tripulantes de *La Mentirosa* estaban semicubiertos por la amura y empuñaban las largas carabinas hindúes. Los hermanos gemelos Mali y Lali pasaron llevando una caja de la que repartían granadas.

—¡Treinta segundos! —gritó Yáñez, quizá el mejor artillero de los mares del sur. Sandokán, acostumbrado a la precisión del portugués, contuvo el ansia ante uno de los cañones.

Los tripulantes del praho, resignados al abordaje, se habían dispuesto con fusiles, hachas y parangs en la cubierta. Eran cerca de medio centenar, más de los hombres que *La Mentirosa* podía poner en combate.

—¡Cuidado! Van a hacer otra descarga —gritó Sandokán.

Y como si respondieran a su voz, la mitad de los cañoncitos del velero hizo fuego. Sus operadores no eran muy buenos artilleros, porque una buena parte de las balas pasaron entre los mástiles de *La Mentirosa* sin hacer daño, aunque dos impactaron en la cubierta del barco, una muy cerca de donde un grupo de Tigres estaba cobijado.

—¿Hay heridos? —preguntó en voz alta Sandokán.

—Nada grave, Tigre —respondió Yayu acercándosele con el brazo ensangrentado.

—¡Ahora! —gritó Yáñez.

Los dos cañones cargados de metralla hicieron fuego simultáneamente, poco después el tableteo de la ametralladora comenzó a sonar y tras él la fusilería.

Las primeras ráfagas causaron estragos en el puente del praho, ambas descargas pasaron dejando un rastro de sangre y destrucción. Yáñez barría a sus enemigos con ráfagas cortas de la ametralladora.

—¡Listos para el abordaje! —gritó Sandokán con una inmensa sonrisa en el rostro.

Mali y Lali fueron los primeros en tender una pasarela hacia la cubierta del praho y lanzarse por ella aullando con dos largos kampilangs girando en sus brazos. Si no hubiera sido imposible Yáñez hubiera jurado que escuchaba el silbido de los largos machetes cortando el aire.

Tras un momento de indecisión el portugués, tomando un sable que había clavado en el puente, se lanzó tras ellos seguido por Sandokán que portaba un hacha de abordaje y una docena de sus Tigres.

Aterrorizados por la masacre que habían causado la metralla y el fuego de la ametralladora, los tripulantes del praho que aún estaban en pie retrocedieron sin orden alguno, incluso lanzándose al agua para ser inmediatamente engullidos por el océano a causa del peso de las cotas de malla.

El que parecía dirigirlos, un hombre muy alto, de gran barba y desdentado, intentó poner un poco de orden e impedir la desbandada, pero era imposible, los aullidos de los Tigres fueron suficientes para derribar el último intento de resistencia. Yáñez se dirigió hacia el barbudo con su sable en la mano, pero uno de los piratas heridos lo enganchó atrapando una de las botas del portugués y éste rodó por la cubierta ensangrentada. El barbudo aprovechó la situación y se acercó con un alfanje en la mano para rematar al caído.

Pero como solía suceder frecuentemente a lo largo de su historia, un acontecimiento inesperado cambió el destino. «Portugués renegado sin suerte no debería ser torero», solía decir Yáñez ante el desconcierto de su hermano de sangre, Sandokán. La perra Victoria apareció repentinamente como un rayo, saltando por la pasarela que había tendido entre los barcos y sorteando disparos y cadáveres, para prenderse del brazo del malayo y obligarlo a dar un paso atrás, eso fue suficiente para que Yáñez sacara de la faja un revólver y lo desarmara dándole un tiro en el brazo.

XXII
El laksamana Raga

Sandokán contempló el escenario. La sangre le palpitaba en las sienes, sentía la garganta cerrada y la boca le sabía a pólvora. Respiró profundamente tratando de que al aire del mar se llevara los olores de la muerte.

El siamés Yayu a su lado se retorcía tomándose el estómago con las manos.

—¿Estás herido?

—No, *sahib*, me estoy retorciendo por el dolor de estómago, las tripas tienen que echar fuera todo.

—Regresa a *La Mentirosa* y acuéstate, ya has hecho demasiado.

Yáñez, que tenía su bota sobre el pecho del jefe pirata, contempló cómo los dos sonrientes gemelos de Célebes salían de la toldilla cubiertos de sangre y acaudillando a un grupo de harapientos seres humanos, encadenados entre sí, que no habían visto la luz durante mucho tiempo y a los que el resplandor de los incendios deslumbraba. Era una escena fantasmagórica.

—¿Quiénes son?

—Kompiang, desencadénalos y habla con ellos —dijo Sandokán.

Los cautivos sacados de la sentina eran al menos dos docenas de hombres y mujeres, algunos niños esqueléticos. Al recibir el aire del mar, iniciaron un coro de lamentaciones en media docena de lenguas. Una mujer se acercó a Kompiang y le besó las manos.

Yáñez observó desde el catalejo a Samú, en la cubierta del otro praho, haciendo gestos; una imagen semejante se estaba repitiendo.

—Son esclavos, Tigre, pero no les entiendo casi nada —dijo el malayo que le había quitado las llaves de las cadenas a un cadáver y estaba soltando a los presos.

Sandokán le dedicó una mirada gélida al barbudo y elegante capitán malayo que penosamente se mantenía en pie sujetándose con el brazo el hombro herido por el balazo de Yáñez. Podía perdonar el ataque por sorpresa, pero no a un esclavista.

—Encadenen a este perro y súbanlo a *La Mentirosa*.

—No soy un perro, Tigre, respeta a tus prisioneros. Soy el laksamana Raga.

El término *laksamana* en malayo designaba a alguien por encima de los capitanes de un barco pirata, el equivalente en cualquier lengua europea a la palabra «almirante».

En el yate artillado Raga fue encadenado a uno de los mástiles.

—Señor Monteverde, *La Mentirosa* a toda máquina hacia el barco que ha capturado Samú, que Kompiang se quede en el praho con los esclavos que hemos liberado. Aten un cabo al praho, lo remolcaremos —dio órdenes a diestra y siniestra Sandokán.

Horas más tarde y a la luz de los faroles en la cubierta de *La Mentirosa* se producía la más extraña de las asambleas; los dos prahos muy castigados por el enfrentamiento y el sampán que aún ardía estaban anclados en las cercanías.

En los tres barcos se habían encontrado casi un centenar de esclavos amontonados en un reducidísimo espacio en las bodegas, en condiciones infrahumanas. Eran el resultado de una campaña de la flotilla del laksamana durante los dos últimos meses; algunos eran aldeanos del interior de Borneo, otros nativos de Célebes, pescadores de las cercanías de Batavia e incluso papúes de Nueva Guinea. Detrás de cada uno había una historia repleta de tragedia, asesinatos, aldeas incendiadas, barquichuelas hundidas, familias separadas.

Los cocineros de *La Mentirosa*, aún muy mermados por el envenenamiento colectivo, se pusieron a hacer grandes sopones de pescado y los sirvieron en escudillas con abundante pan recién horneado.

Los dos Tigres se reunieron ante el mástil donde estaba encadenado el laksamana.

—Perro, te vamos a cortar la piel a tiras, luego te envolveremos en un saco de manteca de cerdo y te vamos a echar al mar —le dijo Yáñez para abrir boca.

—Tú eres el Tigre Blanco y en todo el Mar de China se dice que eres justo con tus prisioneros. Dime qué quieres de mí, lo que quieras saber te lo contaré.

—¿Qué estabas haciendo tan al norte? —preguntó Sandokán.

—Tenía que entregar a los esclavos en las cercanías de Sarawak, cuando me avisaron que un barco que parecía un yate y con esa bandera de tres colores tenía que ser detenido, que vosotros veníais en él y que tenía que capturaros o mataros. Reuní toda la flota y esperaba en las afueras de Macao, para ver si os interceptaba en el puerto portugués o en Hong Kong. Todos los días un vapor de Macao me traía órdenes. No sois baratos, Tigres, me ofrecieron diez mil rupias por vuestras cabezas.

—¿Cómo podías entregar los esclavos en Sarawak? Los ingleses persiguen a los barcos esclavistas —preguntó Yáñez.

—No era en Sarawak, era muy cerca, en Bidang, y nunca nos han molestado, este era el tercer viaje.

—¿Quiénes son tus patrones?

—El hombre de la máscara. Siempre la misma máscara, pero el hombre cambiaba, era un *tuan* blanco, un inglés o dos ingleses, o tres. El mismo que venía en el vapor. O uno con la misma máscara.

—¿Eran tus hombres los de las chalupas que primero nos atacaron? ¿Qué pusiste en nuestra comida? ¿Con qué querías envenenarnos?

El laksamana hizo un gesto de dolor. Luego negó con la cabeza.

—¿Qué veneno?

—Una operación sincronizada desde Macao —le susurró Yáñez a Sandokán—. Muchos recursos tienen nuestros amiguitos. Demasiados.

—¿Si nos capturabas dónde tenías que entregarnos?

—Junto con los esclavos, en Bidang.

Sandokán escupió en el suelo a los pies del hombre encadenado al palo mayor.

—¿Qué vamos a hacer con el laksamana? —preguntó Yáñez— y con los hombres que le han sobrevivido, tenemos media docena de prisioneros.

—Que los esclavos decidan. Samú, diles a esos hombres y mujeres que el destino del laksamana y sus hombres está en sus manos, que pueden matarlos o dejarlos ir en libertad. Que nosotros seguiremos fielmente su mandato.

Una improvisada asamblea se produjo en la cubierta de *La Mentirosa*, los andrajosos hombres y mujeres que aún estaban sorprendidos de su buena fortuna gesticulaban y señalaban, hablaban en media docena de lenguas. Había miedo aún en los rostros crispados.

—Tigre, quieren que mates a Raga y que a los otros los dejes en el mar a su suerte.

—Sea.

Raga, que había seguido la discusión y sin abandonar su sonrisa desdentada, pidió ser ejecutado de rodillas y mirando hacia La Meca. Le quitaron las cadenas. Tras un breve cálculo Sandokán le indicó un punto en el horizonte. Había una notable dignidad en el viejo pirata al inclinarse sobre una esterilla de madera y pronunciar las palabras cuya magia lo enviaría hacia el paraíso.

Sandokán pidió un voluntario para la ejecución, sorprendentemente, el primero en presentarse fue el doctor Saúl, que pedía venganza por los hermanos enfermos, envenenados, heridos y muertos de la jornada.

Yáñez le tendió su Colt y el mestizo sin dudar se colocó a un metro del laksamana y lo ejecutó con un solo disparo en la nuca. El cuerpo cayó sordamente, rebotando la cabeza ensangrentada sobre la cubierta.

El sol se había ocultado, quedaban unos instantes apenas de turbia claridad. Los Tigres depositaron a los capturados en una chalupa y la dejaron libre a la corriente. Con un poco de suerte podrían regresar a Macao.

El hombre más feo a bordo de *La Mentirosa* era un javanés de nombre desconocido llamado por sus compañeros Dingo, el perro; compensaba su fealdad con su simpatía, sus enormes habilidades como nadador y su resistencia bajo el mar. Había sido pescador de perlas bajo esclavitud y por ocultar una perla en la boca sus propietarios habían matado a su padre y a sus hermanos; se había salvado porque pensaban utilizarlo hasta que reventara.

Sandokán lo eligió para que hablara en su nombre. Si alguien podía hablarle a los esclavos era él.

—Diles que los que se quieran sumar a nuestra partida de guerra son bienvenidos, que desembarcaremos en Borneo a los demás.

Dingo comenzó un largo discurso explicando a los cautivos quiénes eran los Tigres de la Malasia y sus ya larguísimas hazañas y cómo ahora se encontraban en guerra contra un enemigo terrible que era el mismo que a ellos los había esclavizado. Sin duda el javanés lo que tenía de feo, lo tenía de elocuente. Sus palabras viajaban de una a otra lengua; muchos pedían que les señalara a Yáñez y Sandokán.

Dingo añadió historias sobre la potente magia que los Tigres tenían, lo maravillosos que eran sus cañones y el enorme honor de servirlos y se deshizo en elogios de lo bien que se comía en su navío y lo generosos que eran sus jefes.

Yáñez estaba dispuesto a sentarse a reír, pero se contuvo y le guiñó un ojo a Sandokán, al que el halago molestaba enormemente.

Finalmente, de aquel grupo de harapientos sólo nueve hombres y una muchacha se ofrecieron como voluntarios.

—¿Una mujer? —dijo Sandokán contemplando a la pequeña papúa que lo miraba fieramente.

—Dice que ya ha matado a uno de tus enemigos cuando capturaron a su familia, que no tiene nada y no tiene más hermanos que nosotros.

—Sea —dijo Yáñez—, el odio es el mejor alimento.

—No podemos seguir el viaje con todos estos a bordo. Utilicemos el praho del laksamana y el otro, no creo que el sampán sirva para nada.

—¿Y cómo bautizamos a esos dos prahos de nuestra nueva flota? —preguntó Yáñez.

—Tremal Naik y Dakao, los nombres de nuestras primeras bajas en esta estúpida guerra —respondió Sandokán.

—Pongamos orden en todo esto. Que Samú dirija uno de los prahos con cinco hombres y que Dingo se haga cargo del otro. Que desembarquen a esta gente en las cercanías de Sarawak y los guíen hacia las plantaciones de Tremal Naik. Ahí mismo podrán descansar y entrenar a los voluntarios y sumar a la partida que debe estar dirigiendo Roy. Que luego Samú vaya hacia los Estrechos y busque a Kolo y le diga que los Tigres lo necesitan. Con eso tendremos en reserva más de un centenar de hombres en los dos prahos —dijo Yáñez.

Samú y Dingo, que estaban escuchando, asintieron.

—Aprovechen el tiempo para reparar los prahos y en un mes sitúense cerca de la Roca y dedíquense a la pesca. Todas las noches atentos esperen la señal de dos luces de bengala verdes —remató Sandokán.

Mientras tanto, el enano había descubierto entre los cautivos a un compatriota suyo con el que hablaba animadamente. En un momento señalaba carcajeándose al ingeniero jefe de *La Mentirosa*, Julio Eduardo Monteverde, quien con un absurdo turbante, en realidad un improvisado vendaje para cubrir la herida en la frente, parecía un falso malayo. Monteverde respondía a las burlas mirándolo ceñudo desde su metro noventa y cinco de estatura.

Los tres barcos capturados estaban en un estado lamentable, pero aún flotaban; quizá el más dañado era el sampán que echaba humo por mil rincones y tenía varios agujeros cerca de la línea de flotación; una carga de dinamita en la sentina fue suficiente para enviar al barco al fondo del océano.

—Los dioses del mar deberían agradecernos que a lo largo de estos años les hemos enviado cientos de tributos —dijo el portugués viendo cómo los restos flotaban y algunas burbujas ascendían de las profundidades.

—Nunca me ha gustado hundirlos y los dioses del mar esos son nuevos y no me vengas con más deidades que te acabas de inventar.

Los prahos comenzaron a desplegar sus velas para seguir las instrucciones de Yáñez y Sandokán.

—¿Seguimos con nuestros planes o vamos hacia Borneo a ver si desentrañamos los hilos y deshacemos la madeja en Bidang? —preguntó Sandokán a su hermano de sangre.

—Hong Kong. Estamos a tan sólo unas horas y tengo curiosidad en saber lo que el enano nos puede contar. Además, hay un chino en medio de tantos chinos con el que me gustaría conversar.

—Nos vamos a meter en las fauces del león británico.

—No será la primera vez.

En esos momentos uno de los marineros llegó corriendo para avisarle a los dos Tigres que un barco de regular calado se acercaba desde la costa.

—¿Es el vapor de nuestros enemigos? ¿O una nave de guerra portuguesa que quiere saber qué anda pasando por aquí?

—¿Qué pabellón trae? ¿Es un vaporcito? —gritó Sandokán al vigía.

—No, Tigre, es un barco de vela y guerra portugués.

—Señor Monteverde, a toda máquina, simula que vamos hacia él, para darles tiempo a los prahos de desaparecer; después, cuando estemos a distancia de tiro gira hacia el sur y cuando los perdamos de vista toma el rumbo de Hong Kong. No tendrán viento suficiente para olernos ni el culo —dijo Yáñez y luego hinchó los carrillos y mirando hacia el horizonte simuló el sonido de un pedo.

XXIII

«Aquellos griegos»

Un excelente escritor holandés escribiría años más tarde: «Siempre hay multitud de pequeños detalles estúpidos para apartar la vista de los grandes problemas». Con una idea similar rondándole en la cabeza, Yáñez acercó el yesquero a la pipa de Sandokán y luego encendió la suya. Fumaban tabaco de Bali, no muy fuerte pero sí muy aromático.

Estaban a un poco más de una hora de arribar a Hong Kong y ninguno de los dos había podido dormir. *La Mentirosa* había ocultado su chimenea, escondido los cañones, desmontado las ametralladoras y cambiado el pabellón mexicano por uno portugués; el nombre en ambos costados había sido cubierto por unas elegantes planchas de roble en las que se leía orgullosamente su nuevo apelativo: *Saudade*. Era un inocente yate de vela, elegante y de buen porte, que transportaba a un importante geógrafo de Oporto, Fernando Morais, y su amigo el mestizo anglomalayo William Mohandas Karamchand, estudiante de las corrientes marinas en el recientemente creado St. Stephen's College.

—¿Te das cuenta de que hemos andado de un lado para otro sin sentido? Nos hemos vuelto visibles después de muchos años, volvemos a ser públicos. Somos actores que en un escenario pueden recibir piedras y basura que les arroja el público. ¿No será eso lo que pretenden ellos?

—¿Quiénes son ellos? Me recuerdas al griego ese que se sentaba a pensar metido en un barril y se metía piedras en la boca y luego paseaba con sus discípulos y luego les decía que nada es verdadero, que todo está en las cabezas de los hombres.

Sandokán mezclaba alegremente las historias de «esos griegos». Yáñez no estaba dispuesto a desmentirlo, a él también se le mezclaban los griegos, incluso los mitológicos.

—Ellos, los que han levantado este avispero en torno a nosotros.

—No hay que hacer preguntas en voz alta cuando no tienes las respuestas —dijo el malayo que había tenido en su infancia varios chinos entre sus compañeros de juegos, y como bien se sabe, algo de la educación informal de la infancia queda en el hombre adulto.

—Al contrario, siempre hay que hacer preguntas —respondió Yáñez que al calor de la pipa empezaba a tomarle gusto al debate filosófico—. Nos atacan, atacan a nuestros amigos, atacan nuestras riquezas, aterrorizan a la gente que queremos, saben que vamos a reaccionar. ¿Te has dado cuenta de que en las últimas semanas hemos sufrido más atentados que en los últimos años? ¿Y si los atentados estaban destinados a fracasar y sólo tenían como intención sacarnos a la luz?

—¿Le has puesto opio de Malacasay a tu pipa? El malayo que te atacó en la Roca buscaba tu corazón con el cuchillo, la flota de prahos no quería hacernos cosquillas, los chicos del laksamana estaban tirando con balas de cañón reales, en Mindoro murió Tarunga a mi lado, de un tiro en la frente.

Yáñez dudó, su teoría no parecía ser muy justa, sin duda el príncipe tenía razón. A no ser que los agresores, los «ellos», buscaran una o la otra cosa: eliminarlos o sacarlos a la luz, y ambas les fueran útiles. Pero un complot como este que recorría de punta a cabo el Índico implicaba enormes recursos, relaciones, dinero, agentes. Y sobre todo un plan muy elaborado que no acababa de entender.

Al ver a su compañero hundido en las dudas, Sandokán le dio una palmada en la espalda.

—Estaba esperando este momento —dijo Sandokán y se sacó de la manga, literalmente, un papelito que le puso en la mano.

Yáñez estiró el papel, sacó del bolsillo sus lentes y trató de leer una línea a la luz de uno de los faroles de cubierta.

«El oro y las riquezas son las causas principales de las guerras», decía la nota escrita en malayo usando grafía árabe.

—¿Y esto de quién es?

—De un tal Tácito, uno de tus griegos —dijo Sandokán sonriendo, dando una larga fumada a su pipa y arrojando al mar, tras arrugarlo, el papelito que le había quitado de la mano a su amigo.

XXIV
Los misterios de Hong Kong

—Si la enfermedad del aburrimiento no fuera tan británica, y sé cómo odias a los ingleses, juraría que te has contagiado de ella, hermanito —dijo Sandokán acercándose de lado a su viejo amigo y sin mirarlo de frente.

Yáñez llevaba toda la mañana acodado en una de las terrazas del Hotel Esplanade silbando suavemente fados portugueses y contemplando el horizonte. Fumaba sin la desesperación habitual y contra su costumbre comía poco y bebía menos. Sudores repentinos surcaban su frente.

—Los ingleses de Hong Kong... Primero muerto que ser inglés. O más bien, si estuviera muerto sería inglés.

El enano jugaba en el suelo cerca de ambos con una pequeña daga que clavaba en uno de los postes del balcón imitando los entrenamientos habituales de Sandokán. Yáñez pensaba que era a causa de ese mal hábito que pagaban cuentas exorbitantes en los hoteles.

—¿Sabes que los chinos escupen todo el día en el suelo?

Sandokán afirmó sonriendo. Estaba a punto de iniciarse una de las lecciones de anglofobia del portugués, que tenía varias centenas en su archivo.

—Pues a los ingleses de Hong Kong les parece una porquería, un gesto de desaseo público, una cochinada, y en esta ciudad han decidido castigar con una tanda de bastonazos en público a los infractores. Es curioso, los británicos que emitieron ese reglamento y que celosamente vigilan que se cumpla, destrozando las espaldas de unos pobres chinos, se bañan una vez al mes.

Yáñez culminó su diatriba gargajeando y escupiendo por el balcón hacia la calle.

La ciudad de Hong Kong era en aquellos años un notable conglomerado humano. Siendo originalmente una pequeña comunidad de pescadores y refugio de piratas, donde los Tigres habían recalado y vendido el producto de sus correrías alguna vez, era ahora una ciudad, una metrópoli. Ocupada por los británicos en 1840 durante la Guerra del Opio, se había convertido formalmente en una colonia británica en 1860, incorporando el puerto y Stonecutters Island y crecido de una manera desmesurada, caótica, agolpándose en un pequeño territorio de cuarenta y cuatro kilómetros cuadrados. Cuando se ocupó toda la tierra firme a la sombra del Pico Victoria, una elevación de quinientos cincuenta metros, nació la ciudad de los sampanes sobre el agua; cientos de pequeñas embarcaciones unidas por pasarelas, que se convirtieron en viviendas, comercios, restaurantes en el agua, creando un paisaje abigarrado. Por esos años la colonia pasaba de los ciento cincuenta mil habitantes.

Hong Kong tenía varios puertos y calas naturales y aunque las naves europeas de gran calado preferían el puerto de Victoria, llamado así en honor de la santa madre británica, como la perra de Yáñez, los Tigres preferían que *La Mentirosa* recalara en una pequeña rada más al norte, donde las urgentes reparaciones, obligadas por el combate contra los prahos, pudieran hacerse sin llamar la atención.

Horas más tarde los dos Tigres junto con el enano Pinga Puagh dejaban el hotel para pasear por las calles: entraron en una sastrería donde Yáñez se hizo probar un *smoking* de seda negra y le compraron una corbata verde esmeralda al enano; adquirieron dos cajas de caramelos para los Tigres que se habían quedado a bordo del *Saudade*; entraron en un banco para cambiar rupias y monedas españolas de plata por libras esterlinas; pararon en el Canton Tea House, recolectaron correspondencia en el correo central y terminaron en el Shing Chai Tong, donde se vendían plantas medicinales y farmacopea europea, surtiéndose de quinina, antidiarréicos, vendajes y un par de litros de ácido carbólico, que resultaba inmensamente útil en el tratamiento de las heridas.

Compraron un grupo de pájaros enjaulados, que los chinos no sólo usan para sacar papelitos adivinando la suerte, como los mexicanos o los peruanos, sino que los venden para que sus nuevos dueños los liberen.

El enano estaba fascinado y cuando le invitaron un helado estrenó su nueva corbata verde para limpiarse los morros.

XXV
El interrogatorio del enano

—Su enano es un nativo de las islas Cook, polinesio; habla un dialecto que tiene lazos con el maorí y dice algo raro sobre unas frutas con hielo —dictaminó el doctor Stavros Petsepoulos.

El enano Pinga Puagh lo miró agradecido y afirmó con la cabeza como si lo hubiera entendido.

Sandokán y Yáñez se quedaron mirando alternativamente al doctor griego y al enano. Stavros era el lingüista más importante de esta zona del planeta. Había elaborado los primeros diccionarios francés-polinesio y tagalo-español, tenía estudios sobre las variedades del malayo, hablaba chino como mandarín o cantonés y en la Sorbona lo reconocían como el experto número uno a escala planetaria en decenas de idiomas, lenguas y sublenguas del Índico. Con ese espectacular historial no quedaba muy claro por qué vivía en Hong Kong. ¿Huía de Europa como tantos otros renegados? ¿Era aficionado al juego? ¿Al té chino? ¿Una historia de amor?, se preguntaba Yáñez.

—¿Maorí de Nueva Zelanda?

—Exactamente.

—Nunca hemos estado en las Cook, nunca tan al oriente —dijo Yáñez.

—Pregúntele cómo llegó al lugar donde lo encontramos.

El enano produjo un largo parloteo acompañado de gestos abundantes con las manos y caras que expresaban susto y horror.

—Dice que lo traían en una chalupa, que lo usaban como amuleto. No, espera: que lo traían como mascota, que les llevaba agua y lavaba su ropa; «los hombres de la serpiente», llama a sus captores –y el griego hizo el dibujo de una «S» imitando los previos movimientos de los dedos del enano en el aire.

–¿Dónde lo capturaron?

Nueva y larguísima explicación.

–No lo capturaron los hombres de la serpiente, fueron otros; dice textualmente que estaba en la playa tocándose los cojones cuando lo capturaron, y esos otros lo vendieron a los hombres de la serpiente.

–¿Qué pasó con las hijas de Dakao? ¿Y Dakao y su mujer?

Stavros hizo la pregunta y escuchó la larga respuesta del enano.

–Fueron arrojados por el barranco y a las hijas las mataron.

Sandokán se clavó las uñas de una mano en la palma de la otra hasta producirse dolor.

–Pregúntale cómo se llama.

El enano produjo una extraña serie de palabras guturales.

–Dile que es muy complicado para nosotros, que lo llamaremos Pinga Puagh –dijo Sandokán.

–¿Cómo viajó hasta el lugar donde nosotros lo encontramos?

–Dice que en un barco pequeño, que luego en un barco grande, como el del hombre de la barba que mataron.

–¿El hombre de la barba? –preguntó Sandokán.

–El laksamana Raga –dijo Yáñez.

–Y luego en un barco grande con ruidos... con motores, supongo, un vapor, donde iba el rey, el jefe de los de la «S».

–¿Cómo era ese rey?

–Un príncipe malayo que es como tú –dijo Stavros señalando a Yáñez–, pero más joven.

–¿Cómo lo sabe? ¿No era un enmascarado?

–Sí, era un enmascarado. Dice que era más joven por el tamaño de los pies. Eso dice. Y el enmascarado nunca permitía que le vieran las manos. Era el maligno, el diablo, un diablo del bosque y del mar y tiene a sus órdenes a los perros, y dice algo que no acabo de entender del «aire verde» que mata. Dice que a los que asesinan los cortan en pedazos.

El enano temblaba.

–Dice que el diablo se cubre las manos.

XXVI
El pasado

Soñaba con caballos negros. ¿Eran caballos? En el sueño los reconocía como algo similar, caballos negros que se movían violentamente, que de alguna manera portaban amenazas, acosaban; espumeantes los hocicos y la mirada encendida. Querían decir algo. Alguna vez había montado en un caballo negro. Era una idea que venía de los recuerdos de la infancia. Pero ¿dónde? ¿Cuándo? ¿De qué infancia? A fuerza de cubrir su pasado, a fuerza de contarlo mintiendo, el pasado se había desvanecido.

Yáñez despertó sudando y descubrió a un metro de su rostro la inquisitiva mirada de Sandokán, que lo observaba preocupado.

—¿Pasa algo?

—Caballos, una pesadilla —dijo el portugués buscando una palangana con la que lavarse la cara.

Para Yáñez la condición del pasado remoto era su inexistencia. El pasado profundo, los rincones comunes de la infancia y la adolescencia que todos compartimos, no existían. No había nada que quisiera recordar atrás de la noche en que el ex príncipe malayo Sandokán, acompañado de su fiel guardaespaldas Sambliong, lo encontró tirado en el suelo de un callejón de Kuala Lumpur con una herida de bala en la pierna izquierda. El portugués trataba de hacerse un torniquete con el cinturón para impedir que la hemorragia lo matara y les pidió un cigarrillo. ¿De dónde había salido? ¿Quién y por qué le habían disparado? Dijo llamarse Yáñez de Gomara y ni siquiera entonces afirmó ser lusitano. Tenía una barba áspera de varios días y sobre su cuerpo, que fue registrado

105

concienzudamente por los malayos cuando el hombre se desmayó, no había documento alguno, ni siquiera pasaporte, cartas o dinero.

Sandokán en cambio tenía infancia, una abundante infancia, con nodrizas y libros, viajes, cacerías, amores adolescentes; recuerdos a los que se superponía el funeral de su padre Kaidangan, ejecutado por órdenes de James Brooke, y una pequeña ciudad ardiendo. El fuego de la pira quemando un cuerpo, el fuego de las casas incendiadas. El fuego de la infancia era su memoria.

Muchos años juntos hacían que ambos descubrieran los momentos de las preguntas y los momentos de los silencios. El malayo intuyó que no había que forzar a su compañero y preguntó:

—¿Qué es lo que sigue?

—Vamos a buscar a nuestros chinos. Ellos siempre saben si el mundo sigue siendo redondo o ya se ha estropeado y vuelve a ser plano, incluso saben dónde se despeñan los barcos al llegar al final del planeta.

Sandokán no trató de corregir esas nuevas teorías bastante estúpidas de su hermano de sangre sobre el universo. Todavía hubiera sido más divertido si aceptara que el mundo podría ser redondo, pero que estaba sostenido por dos enormes elefantes que sonreían malignamente.

XXVII
El Ting Ku

Los chinos, en versión de Sandokán, tienen problemas para reproducirse porque dedican al juego más tiempo que al sexo. Yáñez pensaba que su hermano, el príncipe malayo, exageraba un poco, aunque no demasiado. La visión de la casa de juego pareció sin embargo confirmar más bien la teoría de Sandokán que la indulgencia de Yáñez. El humo del tabaco subía por las paredes de la inmensa sala, donde había una gran mesa de juego central y varias mesitas bajas con cojines para que reposaran los que esperaban su turno o rumiaban sus desdichas. Los personajes que en torno a la gran mesa se arracimaban habían perdido el control, celebraban a gritos las jugadas y aplaudían infantilmente éxitos y fracasos ajenos. Eran casi en su totalidad hijos del celeste imperio, pero lo eran de todas las condiciones sociales. La mesa parecía atraer democráticamente a grandes comerciantes y culíes, verduleros y porteadores, millonarios y traficantes de opio, guardaespaldas y tenderos, pero todos ellos animados por la suprema pasión del juego.

Los dos Tigres entraron abriéndose camino entre el humo y fueron a dar a una pequeña mesa en la entreplanta desde la que se observaba privilegiadamente el corazón del juego.

El Ting Ku se juega con un mazo de cuarenta cartas, que contiene siete series conocidas como «las fuerzas de los vientos», cada una de ellas con cinco cartas numeradas del uno al cinco, y cinco cartas que muestran a los dioses del mar. Monzones y apacibles surestes se mezclan con la galerna o el viento rojo de los mares del sur de China, la

107

tromba y los vientos del norte con el agua de lluvia del sureste. Cada jugador recibe una carta, no pudiendo haber en la mesa más de seis jugadores. Se apuesta en tres rondas y gana siempre la carta más alta y la más baja, que se reparten la apuesta de todos. Teóricamente los poseedores de un uno o un cinco estarían seguros, pero en caso de empate gana el tres que resista hasta la última ronda. Las cartas de los dioses no tienen ningún valor, pero el que las posee puede canjearlas por la carta de otro jugador, siendo eliminado el dios.

Un juego tan simple, que consume en cada mano no más de diez minutos, provoca el ardor de los jugadores. Nadie como los chinos, aun a pesar de la fama de los tagalos, es capaz de rendirse de manera tan absoluta y concentrada al azar.

Habitualmente, la primera ronda descarta a los poseedores de doses y cuatros que sólo pierden la apuesta inicial, luego, siguiendo el sentido inverso del reloj respecto al que ha repartido las cartas, los jugadores van apostando. Si hay una sola apuesta fuerte los treses suelen retirarse. Arte de espera y malicia, se hace más complejo cuando los que se retiran van mostrando la carta que poseían.

Tras pedir un té de jazmín, muy apreciado en Hong Kong, Sandokán le musitó a Yáñez:

—¿Qué estamos buscando aquí?

—Nada.

El malayo hizo un gesto de extrañeza.

Yáñez se explicó:

—Estamos dejándonos ver.

Cuando Sandokán se llevaba a los labios la taza de humeante té, una mano salida de la nada le golpeó con fuerza la muñeca arrojando el té al suelo.

El malayo sacó una daga de la faja mientras Yáñez tiraba del revólver. En torno a ellos un revoloteo de miradas pareció distraer un instante a los jugadores.

—El té que les acaban de servir tiene algo. He visto cómo le echaban... —les dijo en un inglés marcado por un acento gutural un europeo relativamente alto, cubierto por un sombrero de cuero de ala ancha por el que habían pasado muchas lluvias, y que tenía un bigote florido y cejas muy espesas.

Yáñez se llevó la tetera a la nariz y olió el inconfundible olor a almendras amargas bajo el penetrante del jazmín.

—Arsénico. El calor y el jazmín podrían haberlo disimulado.

Sandokán no había esperado la confirmación y tomándose del barandal se había arrojado tras el sirviente que les había llevado el té, que corría por la planta baja tropezando con los jugadores.

Minutos más tarde reaparecía cojeando.

—Mierda de perro, se ha desvanecido.

—Te presento a Stefan Hyner —dijo Yáñez señalando al alemán que no se quitaba el sombrero y los miraba con cara tristona.

XXVIII
El protagonista de Karl May

—Ustedes no deben haber oído hablar de Karl May, pero es un novelista extraordinariamente popular en mi tierra, en los países germanos.

»Nació en Hohenstein-Ernstthal en una familia de tejedores. Poco después de su nacimiento quedó ciego, pero a los cinco años se operó y recuperó la visión. Durante los años de ceguera y después, una vez que se había creado el hábito, aprendió el arte de escuchar historias que le contaban su padrino y su abuelo. Más tarde se hizo maestro pero durante muy poco tiempo, porque terminó encarcelado y sin licencia para enseñar después de ser acusado del robo de un reloj. En la cárcel vivió una nueva educación que se incorporó a la de contador de historias, la de ladrón: fue detenido varias veces, sus huesos fueron a dar a nuevas prisiones, allí redescubrió su vocación definitiva y arribó a la escritura.»

Bebían vino directamente de una botella que habían descorchado, no más tés fatales.

—Tras su última salida de prisión, las historias que había escuchado y las que había vivido le daban material abundante, pero además, estaba sufriendo una crisis religiosa y se volvió profundamente católico. Comenzó a colaborar en algunos diarios y en revistas dedicadas a la familia. Fue entonces cuando nos conocimos. Yo regresaba de los territorios fronterizos de Norteamérica, tras varios años de aventuras, y tropezamos casualmente. Durante varias semanas le conté mis historias entre los apaches como Old Shatterhand, que es el nombre con el que se me conoció en aquellas tierras, y viéndome deprimido y triste por los finales de algunas de mis aventuras, me propuso que me volviera su personaje. ¿Curioso, no? De tal manera que soy Stefan Hyner, bebedor de té sin veneno, y soy Old Shatterhand, un aventurero que vive del generoso giro bancario que May hace todos los meses a cualquier parte del planeta donde me encuentre, a cambio de que luego le cuente mis historias. Soy, podría decirse, un conseguidor de historias.

—¿Y usted también escribe? —preguntó Yáñez, que detectaba una mezcla de tristeza y sinceridad en el alemán, pero dotada de una gran reciedumbre.

—Nada importante, a veces soy poeta.

—¿A veces?

—«Confía en el lenguaje de las estrellas, verlas lentamente desvanecerse» —recitó Old Shatterhand.

—Pues tenemos una historia para usted si está dispuesto a jugarse la vida por ella —dijo Sandokán en inglés.

—Cuando vi que intentaban envenenarlos lo sospeché. Pero tengo que confesar que actué porque no soporto que estropeen un buen té.

En la planta baja alguien debería haber ganado una gran fortuna porque los gritos de júbilo abundaban.

XXIX
Odaliscas que no producen erecciones

No sabía qué era peor, si dejar de beber la droga que le daban en el agua para recobrar la lucidez o morir de sed. O la combinación de las dos cosas. Tenía lacerados los labios y la garganta y si cerraba los ojos veía odaliscas bailando cubiertas, mal cubiertas de sedas multicolores, pero esas eróticas imágenes no le producían ninguna excitación. ¿Qué sería peor, estar viejo o estar drogado? Trató de ponerse en pie y se fue tropezando hasta caer cerca de la pared donde estaba la pequeña ventana a la que nunca había podido acceder. Quizá debería de matarse y con eso darle a sus captores un disgusto. Pero no tenía fuerzas para suicidarse, incluso para dejar de vivir hacía falta una voluntad superior. Podía enloquecer, eso era más fácil, dejarse arrastrar por los pensamientos irracionales, por el delirio y hacerlo realidad. Kammamuri estaba pensando en la estrategia de la locura cuando los goznes de la puerta chirriaron.

—Vamos, no tenemos tiempo. Ponte en pie, en media hora estarán tras nosotros —dijo el manco mendigo Sin. Traía en la mano un kriss ensangrentado y los ojos desorbitados.

—¿Vamos? —preguntó el maharato.

El mendigo lo ayudó a ponerse en pie, casi cargándolo. No era tarea fácil, aunque Kammamuri había perdido varios kilos de su ya flaco cuerpo desde que lo habían capturado. Recorrieron un pequeño salón. Estaban en una casa dayaka, al borde probablemente de un río. ¿Seguían en Borneo?

El mendigo manco no dejaba de apresurarlo.

—Vamos, tengo un bote a unos metros de aquí.

—¿Y mis captores?

—Salieron en una partida de caza. Sólo dejaron un guardián y está muerto —dijo el mendigo señalando un cuerpo ensangrentado tendido en la puerta del *loghouse*, la cabaña comunal de troncos.

El sol estuvo a punto de cegar al maharato. Se metió en sus pupilas quemando todo lo que encontraba a su paso. La hipersensibilidad del drogado lo atacó; escuchaba el rumor del río como si se tratara de un inmenso torrente y los cantos de los pájaros resultaban insoportables.

Repentinamente un nativo armado con un machete corto apareció en la vereda que daba al río. Estaba tan desconcertado como los fugados, pero reaccionó lanzando un grito y corrió hacia ellos. Del manglar surgió una sombra negra que con un zarpazo brutal le desgarró la espalda provocando que la sangre brotara a borbotones. La pantera remató al hombre con un mordisco en el cuello que casi le cercenó la cabeza.

—Bah, hermanita.

La pantera negra se acercó a la pareja que se movía con extraordinaria torpeza. El mendigo estuvo a punto de soltar a Kammamuri y salir corriendo, pero el maharato lo tranquilizó.

—Es más confiable que tú y yo juntos.

La pantera pareció entender lo que se decía de ella y una enorme lengua rosa lamió la mano de su amo. Una pequeña lancha, no más que un tronco vaciado, los esperaba en el río. La abordaron con dificultad.

Kammamuri, abrazando a la pantera negra, inquieta y a la que no le gustaba viajar por el agua, se dejó caer en la balsa mientras el mendigo manco remaba penosamente usando su brazo bueno y más bien confiando en la corriente que en su habilidad.

—Toma el otro remo o nos capturarán.

Kammamuri obedeció la orden y comenzó a remar. Sentía que el agua que desplazaba con el remo corría a través de sus venas.

¿Qué había aprendido durante el interrogatorio de sus captores? ¿Quién los dirigía? ¿Qué querían saber?

XXX
Un chino extraño

Sandokán salió del sueño con la sensación de que había alguien en la sala de la suite del hotel. Se había quedado dormido en la terraza acunado por la leve brisa del atardecer. Últimamente dormía mucho más que de costumbre, y había perdido la ligereza al pasar del sueño a la vigilia. Aun así conservaba los movimientos felinos que le eran naturales.

Con un kriss en la mano y usando uno de los espejos, contempló cómo un chino ataviado ricamente se estaba quitando un gorro de seda en la antesala. El malayo entró en el cuarto y tomó de debajo de la almohada un revólver. Con las dos armas en las manos avanzó hacia la antesala.

—Guarda la artillería —le dijo el chino en inglés. Y luego entró en el dormitorio sacándose la casaca de seda y los rellenos que lo hacían engordar unos kilos.

Yáñez siguió hablando en mandarín, mientras se acercaba a una palangana y usando un líquido verdoso disuelto en agua comenzó a quitarse la tintura amarilla del rostro.

—La parte más incómoda es simular el ojo rasgado; tengo que tirarme del pelo y usar ganchos para mantenerlo así. Y luego no sonreír porque si no todo se va al garete.

Sandokán terminó de despertar con una carcajada.

—Te ves absolutamente ridículo.

—No tienes idea de lo útil que ha sido.

—¿Tienes el contacto?

114

—Hoy en la noche nos aguarda.

—Ya era hora —respondió Sandokán, al que las esperas nunca habían sido gratas y que durante la ausencia de Yáñez y antes de dormirse había usado todas las lámparas de mesa del cuarto para practicar el tiro al blanco con una pequeña daga.

En ese momento sonó la puerta, los dos personajes empuñando sus revólveres sintieron por un instante que los tres golpes secos eran una llamada del destino.

XXXI
Los *sikhs*

Pero no era el destino, que esa mañana tenía mejores cosas que hacer, sino seis guerreros *sikhs* o sijes, que los contemplaban atentos.

—Hemos oído que andáis necesitados de hombres dispuestos a morir y venimos a pagar una vieja deuda de sangre.

Sandokán aún sin salir de su sorpresa los invitó a pasar con un gesto.

En un descuido Yáñez pasó a su lado y le susurró:

—Estamos perdidos, se supone que estábamos de incógnito en Hong Kong y todo el mundo lo sabe.

Los *sikhs* se negaron a sentarse y permanecieron de pie ante Sandokán y Yáñez, que se habían dejado caer en uno de los sillones del salón. Eran más altos y de tez mucho más clara que el resto de los hindúes, veneraban sus barbas floridas y su cabello, que cubrían con un enorme turbante. ¿Qué estaban haciendo tan lejos de la región de los cinco ríos en el norte de la India llamada por ellos Panyab y Punjab por los ingleses?

—Hace veinte años salvasteis a mi padre del fusilamiento y venimos a pagar esa deuda.

—¿Cómo se llamaba tu padre? ¿Y dónde lo salvamos?

—Jarnail Singh y fue durante la insurrección del 57.

Sandokán y Yáñez recordaban perfectamente la historia sucedida a los pies de los muros de Lahore. Los Tigres habían comprado al pelotón de fusilamiento que terminó ejecutando al oficial inglés que los dirigía y el viejo Singh los acompañó en la huida. Él los había llevado al Templo

Dorado de Amritsar, aquel edificio que sobrecoge a los que lo visitan, centro del sorprendente culto de los *sikhs*, que combina el monoteísmo semimusulmán con las tradiciones hindúes. Años más tarde, durante el breve reino assamita de Yáñez formaba parte de la guardia del portugués, un gigante al que nunca nadie había visto sonreír y que murió en sus brazos, envenenado por el sultán loco.

Yáñez, que siempre había tenido debilidad por los *sikhs* pues apreciaba que en la India fueran los primeros en abolir el sistema de castas y por su probada eficacia como fieros guerreros, miró cuidadosamente uno a uno a los seis jóvenes. Llevaban todos un *katar*, el puñal hindú, y sobre el turbante un *chakram*, el pequeño disco de acero arrojadizo.

—Son desertores del ejército británico, o de la policía de Hong Kong —dijo Sandokán—. Eso explica qué hacen tan lejos de su tierra.

—Muy peligrosos para nosotros en estos momentos —coincidió Yáñez.

—¿Del ejército o de la policía?

—Somos hombres libres, ayer terminó nuestro mandato con los británicos en la policía de Hong Kong, nos ofrecían firmar por otros cinco años, pero nos encontramos en los muelles con Yayu, que había sido hermano de sangre de nuestro padre y nos contó que los Tigres estaban buscando hombres para una nueva guerra.

—¿Cómo te llamas? —preguntó Sandokán al que llevaba la voz cantante.

—Ranjit Singh.

Los demás también se llamarían algo Singh (que significa «león»), porque los varones *sikhs* lo utilizan como un segundo nombre tras su nombre de pila.

—¿Y ustedes seis vienen a ponerse a nuestras órdenes?

—Así es, *sahib*.

—¿Sin saber contra quién es la guerra y por qué?

—Confiamos en vuestra justicia.

—¿Sin condiciones?

—Con una sola, *sahibs*: somos *sikhs*. No trabajamos, sólo combatimos. Pagaremos con sangre nuestra comida.

—Espero que tengáis mucha sangre, porque a bordo de *La Mentirosa* se come muy bien —respondió el portugués.

Yáñez tomó del brazo a Sandokán y lo sacó a una terracita.

—¿Qué piensas, los tomamos?

—Demasiadas coincidencias, no me gustan las coincidencias. Nunca me gustaron las coincidencias: el mismo día en que quedan libres se encuentran a Yayu.

—Corramos el riesgo. Después de las bajas que hemos tenido, de los compañeros muertos y los heridos y los que pusimos a cargo de los dos prahos necesitamos más hombres, pero no podemos permitir que estos guerreros hindúes sean unos vagos, en *La Mentirosa* todo el mundo trabaja, hacen turnos de guardia, son combatientes y marineros, cocinan y palean carbón —dijo Yáñez—. Hasta tú trabajas y eres un príncipe jubilado.

—Y tú eres un maharajá depuesto y haces turnos nocturnos de guardia —respondió el malayo.

Salieron de la terraza, los *sikhs* los esperaban extremadamente serios, los hijos de Jarnail Singh tampoco sonreían.

Sandokán les explicó cómo eran las guerras de los Tigres y cómo funcionaba su guerrilla dentro de *La Mentirosa*. Los *sikhs* se reunieron en conciliábulo en una esquina del cuarto, finalmente uno de ellos llevó la respuesta.

—De acuerdo, Tigre Blanco, seremos fogoneros y serviremos la comida, haremos guardias y ayudaremos a los marinos, con la poca sabiduría del mar que tenemos, pero no haremos de cocineros.

—Mejor —respondió Sandokán—. No confío demasiado en que sepan darle el punto a una sopa de tortuga.

XXXII
No desvíes la mirada

—Te sugiero dos cosas, hermanito: durante toda la conversación mantén la vista fija en el personaje, no le desvíes la mirada. Pero si en algún momento sientes que los párpados se vuelven pesados o que un sueño fatal te domina, lleva en el mango de la camisa una daga y pínchate la mano con ella.

—Es un consejo estúpido —dijo Sandokán—. ¿Tú vas a hacer lo mismo?

—No, yo nunca miro a alguien a los ojos más de cinco segundos.

—¿Y yo por qué debo hacerlo?

—Te conozco, si él fija su mirada en ti, la sostendrás. No hay nada que te guste más que un reto. Eres así. Y si lo estás mirando fijamente, necesitarás la daga. Lo conozco —dijo el portugués dirigiéndole una sonrisa socarrona a su eterno compañero de aventuras.

Sandokán se atusó el bigote y encendió su pipa. ¿Qué era toda esta locura? Yáñez se estaba burlando de él.

—Y por favor, no le hables de gatos, quién sabe por qué piensa que dan mala suerte —dijo Yáñez, que fumaba dos o tres veces más que el malayo y había traído una buena provisión de puritos filipinos.

—¿Tigres y leones, panteras? —dijo Sandokán sonriendo.

—Felinos grandes, todos los que quieras —dijo Yáñez devolviéndole la sonrisa.

Yáñez estaba tomando un coctel en el bar del Esplanade, Sandokán lo acompañaba con un enorme jugo de mango repleto de hielo.

—Tengo dos preguntas. ¿Cómo sabes tanto?

—Leo algunos periódicos de esos que tú usas para encender fogatas.

—No te creo, antes de encender fogatas yo los leo también, y no he visto nada en ellos sobre las sociedades secretas chinas.

—Por eso son secretas.

—Entonces no me sirve tu historia de que lo lees en los pasquines británicos que circulan por esta región... Yáñez de Gomara: ¿eres miembro de Amanecer Rojo? ¿De la Luz Eterna? ¿Del Loto Blanco? Está en tu carácter eso de ser parte de una sociedad secreta china, ser el único europeo. Te conozco, te encantaría. ¿Eres parte de esto?

—Si te digo que sí, miento y si te digo que no, no sabrás si miento. En el más profundo fondo de mi corazón me hubiera gustado ser chino. Los chinos son tan misteriosos que han creado sociedades secretas para todo. Tienen hasta una sociedad secreta en la que están organizados los evasores de impuestos... Hay una sociedad secreta para despistar a las sociedades secretas. ¿Y la segunda pregunta?

—¿Quién es este misterioso hombre al que vamos a ver?

—Realmente no lo sé —respondió Yáñez. Y ahora sí su sonrisa no contenía una pizca de burla.

Por primera vez en toda la conversación Sandokán se mostró sorprendido. Pero guardó silencio, un prudente silencio.

XXXIII
La Luz Eterna

Ante el Banco de Inglaterra, dos casacas rojas hacían guardia con la bayoneta calada. Frente al símbolo definitivo y todopoderoso del imperio, un ruinoso edificio de un par de pisos abrió sus puertas a dos personajes singulares. Uno de ellos de color broncíneo, barba larga, boca pequeña con dientes de fiera, iba vestido a la usanza oriental, con casaca de seda de color azul recamada de oro y mangas amplias, sujeta a la cintura con una ancha faja de seda roja que sostenía la cimitarra y dos pistolas de largo cañón con arabescos y las culatas incrustadas de nácar y plata; llevaba unos amplios calzones, botas altas de piel amarilla y punta doblada, y cubría su cabeza con un pequeño turbante de seda blanca, en medio del cual brillaba un diamante casi del tamaño de una nuez. El otro, sin duda un europeo, en cuyo pelo grisáceo abundaban las canas, llevaba un *smoking* de seda negra que ocultaba malamente una Colt .45 al cinto y una bufanda de seda roja, que apenas si cubría un fistol prendido al cuello que lucía una extraña perla rosa muy irregular.

Sandokán y Yáñez, los Tigres de la Malasia, se habían vestido con todas las galas. La ocasión lo ameritaba. Los reyes de los mares visitaban al rey del submundo chino, el jefe de la Luz Eterna.

Recorrieron, guiados por un viejo, pasillos y pasillos, descendieron por crujientes escaleras de madera, avanzaron por túneles en los profundos sótanos del edificio hasta llegar a dos bellísimas puertas de madera roja laqueada.

El cuarto estaba a oscuras hasta que entraron. Entonces, como obedeciendo a un chasquido de los dedos, varias antorchas se encendieron simultáneamente. Parecía un montaje teatral.

Un viejo chino, probablemente el viejo más viejo que los Tigres de la Malasia habían visto en su vida, los esperaba sentado en un sillón de bambú cubierto con una seda roja. Una gran mesa de caoba y dos sillas muy sencillas ante él. Con un gesto el chino más viejo del mundo los invitó a sentarse.

El hombre no tenía el tinte amarillento de sus compatriotas sino un color de pergamino; los ojos escondidos en las cuencas; la piel, toda arrugas, era como un mapa de tensiones. Su voz, que parecía surgir de ultratumba, correspondía a la apariencia del personaje.

—¿A qué debo el honor de la visita de los famosos Tigres de la Malasia?

—Pasábamos por Hong Kong y no podíamos dejar de rendir homenaje a sabidurías muy superiores a la nuestra —respondió Yáñez.

Sandokán lo miró extrañado, había un cierto tono de respeto en la voz del portugués, el maldito hereje que no respetaba nada en el mundo parecía mirar al chino no sólo con respeto, también con... ¿afecto?

El chino se rió. Era una risa infantil, desdentada. Más viejo no se podía ser en el mundo, concluyó Sandokán.

El chino concentró su mirada en el príncipe malayo y en particular en el rubí que traía en el turbante. La joya estaba montada en una cama de alambres de plata que sutiles se deslizaban en los pliegues de la seda; no era excepcional en su tamaño, de unos cincuenta kilates. El rubí de Catalina la Grande pesaba cuatrocientos kilates; pero el de Sandokán apenas si había sido tallado para mantener su forma original y conservaba una extraña asimetría; era de un rojo suave y penetrante, sanguíneo, que lo hacía diferente a los rubíes más famosos de Ceilán; curiosamente y contra lo que los no entendidos piensan, aunque los rubíes de rojos oscuros son más bellos, tienen menos valor que los claros. Notando el interés del viejo, Sandokán dijo:

—Maestro Supremo de la Luz Eterna, como bien sabes necesitamos información. Podemos generosamente comprarla —y tomando el rubí de su turbante lo hizo avanzar en la mesa empujándolo con los dedos hacia el chino. Éste lo rechazó con un gesto uniendo sus dos manos para crear un escudo y mostró las palmas entrelazadas a Yáñez y Sandokán.

—Sabes poco sobre esa organización de la que generosamente me llamas maestro y que no existe. Si existiera la Luz Eterna no vendería información. No estaría en sus fines comerciar con algo tan sagrado como el conocimiento. En algunos casos muy particulares la intercambiaría. En aquellos casos en que sus intereses y los de otros coincidieran.

Una jovencita velada apareció con una botella de ginebra y tres copas en una bandeja.

—Les ofrecería té. Sería lo más indicado para una reunión como esta, ¿verdad? Pero lamento no guardar las formas, a mí en particular una copa de ginebra me fortalece los huesos —dijo el chino. Apuró la copa de un solo trago, no pareció disfrutarla demasiado. Parecía un pergamino al que no podían meterle una arruga más. Su rostro había adquirido una tonalidad dorada y a la luz de las teas cada arruga soltaba un breve reflejo. Los ojos estaban casi cubiertos por las arrugas, negros, muy negros.

Sandokán empujó suavemente su copa de ginebra hacia el chino ofreciéndosela. El hombre accedió con un nuevo gesto y se la bebió de un segundo trago. Yáñez mientras tanto paladeaba la suya.

—Es cierto, el Tigre sólo bebe sangre. Le pido las más humildes disculpas.

—A falta de sangre me conformaría con una taza de té —dijo Sandokán, al que tanto circunloquio ya le estaba produciendo una incómoda sensación en los testículos.

—Es usted el único europeo con el que he cruzado la palabra en muchos años —dijo el chino dirigiéndose a Yáñez.

—Quizá se deba a que de europeo sólo me queda la apariencia. Una apariencia engañosa —respondió Yáñez y colocó su mano izquierda sobre la derecha extendiendo el índice y apretando con los demás dedos.

El chino sonrió. Sandokán le devolvió la sonrisa. Maldito portugués, haciendo señas secretas.

—Las comunidades chinas de Malasia están muy excitadas. Alguien que dice hablar a nombre de las sociedades secretas los está agitando. Es un farsante, pero con muchos recursos. Enigmático rozando con el absurdo, un maestro de la teatralidad. Se dice hijo del loto y viste con una armadura japonesa de laca que le cubre absolutamente el cuerpo, habla chino con fluidez pero tiene acento, un acento que, a pesar de que me ha costado tres vidas, no he podido descifrar.

—¿Qué quiere de los hombres de las sociedades? —preguntó Sandokán.

—No lo sé. Es como un loco fingiendo ser un rebelde. Y no está solo, forma parte de un plan mucho más complejo. Tiene amigos, aliados, se desdobla como las siluetas que se proyectan en la pared.

—¿Sólo en Malasia? —preguntó Yáñez.

—Ese hombre sí, aunque sus amigos actúan en otros lugares. Sus socios están en muchos lados. Pero el que actúa en Malasia tiene su base en Singapur. Dice de sí mismo que ha comido el corazón de un hombre, que ha violado a su propia hija y después de torturarla arrojó su cadáver a los perros. Lo llaman *El innombrable*.

Durante un instante se hizo el silencio, los Tigres trataban de conectar lo que el chino les estaba contando con lo que penosamente habían sabido en estas últimas semanas.

—Ese hombre que habla en nombre nuestro no existe. No como tal. Es el amo del sincretismo, toma un poco de aquí y un mucho de allá, y sabe qué tomar.

Yáñez sacó de su bolsillo un dibujo del rombo, la serpiente en una caja, la «S» encerrada entre cuatro paredes.

—Nuestros nuevos enemigos tienen tatuado este símbolo.

—Es él, son ellos.

—¿Qué significa?

—Nada… Todo. Es una simplificación del emblema del Club Real de Bridge de Singapur, señores.

El chino se rió al ver la cara de estupefacción que los Tigres de la Malasia habían puesto.

—Han estado intentando matarnos en Borneo, en Filipinas. Han asesinado a nuestro amigo Tremal Naik en las cercanías de Sarawak. Han lanzado sobre nosotros una flota de prahos en las cercanías de Macao. En Mindoro hemos capturado a uno de ellos, se cubría con una máscara y simulaba ser un santón musulmán, pero era un europeo. Un europeo singular, que hablaba de yihad, de guerra santa de los seguidores del Corán contra el resto del mundo —resumió Sandokán—. ¿Qué está pasando?

—«Cuando hay demasiadas preguntas, no suele haber ninguna respuesta» —dijo Yáñez citando, para beneplácito del hombre más viejo del mundo, un proverbio chino.

—Puedo darles cuatro regalos, estimados amigos, a cambio de uno solo. Un solo regalo para mí, cuatro para ustedes. Cuatro por uno y una garantía —dijo el viejo.

—¿Quién ofrece la garantía?

—Yo. Es muy simple. Si acaso existieran las sociedades secretas chinas. Si de entre todas ellas la más importante fuera la Luz Eterna. Si esto fuera así, dondequiera que estén, tendrán el amor de sus miembros...

—¿Dondequiera? —preguntó Yáñez—. ¿Eso incluye París?

—Y Berlín, desde luego. Pero estamos haciendo juegos de palabras. Nadie puede prometer la ayuda de algo que no existe. Me temo que se van a tener que mantener por sus propios méritos y esfuerzos.

—¿Y los regalos? —preguntó Sandokán.

—Un puñado de postales, el nombre de una ciudad, un lugar y una cifra.

—¿Y a cambio?

—La cabeza de el-que-no-tiene-nombre.

—De acuerdo —dijo el príncipe malayo sin dudar.

El chino se sacó de la manga de su túnica, y empujó sobre la mesa, un paquetito con varias cartulinas, de las que ahora se habían puesto de moda y se llamaban postales, fotografías impresas, y remató:

—La cifra es cuatro. Se dice que nuestros enemigos son cuatro, como las cuatro paredes que rodean a la «S», o cuatro veces cuatro, se llaman, no se llaman, los llaman: el Club de la Serpiente. El lugar es el edificio que está frente a nosotros: el Banco de Inglaterra; y el nombre de la ciudad es Singapur.

Se hizo un silencio, Sandokán tomó las postales y se las echó al bolsillo de su casaca sin mirarlas. Ya tendrían tiempo para reflexionar sobre la ayuda de sus nuevos amigos.

—Me dicen que ustedes van a poner a flotar un hermano siamés —dijo el chino de repente.

Sandokán y Yáñez cruzaron una rápida mirada. ¿Qué tanto sabía el viejo sobre el más secreto de sus planes?

Sandokán miró al viejo más viejo del mundo fijamente. El hombre de la cara de pergamino le sostuvo la mirada.

Yáñez dijo un proverbio chino sin que viniera a cuento:

—«Nunca llames cordero al perro del mandarín».

El chino asintió con sabia mirada, satisfecho con la sabiduría del portugués.

XXXIV
«El dinero mueve a los dioses»

Una hora más tarde, al salir de la reunión, una luna menguante, frecuentemente cubierta por nubes, apenas si iluminaba las calles. Los soldados británicos seguían frente al Banco de Inglaterra. Los dos Tigres se detuvieron frente a la mole de piedra y la estudiaron. Eso no era nada nuevo, el Banco de Inglaterra había sido siempre su más potente enemigo. De la nada apareció un grupo de malayos de la tripulación de *La Mentirosa* que portaban pequeños faroles. A paso rápido cruzaron el laberinto de callejuelas del Hong Kong continental avanzando hacia el hotel. De improviso Sandokán se dirigió abruptamente a su amigo:

—No recuerdo las últimas cosas que nos dijo y que le dije, después de hablarnos sobre las postales. Tengo una extraña niebla en la cabeza.

—Te dije que si le sostenías la mirada te pincharas con una daga. Terminaste contándole que cuando eras niño jugabas con unos títeres que te había hecho tu nana, y que no recordabas a tu madre.

—No puede ser —dijo Sandokán llevándose las manos a la cabeza. Si algo no respetaba era la debilidad propia, la vulnerabilidad. Una sola vez en su vida había sido débil, por razones amorosas, vulnerable y eso le había costado la vida a Mariana.

—No, no puede ser —dijo Yáñez encendiendo un cigarrillo—. ¿Quieres que te cuente de tus sueños amorosos con la hija de tu nana cuando tenías seis años?

Sandokán enrojeció, dándole al tono de su piel un color cobrizo brillante. Luego, tras un instante, en medio de las callejuelas que iban hacia el muelle serpenteando, soltó una sonora carcajada.

—Nunca subestimes a tus enemigos, y menos a tus amigos. Y como digas «te lo dije», saco un kriss y te corto las venas.

—Sabia lección —dijo Yáñez—. El chino practica algo que llaman hipnotismo. Producir un estado de catalepsia, sueño artificial, fatigando el nervio óptico; se basa en la convergencia de la vista y la sugestión verbal. Aunque se dice que nadie puede ser hipnotizado contra su voluntad... Un monje, un tal Anton Mesmer, puso de moda el asunto y lo revistió con una gran cantidad de cháchara sobre magnetismo.

Durante un instante caminaron en silencio mezclándose con las sombras de la noche. Un par de europeos borrachos se cruzaron en su camino.

—¿Tienes algún otro proverbio chino a mano que explique todo esto? —preguntó el príncipe malayo.

—«El dinero mueve a los dioses» —dijo después de dudar un instante el portugués, que coleccionaba aforismos sin tomárselos muy en serio, con la teoría de que servían para todo, para justificar un asesinato o un acto de misericordia, para ofrecer amor u odio, para acertar o errar en la ruleta de la vida, pero que siempre quedaban muy bien a posteriori para explicar cosas que valía más no explicar.

XXXV

¿Estuviste alguna vez en Montecarlo?

Sandokán estaba desayunando un frugal vaso de leche cuando Yáñez le arrojó sobre la mesa el periódico de Hong Kong.

—¿Entiendes algo?

Sandokán comenzó a leer pasando el dedo por las líneas; conforme avanzaba en el pequeño artículo su rostro se iba enfureciendo aunque de vez en cuando la información le arrancaba una sonrisa, una sonrisa rabiosa:

Nuevamente la inseguridad acecha en algunas de las regiones del vasto océano Índico. Nada grave si la comparamos con la plaga que infestó estos mares en el medio siglo, pero no por ello menos digna de preocupación.

Singa Vadiujka tiene una mansión en Ceilán después de haber sido el terror del golfo de Bengala, Lu Feng ha muerto, el irlandés Terry vive apaciblemente su retiro y el perdón en Australia; pero el caso más patético es el de los llamados Tigres de la Malasia, el antes príncipe Sandokán y ese traidor a su raza que se autollama Yáñez de Gomara, pareja de asesinos y depredadores, se han mantenido en el Índico desde hace treinta años protagonizando los más brutales actos de agresión y piratería. Viejos criminales que han sobrevivido a la generosidad de la reina de los mares británica, que combatieron a Brooke y Lord Elmsley, intervinieron en el alzamiento de los cipayos en 1857, fueron culpables del acoso de Singapur y de los alzamientos chinos en Malaya, y en su cuenta se encuentran más de tres docenas de buques de guerra españoles, holandeses y británicos hundidos en la década de los sesenta antes de la caída de Mompracem. ¿Quién sabe cómo han sobrevivido y dónde se han ocultado? De ellos se han dicho mil y una cosas y se han corrido los más extraños rumores. Se les ha visto jugando en las mesas de los casinos de Montecarlo derrochando inmensas fortunas y también como residentes de una nación sudamericana viviendo apaciblemente, se les ha señalado como presentes en recepciones en la corte del zar de todas las Rusias y al lado de los rebeldes en la nueva Indochina francesa. Sean o no ciertas estas historias, los Tigres de la Malasia siguen vivos y se encuentran en nuestras posesiones y son un ejemplo maligno que estimula a otros a ejercer ese execrable oficio de la piratería.

—¡Hay que tener cinismo! Fueron los corsarios y los piratas los que hicieron grande a Inglaterra. ¿Es menos piratería cuando se ejercen actos de poder basados en los cañones y con una banderita de una nación europea amparándolos? —dijo Sandokán alzando la vista del texto y luego arrugando el periódico— ¿Cómo llaman estos idiotas a lo que Inglaterra ha estado haciendo en la India, en Malasia, en Borneo, en estos últimos años?

Un puñetazo en la mesa hizo temblar el vaso de leche.

—¿Alguna vez has visto al zar de Rusia? —preguntó Yáñez.

—¿Has jugado en los casinos de Montecarlo? —respondió con otra pregunta Sandokán.

Los gritos que venían desde la calle hicieron que Yáñez se asomara a la ventana. Un oficial de la policía inglesa de Hong Kong, junto con un grupo de *sikhs* armados de bastones, intentaba entrar en el hotel. El escándalo era producido porque los comerciantes chinos, que tenían sus pequeños puestos de fritangas y verduras en la calle frente al hotel los confrontaban.

—Nuestros amigos de la Luz Eterna han puesto en la puerta una señal de alarma. ¡Vámonos! —dijo Yáñez.

Sandokán tomó una pequeña maleta y se ciñó en la faja un par de revólveres. Yáñez lo precedía abriendo la puerta del cuarto. Corrieron por el pasillo. Al fondo, un camarero chino les señaló una puerta que daba a las escaleras de servicio. Bajaron saltando escalones hasta lo que parecía un depósito de alimentos, unas bodegas. Allí una jovencita china, que tenía un gran sombrero y una canasta de pescado en los brazos, les hizo un gesto y los condujo hasta una nueva puerta que tras bajar una docena de escalones daba a los sótanos. Una parte del sótano era un embarcadero. Una chalupa llena de pescado seco estaba esperando con dos chinos a bordo con pértigas.

—Escóndanse aquí, señores —dijo uno de los chinos en inglés, comenzando a abrirles un hueco entre la carga.

—En peores lugares he estado —comentó Yáñez antes de acostarse entre los pescados y que los chinos comenzaran a cubrirlo. Una lluvia de escamas, pulpos, cabezas de congrio y sardinas cayó sobre los Tigres.

Llegaron a *La Mentirosa* en menos de media hora. Siguiendo previas órdenes de Sandokán, las calderas estaban encendidas y cuando los dos Tigres subieron a bordo, apestando a pescado pero indemnes, el yate elegantemente levó anclas y comenzó a salir de la bahía.

XXXVI
Hablando con Dios

—Tienen ustedes a un alemanista esperándolos, dijo que ustedes lo habían invitado a subir a bordo y por si acaso lo dejé bajo la mirada de la perra Victorisa y de los hermanos gemelos —dijo Sambliong, interrumpiendo el baño de Sandokán, que por más que se frotaba no lograba quitarse el olor a pescado seco y podrido.

—Es un amigo, es alemán, la perra se llama Victoria y al alemán invítalo a comer con nosotros en un par de horas —dijo el príncipe malayo.

—¿Y rumbo a dónde, Tigre?

—A Singapur —contestaron al unísono Yáñez y Sandokán, que se secaba vigorosamente.

Minutos más tarde Yáñez de Gomara, acunado por el vaivén del barco, la suave brisa de levante, el sol del atardecer, se durmió en una hamaca sobre la cubierta y soñó que Dios hablaba con él.

—Yo no existo —le dijo Dios.

—Afortunadamente, yo soy librepensador —le contestó Yáñez.

—Nunca he existido —dijo Dios tercamente.

—No me vengas con monsergas, no me cuentes tus problemas, bastante tengo con los míos —le dijo Yáñez.

Dios tenía barba gris repleta de canas, ojos enrojecidos por el furor e iba vestido con una ridícula bata rosa, repleta de garigoleados olanes y fruncidos en las mangas.

Luego hablaron del clima, de los monzones y las tormentas tropicales, de lo incómoda que era la lluvia. Finalmente Dios le pidió un cigarrillo al portugués, que no se atrevió a negárselo.

—¿Qué estabas soñando? —le preguntó un Sandokán que peinaba su larga melena.

—Nada, una tontería, ¿por qué? —respondió el portugués abriendo perezosamente los ojos.

—Porque estabas sonriendo.

—Debí haberle negado el cigarrillo —dijo Yáñez.

—¿A quién?

—A Dios.

—¿Estabas hablando con Dios? ¿Tú? De todas las personas que conozco, eres el único que nunca hubiera creído que hablara con un dios. ¿Cómo era? ¿Era blanco? Seguro que era blanco. ¿Era inglés?

—Me decía que no existía y luego me pidió un cigarrillo.

Sandokán se quedó pensando.

—Más vale que ningún dios exista, he hecho algunas cosas en mi vida de las que no me gustaría dar cuentas a nadie. Bastante tengo con cargarlas en la conciencia. Le he cortado las manos a un hombre enfrente de su hijo, he incendiado un pueblo y gozado ante la visión de las llamas, estrangulé a un hombre con mis manos por error, acusándolo de un delito que no había cometido... a veces mis furores me dan miedo —dijo Sandokán.

Yáñez se quedó mirando a un punto en el mar, un punto inexistente, donde estaba profundamente escondida su memoria.

—Tienes suerte. Yo aún no me atrevo a recordar mis culpas, mis yerros, mis falsedades.

Se quedaron en silencio. Y pasaron varios minutos antes de que aquel inusitado momento de calma fuera interrumpido por Old Shatterhand.

—Señores, les agradezco su invitación para compartir con ustedes cual sea la cosa que está sucediendo.

—Sea bienvenido a la locura —respondió el malayo.

—Comeremos aquí, al aire libre, no hay como esta brisa para levantar el apetito —dijo Yáñez acercando una banqueta y con un gesto hizo que Pinga Puagh, que llegaba de la cocina con una enorme bandeja, se acercara. El enano salió corriendo por las otras, mientras repetía una letanía que sonaba como *Uhm, Uah, Zluu*, que probablemente no quería decir nada más que le gustaba mucho la sopa de cangrejos de río que les traía y que seguro había venido probando por el camino.

—Antes de subir al barco he recogido historias y rumores sobre dos míticos personajes que llevan años en las más sorprendentes aventuras en estos mares, señor Sandokán, caballero Yáñez de Gomara. Son ustedes una leyenda.

—Las leyendas envejecen —dijo Sandokán e inmediatamente se arrepintió de sus palabras.

Yáñez aprovechó para explicarle al alemán lo que había sucedido en esas dos últimas semanas. Quizá la proverbial capacidad de raciocinio de los germanos podía darle orden al asunto.

Old Shatterhand iba poniendo cara de estupefacción conforme la narración avanzaba. Sin embargo, era lo bastante discreto para no interrumpir con las mil preguntas que le cruzaban por la cabeza.

—¿Y no es muy peligrosa Singapur?

—Han pasado más de seis años desde la muerte del perro de los ingleses, el rajá Brooke de Sarawak, y de que la Compañía de las Indias Orientales se ha extinguido; el sultán de Jahore ha desaparecido consumido por las enfermedades venéreas; Cowic, el escocés, se ha desvanecido en los manglares de las islas Filipinas. Nuestras hazañas hace mucho que no suenan tan al oeste del archipiélago, y nuestros viejos enemigos deben haber muerto ya de aburrimiento o de vejez —dijo Yáñez.

—Aunque nuestros nombres aún despiertan miedos y los miedos en personajes menores y mediocres levantan odios y viejos recuerdos de venganza. Pero son los nuevos enemigos los que me preocupan. Y me sospecho que aún podemos hacer arder algunos corazones... y algunos palacetes victorianos, y hundir algunas naves de guerra, sin duda —dijo Sandokán, dejando ver los dientes en la sonrisa que le provocaba la idea.

—Sí, Singapur es muy peligrosa —concluyó Yáñez—, si quitamos Londres, es quizá la ciudad del planeta más peligrosa para los Tigres de la Malasia. Esperemos que ellos piensen igual y que sea el último lugar donde esperan vernos.

—¡Pinga Puagh, no metas los dedos en el arroz! —gritó Sandokán.

—A mí no me molesta, los apaches mordisquean la carne asada de búfalo que te van a ofrecer para ver si está suficientemente cocida, es un gesto de amistad —dijo el alemán.

—Este enano no es apache, es un marrano —resumió Yáñez. Y luego dijo para sí mismo y sin que viniera a cuento—: Cuidado, Yáñez, el imperio no perdona.

XXXVII

Las siete postales

Las siete postales que les había dado el chino más viejo del mundo le habían costado su precio en sangre. Tres hombres y dos mujeres habían muerto para obtenerlas. Incluso la sangre estaba presente en los cartoncitos blancuzcos bajo la forma de huellas herrumbrosas en la esquina de una de ellas.

Yáñez las dispuso sobre la mesa y en torno a un farolillo. No parecían en modo alguno tan importantes.

La primera foto mostraba un retrete de porcelana.

—Un cagadero elegante —dijo Sandokán. Habían visto un par de ellos en los hoteles de Hong Kong y Delhi, porque por aquellos años el no-va-más de la elegancia era lo que se llamaba una placa turca, un simple espacio de suelo porcelanizado con un agujero en el lugar estratégico, conectado a un desagüe, que sustituía los retretes de madera con depósito inferior.

¿Qué estaba haciendo esa foto allí y qué significaba?

Yáñez no pudo evitar la sonrisa y luego comentar:

—Es el trono de nuestros enemigos.

—¿Qué es esto? —preguntó Sandokán señalando la foto que mostraba un palacio en medio de la selva, un palacio mezcla de templo hindú y palacete de Versalles. No había referencias humanas, pero las dimensiones de las puertas y las ventanas proponían un edificio de al menos treinta metros de alto. Tenían un diseño Luis XIV pero con el barroco hindú en los frontales. Lamentablemente la foto era muy pequeña y no se podían ver las estatuas.

—¿Han visto ustedes algo así alguna vez? —preguntó el alemán.

—Es horrible —dijo Yáñez.

—Tengo una idea —dijo Sandokán y convocó a Sambliong, Yayu y a Kompiang con un gesto.

—Vean cuidadosamente la vegetación, sólo la vegetación, no el templo. ¿En dónde está?

—En el sur de Malasia —dijo Sambliong.

—En Borneo —dijo Kompiang—, en la zona de los grandes ríos.

—No en Java, en Java no hay biruyes —dijo Yayu.

Fueran lo que fueran los biruyes, los tres hombres asintieron.

—Vean el tamaño de los murciélagos —dijo Sandokán—. ¿Dónde está ese palacio?

—En Borneo —contestaron los tres al unísono.

Yáñez se frotó las palmas.

—Maravilloso, un palacio indoafrancesado en Borneo, que nunca nadie ha visto.

Pasaron a la siguiente foto. Se trataba de un grupo de jóvenes recién graduados en una universidad europea, abundancia de gestos trascendentes, algunas sonrisas, pocas, togas y birretes. ¿Ingleses? ¿Oxford?

—¿Reconoces a alguien?

La observaron con cuidado, incluso con una lupa, para ver si había algún otro indicador de la edad, la época, el colegio. Nada.

Comenzaban a desesperarse. Una nueva foto mostraba una arboleda, los árboles tenían atadas a diferentes alturas escudillas, como si quisieran recoger la lluvia que bajara por el tronco. Pero las escudillas estaban ¿adheridas? a cicatrices en el tronco. ¿Estaban recogiendo la savia?

La siguiente foto era una reproducción en muy pequeña escala de algo que parecía una esfera con ventanas y un fanal o algo así.

—Una esfera de hierro —aventuró Old Shatterhand.

—Llamen al señor Monteverde —ordenó Yáñez.

El ingeniero jefe de *La Mentirosa* apareció con Pinga Puagh, venían comiéndose un par de plátanos. Yáñez le señaló la foto.

—Coño, un submarino. Creí que eso sólo existía en las novelas de Jules Verne. Pero no tiene método de propulsión.

—¿Y eso para qué sirve? —preguntó Sandokán.

—Es una nave de hierro para viajar bajo el agua, pero no parece tener propulsión, quizá sea un instrumento de inmersión que se descuelga con cadenas y permite entrar en el fondo marino. No tiene escalas, puede ser una circunferencia de dos o de veinte metros de alto. Tiene que ser mayor de dos metros para conservar oxígeno suficiente para que sea útil. Me gustaría probarlo. Tiene que tener las junturas perfectas y soportar la presión... Muy interesante —y se fue rumiando con el enano que le tiraba de la manga.

La siguiente foto era un retrato de un oficial ¿inglés? que posaba con su amplio bigote y una desdeñosa sonrisa para la cámara. Con unos años menos, pero no había dificultad en identificarlo como el falso santón muerto en Filipinas.

—¿Qué grado tiene?

—¡Kim! —gritó Sandokán. El aludido estuvo en segundos a su lado; de hecho todos los miembros de la tripulación de *La Mentirosa* que no estaban en funciones en las calderas, el puente o la cocina, se encontraban a prudente distancia de sus jefes, observando—. ¿De qué cuerpo es este hombre? ¿Qué grado tiene?

—Es británico, capitán, del séptimo de Lanceros de la India, los carniceros de Lucknow —dijo Kim y escupió hacia el mar.

—Es el enmascarado que matamos en la plantación de Mindoro.

—Espero que haya sido una de mis balas la que lo dejó tieso —dijo el hindú y reunió las palmas de las manos en una silenciosa plegaria.

La última foto mostraba la sala y el escenario de un *music hall*, relativamente lleno. Una mujer cantaba en el escenario mientras un hombre le arrojaba un ramo de flores, cuyo movimiento en el aire obligaba el desenfoque, nada claros los rostros en la distancia.

—Se parece al Garden Palace —dijo el alemán—. En Berlín, las sillas eran así y los adornos de la parte baja del escenario, muy parecidos... No sé, muchos teatros se parecen...

—¿Entiendes algo? —preguntó Yáñez de Gomara.

—Nada —dijo Sandokán—. Parece un rompecabezas de muchas piezas, de esos a los que eres tan aficionado. Lo único que queda en claro es que el muerto de Mindoro era un oficial inglés, y que hace veinte años reprimió a los cipayos rebeldes. Bien muerto esté.

—Una plantación extraña, un submarino que no tiene propulsión, un grupo de estudiantes recién graduados, un retrete de porcelana, un oficial de lanceros, un *music hall* en Berlín, un templo hindú y afrancesado en mitad de Borneo —enumeró Yáñez—. Genial. Un enigma al fin a nuestra altura.

XXXVIII

El mataosos y el matahombres

Mientras cruzaban el mar del sur de China hacia la península malaya, los Tigres tuvieron un consejo de guerra en el que participaron Sambliong y Old Shatterhand.

–Vamos a tener problemas con las estaciones carboneras. Deben estar la mayoría, o al menos las más grandes, bajo alerta –dijo Yáñez–, sin embargo, necesitamos todo el carbón que podamos cargar en las sentinas. Vamos de emergencia en emergencia.

Sambliong desenrolló la carta de navegación que mostraba la costa malaya al norte de Singapur.

–Tiene que ser Kota Barú. Eso o apelamos al depósito secreto –dijo Sandokán apuntando con un cuchillo.

Kota Barú era una pequeña ciudad al norte de Singapur, animada por un amplio puerto por donde salía la producción de estaño en pangolas y prahos hacia Singapur. Sin embargo no era un lugar donde aparecieran frecuentemente naves europeas.

–Kota Barú. Necesitamos transformar *La Saudade*, antes *La Mentirosa*, en algo más sólido. Por ejemplo en el yate prusiano *Friedrich Engels*, en honor de mi corresponsal, con un capitán verídicamente alemán, Herr Heym –Yáñez señaló a Old Shatterhand–. Y tú y yo estaremos escondidos en el barco. Luego el *Engels*, tras haberse aprovisionado de carbón, viajará a Singapur y estará a la espera.

–¿Y qué es lo que estará haciendo el destacado señor Heym en Singapur?

—No sirvo para ser millonario, no soy diplomático, no soy geógrafo, pero soy cazador. Cazo animales vivos de la riquísima fauna malaya para el Zoológico de Berlín.

Sandokán aplaudió.

—Lo siento por los animales, que se cagarán de frío —dijo Yáñez.

Horas más tarde Old Shatterhand, ataviado con una reluciente chaqueta azul con botones dorados, salida de la bodega y reparada con un zurcido para cubrir un agujero de balazo sobre el corazón, recibía la aprobación de la tripulación incluido Pinga Puagh, que por señas decía que quería una chaqueta así para él.

Nuevamente el lienzo de madera con el nombre de *Saudade* fue retirado y el *Friedrich Engels* ocupó su lugar.

—Si va a dirigir *La Mentirosa*, aunque sea de mentiras, va a tener que ganarse el respeto de la tripulación, *mister* —le dijo Sandokán.

—¿Usted cree que les guste la poesía? —preguntó el alemán con una de sus sonrisas tristes.

—No, pero seguro que les interesa saber cómo maneja usted esa carabina Martini-Henry que ha traído a bordo.

—Con placer me gustaría mostrarles lo que puedo hacer con mi mataosos. Pero me gustaría enseñarles también un nuevo hijo mío, el Winchester de repetición.

La voz corrió entre los Tigres de la Malasia, el «alemano» iba a mostrar su sabiduría. Old Shatterhand tenía con su Martini-Henry cerca de diez años, pero últimamente le había salido competencia, el ejército británico lo había adoptado para sustituir el Enfield en 1871. El rifle era una combinación de dos armeros y sus mutuos inventos, Friedrich Martini, suizo, y el escocés Alexander Henry. Old Shatterhand regresó de su camarote con una frazada de la que desenvolvió, casi amorosamente, sus dos rifles. Le tendió a Sandokán el Martini-Henry. Era una carabina de un metro veinte que en las manos del malayo se sentía exquisitamente balanceada. El alemán se puso un puñado de balas en el bolsillo de su recientemente estrenada chaqueta de galones.

—Elija blanco, príncipe.

—Cerca de la proa, a cincuenta metros, está la mesa donde comimos, hay en ella dos tazas, a unos cuarenta metros, la de la derecha.

Con una velocidad que resultaba casi irreal Old Shatterhand alzó el rifle y casi sin apuntar disparó. La taza voló en pedazos, o eso pareció. El alemán palanqueó el casquillo y recargó.

—Una segunda taza, a la izquierda, creo recordar —dijo Sandokán.

Los tripulantes de *La Mentirosa* contarían mucho tiempo después que entre la frase del príncipe malayo y el disparo no había pasado ni un segundo.

—En medio de la mesa, los restos de una piña.

El disparo sonó casi al mismo tiempo que la última sílaba.

—Sambliong, las tazas y la piña —ordenó el malayo.

El aludido corrió hasta el extremo del barco y regresó con las asas de las dos tazas y la piña perforada en el centro.

—*Pinga, pinga* —dijo el enano.

Yáñez comenzó a aplaudir suavemente. Los coros de las frases de admiración de dayakos, malayos, javaneses y *sikhs* rodearon al alemán.

—Tiene un tremendo alcance, quizá mil doscientos metros. No tiene demasiado impacto de retroceso, aunque es demasiado ruidosa, es capaz de dejar sordo a un pianista. Lo digo por experiencia. En un momento de mi vida tuve que optar entre Martini y Chopin.

—Notable, señor Heym —reconoció el portugués.

—Un tirador experto puede disparar ocho balas por minuto.

—¿Cuántas puede usted? —preguntó Sandokán.

—Una docena. El único problema es que se calienta mucho. No es una buena arma para un combate prolongado.

—Sambliong, pon otras dos tazas en la mesa —dijo Yáñez—. ¿Me permite? —le dijo luego al alemán.

—Desde luego. Ajuste el tiro levemente a la izquierda, por el viento.

Una vez que el contramaestre hubo depositado las dos tazas, una pequeña figura a los casi cincuenta metros, Yáñez tomó puntería lentamente, tocó suavemente el gatillo y disparó. Las tazas, por lo visto, permanecieron intactas. Cargó por segunda vez y repitió el ritual. El segundo disparo fue certero, la taza voló por los aires.

—Lástima que no está con nosotros Kammamuri, es quizá el único rival que usted encontraría —dijo el portugués.

Dos de los tripulantes se animaron a probar fortuna, Yayu el siamés y Ranjit Singh, el *sikh*. La segunda taza voló por los aires en el segundo disparo del barbudo.

Sandokán se negó a intentarlo, se sabía inferior a sus compañeros en el manejo del rifle, no lo era con la pistola y sin duda entre todos los hombres de *La Mentirosa* no tenía rival con las armas blancas, bien fuera el sable o el cuchillo, el kriss o el parang.

—Permítanme mostrarles algo mejor para el combate a más corta distancia. Este Winchester.

El rifle de madera y mecanismo cobrizo que refulgía al sol no medía más de un metro, era mucho más ligero. Old Shatterhand lo fue cargando lentamente, una docena de balas.

—¿No tienen ustedes un sombrero?

A una seña de Sandokán, Sambliong se lanzó a la bodega; empezaba a gustarle su papel de maestro de ceremonias. Regresó poco después con una gorra de capitán de la marina francesa.

—Señor Yáñez, ¿me haría el honor? Láncelo tan alto como pueda.

El portugués tomó impulso y la gorra se elevó por los aires. Antes de que cayera sobre el puente, Old Shatterhand pudo disparar cuatro veces.

—Maravilloso. Eso no es un mataosos, es un matahombres —dijo Sandokán mostrando la gorra y sus cuatro perforaciones—. Queda usted nombrado capitán suplente de *La Mentirosa*.

—Puede disparar quince balas, pero sólo tiene doscientos metros de alcance efectivo.

Un día más tarde, Herr Heym contemplaba el arribo del *Engels* al puerto de Kota Barú con su chaqueta azul de botones dorados y su reparada gorra de capitán francés. En su nombre un malayo compró varias toneladas de carbón y un español de gran dimensión se dirigió a la oficina de correos donde recogió una carta.

Sandokán y Yáñez ocultos en el camarote pudieron leer el mensaje:

Tengo que hablar con ustedes en persona. B.B.

Contra lo que pudiera esperarse, nada anormal sucedió durante las siguientes horas, el *Engels* se transformó de un barco de vapor en un velero y cuarenta y ocho horas después el yate llegaba a Singapur.

En la noche, una chalupa depositó en tierra a los dos Tigres con una pequeña escolta.

XXXIX
Singapur

—Estoy seguro de que nos vienen siguiendo —dijo Yáñez.

—Tu famosa visión en la espalda no ha perdido nada de su agudeza con los años —respondió Sandokán.

—¿Te estás burlando de mí?

—Guárdeme Kali.

—La visión desde la nuca mejora con la edad porque el miedo aumenta, hermanito.

Los dos personajes, precedidos por el dayako Kompiang, trataban de abrirse paso entre la pequeña muchedumbre que atiborraba las callejuelas del barrio de los comerciantes chinos en Singapur.

La ciudad era un hervidero racial que sintetizaba todo el mundo asiático oriental bajo predominio británico. Comerciantes parsis de Bombay, ceremoniosos y respetados por su legalidad en el uso de las pesas y medidas; chinos con coleta y apariencia de angustia y prisa; pescadores malayos ofreciendo el producto del trabajo del amanecer en las manos; marineros javaneses desempleados, aguadores bengalíes, pequeños comerciantes portugueses y españoles; empleados bancarios escoceses, holandeses, belgas, irlandeses y dependientes de oficina mahometanos de la India occidental; dayakos musculosos que cargaban lujosos palanquines donde una dama inglesa, o la amante mestiza de un alto funcionario, era conducida en su viaje de compras matinal.

Pasaron frente a una mezquita, un gran almacén de hilados británico y una casa de juego cuyas puertas estaban cerradas esperando la noche y se internaron en una callejuela llena de decenas de bazares del celeste imperio.

Pocos minutos después, los dos Tigres se encontraban en medio del bullicio de las callejuelas buscando un lugar conocido donde se podía comer la más formidable rijsttafel.

—Lamento informarte que siguen tras nuestros pasos, hermanito —dijo Yáñez.

—¿De quién se trata?

—Tengo la impresión de que son dos, uno de ellos lleva el turbante de los nativos del Ganges, el otro es un pequeño malayo de no más de quince años. ¿Tenemos alguna deuda que pagar en estas tierras?

—No me hagas ese tipo de preguntas, porque si me pongo a recordar serán una docena.

—En el mejor de los casos no se trata de nuestros nuevos enemigos. O son policías, o son los oídos y la vista de Barak que están confirmando que no nos siguen otros más que ellos. O se tratará de un par de ladronzuelos —dijo Yáñez desechando los tétricos pensamientos de ambos y sonriendo entraron en el pequeño restaurante, donde tras ofrecerle al dueño de antemano un par de monedas de plata, fueron recibidos como si fueran los propietarios del barrio chino de Singapur.

Atardecía cuando salían tras haberse despachado los famosos sesenta platos de la «mesa de arroz» que les habían servido, compuestos por decenas de variedades de salsas, babi ketjap, picantes sambal goreng; carnes, que iban de los sesos de mono a la costilla de cabrito, con salsa de maní, pasando por el filete de pescado en salsa de coco, la piel de cerdo condimentada, los langostinos en licor de arak, las rudjak manis y todo ello acompañado de un abundante arroz hervido muy blanco sazonado con especias. La comida transcurrió prácticamente en silencio con excepción de los halagos guturales hechos por el portugués a las delicias de la cocina de Sumatra.

A la salida, Yáñez comenzó a bostezar y fue interrumpido por Sandokán.

—Sé lo que vas a decir, que a nuestra edad deberíamos echarnos una siesta, porque según tú las siestas sirven para meditar en los siguientes pasos. Por lo tanto te gustaría ir a Albert Road y buscar un pequeño hotel acogedor.

—No he abierto la boca.

—Sí lo has hecho, para bostezar.

Tomaron por un pequeño callejón repleto de vendedores ambulantes, lo que los malayos llaman lorong. La discusión no fue más allá, porque por la boca del callejón por el que avanzaban aparecieron cuatro malayos con los kriss desenvainados.

—No puede ser. Otra vez —dijo Yáñez—. Estos tipos no aprenden.

—Kompiang, cúbrenos la espalda —dijo presto el Tigre de la Malasia—. ¡A mí, Yáñez!

El portugués no había necesitado del llamado de su hermano de sangre y al ver a los malayos que arremetían sacó una Colt Baby Dragoon del interior de su uniforme azul de oficial naval y le descerrajó al primero un disparo en el pecho. Sandokán había extraído del bolsillo de su sarong una pistola-cuchillo Unwin y tiró sin apuntar fallando el disparo. Los sobrevivientes, haciendo caso omiso del caído, corrieron hacia los Tigres buscando el cuerpo a cuerpo. Sandokán detuvo a uno rasgándole la manga de la blusa con el cuchillo y empujándolo hacia la pared de una tienda. Yáñez, mientras tanto, abatía al segundo con un nuevo disparo del Colt, aunque no podía impedir que el kriss de éste le rasgara el pantalón haciéndole una herida superficial en el muslo. El cuarto hombre, un tuerto de aspecto fiero, al verse ante la desventaja de la automática de Yáñez, comenzó a correr en retirada. El portugués giró para apoyar a Sandokán. La calle, normalmente repleta de gente, se había vaciado en un segundo.

—¡No dispares, Yáñez, este es mío! —gritó Sandokán pensando que su amigo iba a terminar la pelea disparando contra el hombre al que enfrentaba y al que haciendo fintas circulares con su cuchillo, a pesar de la mayor longitud del kriss de su enemigo, mantenía pegado a la pared, apoyado contra una tubería de desagüe de bambú. Los ojos del Tigre ardían de júbilo. El tercer atacante, un malayo muy joven y con las ropas sucias, no podía dejar de mirar el revólver-cuchillo. Esto lo perdió, porque Sandokán le descargó un tremendo mazazo en la sien con la mano izquierda, que lo hizo caer fulminado como por un rayo.

—Kompiang, échatelo al hombro y a paso de carga rumbo al puerto. Escoge las calles oscuras, los callejones. ¿Podrás hacerlo? Nos encontraremos ante *La Mentirosa*, si alguien te pregunta dile que es uno de tus compañeros que se emborrachó.

—Desde luego, *tuan* —dijo el dayako cumpliendo la orden de inmediato.

—¿Cómo te encuentras, Yáñez? —preguntó Sandokán al portugués, que estudiaba a uno de los caídos, el que lo había alcanzado con la punta del cuchillo y que se retorcía de dolor con una bala en el hombro.

—No debí haber comido tanto, siento una bola en el estómago —contestó Yáñez de Gomara, el legendario Tigre Blanco de la Malasia.

XL
Caucho

Entraron en el Hotel Royal, un inmenso bungalow de dos pisos a unos doscientos metros del muelle principal, y cuando se estaban inscribiendo usando los falsos pasaportes de un noble español y un príncipe assamita, un mendigo se les acercó. Sandokán le puso unas monedas en la mano y para su sorpresa descubrió que el hombre había dejado un papel en la suya antes de desvanecerse entre los vendedores que inundaban las callejuelas.

¿Qué saben ustedes sobre el pan de hevea, llamado vulgarmente caucho?

Es un producto sacado de una leche que llaman látex, extraída con un corte diagonal de la corteza de un árbol que comienza a sudar esa leche, que luego recogen en un recipiente; más tarde los cortes se cubren y se van haciendo otros nuevos en las partes superiores, hasta que ordeñan totalmente al árbol.

El látex permite manufacturar una goma sólida, elástica, muy flexible y resistente al agua que una vez trabajada puede servir para construir mangueras, ruedas, maravillosos impermeables. Desde 1820 hay una gran demanda del caucho, de los llamados panes de hevea, a causa de la escasez, y Brasil tenía prácticamente el monopolio de los árboles que llaman *Hevea brasiliensis*.

El imperio, una vez que inventores británicos han descubierto las virtudes de la tela impermeable, organizó el robo de semillas de la *Hevea*. Una expedición organizada por un tal Hancock y dirigida por Lord Wickham secuestró ilegalmente setenta mil semillas del Brasil, lo que era un delito, porque las autoridades locales habían puesto fuera de la ley el comercio para conservar el monopolio.

El Royal Botanical Garden de Londres, que estaba detrás de la aventura, reexpidió semillas hacia estas colonias para ver si fructificaba el asunto. Hace un año llegaron a sir Henry Ridley en el Jardín Botánico de Singapur once árboles y comenzaron a reproducirlos.

Se dice que el clima ideal para que los árboles puedan producir más de seiscientos kilogramos por hectárea es el de Borneo, siempre y cuando se planten en cada hectárea unos trescientos cincuenta árboles. De ser así y si los ejemplares del jardín botánico de Singapur están produciendo ya las suficientes semillas, en veinte años las plantaciones de la isla podrían estar produciendo a todo vapor, si no es que ya han sido plantadas y el proceso podría tomar muchísimo menos tiempo.

Si no sabían nada de esta planta, deberían saberlo.

B.B.

—La plantación que hemos visto en la fotografía —dijo Sandokán.

—Corresponde exactamente a la descripción de B. —respondió Yáñez—. O sea que la foto corresponde al Brasil, o se trata de Borneo y ya están empezando a producir.

XLI

Leyendo los periódicos

Los Tigres de la Malasia planean hacerse con Borneo. Sí, esta afirmación que podría parecer absurda atribuida a cualquier otra banda de piratas, es rigurosamente cierta. Han estado agitando en la zona central de la isla, atacando indefensas poblaciones y esclavizando a sus habitantes. Hoy puede decirse que en el interior de Borneo reina el terror. Y que esta situación podría poner en peligro incluso las posesiones de Su Majestad en los Estrechos y Labuán y los territorios de Sarawak y Brunei en el norte.

Recientemente una escuadra de barcos piratas dirigida por los Tigres libró un combate naval en las afueras de Macao, tras haber saqueado varias lanchas de vendedores en las afueras del puerto. Se dice que su buque insignia es un moderno yate de vela artillado y con bandera italiana.

—Bueno, por lo menos no saben que es un barco de vapor también y que la bandera es mexicana, no italiana, aunque tenga los mismos colores —comentó Sandokán.

Así mismo se les ha visto en las islas Filipinas, donde mantuvieron encuentros armados con fuerzas españolas y en la colonia de Hong Kong, donde milagrosamente pudieron salvarse de la policía británica gracias a la complicidad de las sociedades secretas chinas.

No puede permitirse que se regrese a la situación de hace dos décadas cuando retaron a sir James Brooke y mantuvieron en jaque durante años el mar de la Sonda, los Estrechos y la costa malaya.

−¿Quién le pasa información a este plumífero? −preguntó Yáñez alzando la mirada del diario.

−Deberíamos cuidarnos más −respondió Sandokán.

El artículo, extrañamente bien documentado y terriblemente malicioso al distorsionar los hechos, estaba firmado por Daniel Morton.

XLII
La clave

Sandokán sacó de su bolsillo la nota que había encontrado en Filipinas dentro de la mochila del hombre blanco que se hacía pasar por santón, y desarrugándola la puso sobre la mesa.

—La próxima vez que le quites un mensaje cifrado a alguien, no lo mates. Esta nota es una mierda, toda manchada de sangre. El muerto tenía un libro, claro, un libro. ¿Llevaba un libro encima? 64-3-17 puede ser página 64, párrafo 3, palabra 17. Si es así se trata de una clave complicada porque te obliga a encontrar en el libro la palabra que estás buscando, para codificarla luego. De tal manera que un mensaje de cien palabras puede tomarte un día para establecerlo en este código. Y si quieres usar una palabra como «antropofagia», reza porque en el libro exista... y la encuentres, claro. La manera más sencilla de usarla sería un diccionario, de la misma edición, claro, que los que se comunican entre sí comparten, pero entonces les bastaría con dos cifras, página y palabra. ¿Podría ser algo más barroco? Podría, podría: 64-3-17 al ser invertido se convierte en 17 de marzo de 1864, pero los ingleses colocan al revés el día y el mes. ¿Son ingleses? Y entonces tendríamos una serie de fechas que corresponden a palabras. No, claro, no, sería demasiado estúpido. No sobrestimes a tus genios enemigos, no los subestimes. No estimes, analiza. Como viene en series de tres yo descartaría un cifrado alfabético... ¿Lo descartaría? Al menos uno simple, en el que cada número expresa una letra, demasiado sencillo de resolver si sabemos en qué idioma se está escribiendo. En español la «e» y luego la «s» son las más frecuentes, no es lo mismo en francés o en inglés. O un sistema de doble clave en el que la primera versión hay que retocarla en una segunda versión. ¿Será? Será, le preguntó Alicia al espejo...

–¿Quién es Alicia? –preguntó Sandokán.

–Una novia que tuvo cuando era joven –contestó Yáñez, fascinado por el monólogo del criptógrafo.

Se encontraban en el sótano de una pequeña tienda de instrumentos ópticos, que vendía desde vulgares anteojos para leer, hasta telescopios y catalejos. Pero el sótano era una mezcla de taller de pulido y montaje de cristales y biblioteca personal del personaje.

–¿Será una estructura de discos? Disco 64, tres a la izquierda, 17 a la derecha. Uf, demasiado complicado. ¿Son muy-muy inteligentes sus enemigos, señor de Gomara? «Cuanto más talento tiene el hombre, más se inclina a creer en el ajeno.»

–Blaise Pascal –dijo Yáñez–. Y sí, parecen extremadamente inteligentes, diabólicamente inteligentes, les gusta el teatro sofisticado.

Al criptógrafo le brillaron los ojitos antes de producir la siguiente frase. Parecía ser capaz de hacer dos cosas al mismo tiempo, porque seguía revisando la larga lista de números.

–«Lo que el genio tiene de bello es que se parece a todo el mundo y nada se le parece.»

Esta vez Yáñez no conocía al autor de la cita.

–Me perdí –dijo el portugués.

–Balzac, el novelista francés. Debería leerlo.

–¿Se me oculta un escritor importante?

–Sin duda. Probablemente el más interesante de nuestros días. ¿Y si se trata de una clave invertida?

Yáñez sacó de uno de sus múltiples bolsillos una pequeña libreta que siempre lo acompañaba y con el cabito de un lápiz anotó: *Balzac*.

Sandokán había renunciado a seguir las elucubraciones del personaje y se entretenía con un maravilloso par de prismáticos mientras encendía una pipa.

–«Por lo menos una vez al año todo el mundo es un genio.»

–Eso es de Lichtenberg –dijo Yáñez.

–Y también de Mordecai Serge Berlioz Hirsch.

–¿Y quién es ese Mordecai? Mi ignorancia me sorprende –dijo Yáñez sonriendo.

–Yo.

−¿Ese es tu nombre? ¿Un nombre judío?

−¿No pensarás que tengo un nombre real tan estúpido como Marcus Herbert?

−¿Y cómo viniste a dar a Singapur?

−Me escapé de una cárcel, llegué a una biblioteca. Nadie te busca en una biblioteca. Busqué un atlas, puse el dedo lo más lejos posible del mundo que conocía... Cuando no me dedicaba a la ciencia criptográfica, producía panfletos contra la monarquía, el sagrado poder real, el designio divino que cobija a los reyes, el principio de autoridad, toda esa mierda, ¿sabes?

−¿Contra cuáles reyes?

−Contra todos. ¿Por qué dejar, por razones geográficas, a un imbécil al margen?

−Esta parte de la historia me gusta −dijo Sandokán.

−Cuidado, tú eres un príncipe malayo −advirtió Yáñez.

−Y tú el maharajá de Assam.

−Bueno, ese momento imbécil de nuestras vidas está muy lejos, y no duró demasiado.

−Señores, me están distrayendo −dijo Mordecai, sacando de un hornillo la tetera que empezaba a arrojar un vapor delicioso. El criptógrafo-vendedor de catalejos y sextantes sirvió, colándolas, tres tazas de un té extraordinariamente aromático, señaló una azucarera y volvió a meter las largas narices en el texto.

−Podría ser la clave más conocida de Malasia, el «gangga malayu», que consiste en la inversión de caracteres del alfabeto árabe-malayo, y luego trasponerlos a código numérico, pero no coincide la cantidad de letras-cifras posibles.

XLIII
Capturados

Deberían haberlo previsto. Demasiado silencio en torno a ellos en aquel atardecer maravilloso repleto de dorados y naranjas, que sacaba luz de las palmeras. Imposible silencio de los pájaros que habían emigrado ante el peligro.

Cuando Yáñez empujó la puerta de su cuarto descubrió que a escasos centímetros de su frente estaba un revólver que le apuntaba. Tras el revólver, el brazo de un oficial colonial inglés.

—Levante lentamente las manos, señor de Gomara.

Sandokán saltó hacia atrás, sólo para descubrir que en ambos lados del pasillo se encontraba media docena de tropas coloniales hindúes apuntándole con sus rifles.

—¿Es esta la hospitalidad que el gobierno británico le debe a un noble español, el conde de Nava y de Gijón, y a su amigo el príncipe assamita Kalar? —dijo Yáñez simulando ultraje supremo.

El oficial británico ni siquiera se dignó en responderle.

Fueron conducidos hasta la fortaleza con una guardia de cincuenta hombres con bayonetas caladas, provocando la curiosidad de los mirones, reunidos por cientos. El rumor fue más rápido que el breve paseo.

—Vaya lío en el que me han metido, caballeros —dijo Mordecai que los había precedido en la celda.

—¿Y a ti por qué te han detenido?

—Por no pagar impuestos —dijo el criptógrafo antes de soltar una sonora carcajada.

152

—Espero que no te juzguen como a nuestro cómplice, si no, vas a colgar de una larga cuerda en muy poco tiempo —le dijo Sandokán.

—Tengo la sensación de que mi vida aún es larga.

—Lamento no compartirla —dijo Yáñez—. Nos lo merecemos, Sandokán, nos estábamos volviendo descuidados.

El malayo produjo un gruñido por respuesta.

—Por cierto que triunfé —dijo Mordecai—; logré traducir su nota en clave. Estaba basada en el Corán, el que la inventó no sólo es un buen criptógrafo, también un excelente arabista.

—¿Y dice?

Mordecai S. Berlioz citó de memoria:

Capturados o muertos. Si muertos: oculta sus cadáveres con cuidado. Nadie debe saber su destino. Si capturados, espera contacto en Luzón buque de carga Helena. D.M.

—Nos querían desaparecidos. Muertos o capturados, pero desaparecidos —dijo Sandokán—. Entonces no son ellos, no es el Club de la Serpiente el que está detrás de la actual captura. Aquí, aunque nos vayan a fusilar o a ahorcar estaremos a la vista de todos.

Yáñez acumuló un nuevo dato al rompecabezas inmenso que los circundaba:

—El nombre del jefe que firma la nota es D.M.: ¿Don Manuel? ¿Dario Mercante? ¿David Moreland? ¿Daniel Morton, el periodista del artículo que leímos ayer?

La noche transcurrió en relativa calma. La perspectiva de la muerte, tantas veces cercana, no les iba a quitar a los Tigres de la Malasia el sueño, pero el criptógrafo sí. Hacia las tres de la madrugada, Mordecai decidió ilustrar a Sandokán y Yáñez con sus reflexiones filosóficas:

—Los estoicos decían que para alcanzar la libertad y la tranquilidad había que huir de las comodidades materiales, del dinero y la riqueza, y dejar que la vida fuera guiada por la razón y la virtud.

—¿Y a qué se debe este interés por esos griegos? —preguntó Yáñez consciente de que Mordecai pretendía llevarlos hacia alguna parte.

—La doctrina estoica, que consideraba esencial a cada persona como parte de Dios y miembro de una familia universal, ayudó a romper barreras regionales, sociales y raciales, y a preparar el camino para la propagación de una religión universal.

–Las religiones idiotizan a los hombres y cuanto más universales, peor, los idiotizan universalmente –dijo Sandokán.

–Y les he dicho todo esto porque el término *estoico* a lo largo de los años ha devenido en el calificativo de aquellos que se toman las adversidades con resignación.

–Lo que haya de suceder sucederá –dijo Sandokán–, pero que recen a sus dioses los ingleses si piensan que esto termina aquí. ¿Te gusta mi resignación?

–Eran gente inteligente mis estoicos; inventaron la lógica inductiva y se dedicaron intensamente a estudiar la física, decían que la naturaleza era como *un fuego artístico en camino de crear*. Y eso los llevó a la idea de un dios racional, una serie de leyes de un poder creador, unificador, que mantiene unidas todas las cosas y que no es simplemente un poder físico. La naturaleza es fundamentalmente racional.

–Tus estoicos nunca estuvieron en medio de un monzón –dijo Sandokán, que no parecía tenerles mucha simpatía.

–El fundador de la escuela, Zenón de Citio, daba sus charlas frente a un pórtico pintado en Atenas –dijo Mordecai ignorándolo–: «No debemos temer al destino. Partes somos de un proyecto cósmico y racional en el que todo lo que es y lo que será está regido por una ley necesaria que excluye el azar y que volverá eternamente a repetirse».

–¿Estás citando de memoria a Zenón? –preguntó Yáñez. Mordecai Serge asintió–. Eso me gusta, pero sólo la primera parte: «No debemos temer al destino».

–No te gustará tanto cuando sepas que Zenón, que era un chipriota exilado en Atenas, se enfrentaba al escepticismo en el 311 antes del Cristo de los católicos. Y sólo para su ilustración les diré que *estoicismo* es una palabra que se origina en algo tan vulgar como *Stóa poikilé*, «pórtico pintado». A mí, de todas sus obras, la que más me gusta es *De la vida conforme a la naturaleza*. La leí en Alejandría.

–Yo prefiero a Lord Byron –dijo Yáñez.

–Sospecho que estoy perdiendo el tiempo con ustedes.

Sandokán, que se había cansado de los estoicos de Mordecai, comenzó a comer un guiso desconfiable que les habían pasado por una trampilla en la parte inferior de la puerta. De repente gruñó.

–Le echan piedras a la comida en Singapur –dijo sacando una bolita. Era un balín envuelto en papel. Desenrolló cuidadosamente el mensaje. Y leyó:

Han incautado todas sus propiedades en Singapur: una bodega en el puerto con trescientas toneladas de carbón, las cuentas bancarias. No deberían preocuparse, aunque no lo parezca todo está bajo control.

B. Barak

Yáñez sonrió.

XLIV
El juicio

El magistrado que presidía el tribunal era ligeramente bizco, de cara muy rojiza, sin duda a causa del abuso de las bebidas espirituosas. El juicio había sido montado al vapor, con informaciones ciertas y falsas, rumores y extractos de informes vagos y legajos que se remontaban a treinta años atrás. Aun así la acusación duró cuatro horas y media en ser leída. Luego tocó el turno de la defensa. Yáñez renunció a las formalidades que un joven abogado de oficio con un ridículo peluquín le proponía.

—Me niego a reconocerlos como jueces –dijo Yáñez–. Veo ante mí a tres ciudadanos británicos, en una ciudad donde la mayoría de la población es china o malaya, javanesa o hindú. Ustedes no representan a Singapur y los Estrechos, sólo a esa vieja decrépita mal llamada Victoria. Aquí no se trata de piratas contra civilizadores comerciantes. Ustedes han construido un imperio con sangre y negocios. Lo han hecho en la India, en Sarawak, en Singapur, en Ceilán, en Hong Kong. Cuando los negocios peligraban llegaban las cañoneras a respaldarlos. Ustedes han envenenado a millares de chinos traficando con opio. Ustedes han fusilado a millares de cipayos en el 57. Ustedes han manipulado a rajás y sultancillos para enfrentarlos unos con otros y controlar sus tierras. Ustedes hablan de civilización, pero cuando en esta parte del mundo crecían las pagodas y se elevaban los más bellos templos del mundo dedicados al amor, su civilización estaba formada por hordas de guerreros que se levantaban el faldellín para mear y dormían en el suelo en chozas de paja.

Hizo una breve pausa, encendió un cigarrillo y continuó:

—Ustedes hablan de progreso, de desarrollo, de inventos e innovaciones. Pero detrás de cada palabra está la sangre de los culíes, de los plantadores de tabaco de Batavia, de los mineros de Perak. Me río de su puta civilización, es barbarie con un tosco barniz que no oculta la roña y la codicia.

Lanzó una bocanada de humo al magistrado cuyo color rojo en la cara iba aumentando.

—Se preguntan cómo alguien de origen europeo como yo puede haber abandonado a sus congéneres para hacer suya la causa de los piratas malayos y los cipayos hindúes y las sociedades secretas chinas.

El portugués entonces giró hacia el público que atestaba la sala.

—Mi maestro Calderón de la Barca, muy superior a su Shakespeare, que por cierto ninguno de ustedes ha leído, dijo en su día —y citó en español, importándole un bledo que sus jueces no habrían de entender una sola palabra—: «Fue porque ignoré quién era/ pero ya informado estoy/ de quién soy, y sé que soy/ un compuesto de hombre y fiera» —recitó Yáñez y luego respiró profundamente. Los gritos de «asesino» mezclados con los murmullos de aprobación llenaban el aire.

El juez se vio obligado a desalojar la sala.

Sandokán estaba francamente encabronado porque le habían cortado el pelo. Había sido una tarea de dementes que les había costado a sus carceleros una docena de costillas y cráneos rotos, manos mordidas y hombros dislocados. Su rostro y cuello, de habitual color cobrizo, estaban cubiertos de moretones. Su discurso fue más breve, en un inglés impecable:

—Se nos acusa de un centenar de actos de piratería, en una ciudad fundada por un pirata británico. Deberían ser ustedes más respetuosos con sus tradiciones. Y más vale que nos ahorquen rápidamente porque en caso contrario más de un barco inglés irá al fondo del océano con todo y sus tripulantes. Y más vale que se aseguren de que estamos muertos, porque los Tigres de la Malasia tenemos la mala costumbre de regresar del infierno.

Una corriente del más puro y gélido miedo recorrió la sala.

Cuando los regresaron a las celdas, Mordecai ya se había ido, quizá habían pagado una fianza por su libertad.

—¿Qué piensas? —preguntó Yáñez.

—Excelente discurso, hermanito.

—El tuyo no estuvo nada mal, eso de que vamos a regresar de la muerte me gustó mucho. Porque a la muerte vamos, nos van a fusilar o a ahorcar.

Durante un buen rato se quedaron pensando en la propia muerte.

—No me siento orgulloso de esta piel blanca, aunque está curada en muchos años de sol —dijo repentinamente Yáñez, que a causa del calor se había quitado la camisa—. Hasta Darwin lo ha reconocido: «Un hombre blanco que se baña al lado de un tahitiano hace el mismo efecto que una planta blanqueada a fuerza de cuidados al lado de un hermoso brote verde oscuro que crece vigoroso en medio del campo».

—¿Quién es Darwin?

—Un inglés que coleccionaba plantas.

Entonces la puerta del calabozo se abrió chirriando para dar paso al jefe de la policía de Singapur, realmente el subjefe, que ocupaba en funciones el cargo mientras no llegara el nuevo jefe que vendría a cubrir el puesto de un inglés difunto a causa de la malaria, un mestizo anglohindú llamado Charles Williams Abdul Kadir, quien hizo retirar a los guardias y se encerró a solas con los Tigres.

Era un hombre moreno y de ojos muy azules, de barba rizada, de unos cuarenta y cinco años, que tenía una mirada penetrante y una complexión atlética dentro del uniforme negro y galoneado de la policía colonial.

—He venido a discutir con ustedes la longitud de la cuerda con la que los vamos a ahorcar —dijo a modo de presentación.

—¿Tiene usted un cigarrillo? —respondió Yáñez.

XLV
La conversación largamente pospuesta

Sandokán se levantó del lecho de piedra donde dormitaba y se abalanzó sobre el jefe de la policía de Singapur. Éste abrió los brazos y quedaron fundidos en un abrazo brutal.

—Ben Barak, hermano —dijo el malayo.

—Sandokán, hermano mayor —respondió el anglohindú—. Tenemos poco tiempo y mucho que hablar —dijo entonces dirigiéndose a Yáñez.

—Soy todo oídos —respondió el portugués, abrazando también al hombre que había elegido ser maldecido por sus amigos a cambio de infiltrarse en el aparato británico colonial, al único hindú miembro de la Liga de los Justos de Babeuf y luego de la Hermandad Internacional de la Democracia Social, al organizador subterráneo de las huelgas mineras de Perak, al más importante contrabandista de armas para la revuelta hindú, al corresponsal secreto de los Tigres de la Malasia, B.B., Ben Barak.

—Poco después de haber pisado Singapur fueron ustedes detectados por tres grupos diferentes. Mis hombres, que estaban a la espera; los esbirros del Club de la Serpiente, que fueron los que montaron el ataque frente al restaurante, y los espías del gobernador militar, que dieron la alerta que provocó la intervención en el hotel. Por alguna razón que desconozco los del Club de la Serpiente no sólo los quieren a ustedes muertos, los quieren detenidos, ocultos.

—Bueno, basta ya, ¿qué es lo que sabes sobre ese Club de la Serpiente?

—He confirmado mis sospechas. El Club de la Serpiente no sólo existe, conozco al menos a dos de sus miembros. El coronel Leonard B.

Wilkinson, retirado del ejército británico, que canta alegremente los domingos en el coro de la iglesia presbiteriana y del que tengo un expediente de cerca de medio metro de acusaciones de violación de menores, coprofagia y animalismo, que nunca he podido llevar a buen fin, porque sus influencias políticas lo impiden, y el doctor James Moriarty.

—Ahí tienes a tu «D.M.», el Doctor Moriarty —dijo Sandokán a Yáñez.

—Un personaje sin duda interesante —continuó Ben Barak—. He conversado con él un par de veces. Es un excéntrico, no puede ser calificado socialmente, unos días parece ser miembro de la realeza y sabe interioridades sobre el palacio real de Londres, que nadie debería saber, y las otras parece un advenedizo que ha estado falsificando billetes de dos libras. Una mezcla de genio y charlatán que lleva unos meses pululando por la colonia. Nadie sabe de dónde ha venido, pero todo el mundo parece conocerlo y deberle algún favor. Es capaz de jugarse una fortuna jugando a las cartas y al día siguiente ganar una fortuna comprando la bodega repleta de mercancías de un acaudalado comerciante que se ha suicidado.

—Parece interesante —dijo Yáñez.

—Los he identificado gracias a uno de mis espías, que poco después apareció muerto. Tienen reuniones, usan máscaras de plata muy elaboradas. Yo sé que es tradicional en Borneo el uso de las máscaras, para recibir a visitantes no deseados, para celebrar las cosechas, para evadir los malos espíritus. ¿Pero en Singapur? ¿Entre caballeros británicos?

—¿Y qué pretenden? ¿Qué quieren de nosotros?

—Hay algo, no sabría cómo definirlo. No sólo es un plan racional, también hay algo de esperpento, de juguetón, de enloquecido. Como si estuvieran jugando a ser reyes.

—¿Y nuestro ajusticiamiento?

—Mañana es un buen día para morir —dijo Ben Barak.

XLVI

La ejecución de los Tigres de la Malasia

Era sábado, día de San Patricio, y los irlandeses de la guarnición estaban todos borrachos. Los cadáveres de los dos ahorcados, gracias a una suave brisa, oscilaban en un patíbulo situado en Oxney Road y la entrada del mercado.

Los cuerpos de Yáñez y Sandokán fueron descolgados en medio de los gritos de furor de la multitud. Los soldados tendieron un cordón y con la bayoneta calada contuvieron a la masa de hombres y mujeres que intentaban tocarlos. Un hombre elevaba sobre sus hombros a un niño para que pudiera verlos y un grupo de malayos vendedores del mercado se puso a arrojarles verduras podridas a los soldados. El joven oficial que estaba a cargo comenzó a ponerse nervioso.

El propio jefe de la policía de Singapur se acercó a los cuerpos y para que cualquier duda fuera disipada les disparó el tiro de gracia con su pistola. Los dos disparos fueron el prólogo para que en la plaza comenzaran a sonar palmadas, gongs, címbalos, tambores, cornetines, aullidos rítmicos.

En el puerto una cañonera británica disparó una salva, bien para celebrar a San Patricio, bien para despedir a los Tigres de la Malasia.

En esa parte de Asia, la muerte se celebra con el ruido. El estruendo abre las puertas del cielo… y de la historia.

SEGUNDA PARTE

MOMPRACEM

El mar me inspira sentimientos confusos. El litoral y esa franja periódicamente abandonada por el reflujo que la prolonga disputando al hombre su imperio, me atraen por el desafío que lanzan a nuestras empresas, el universo imprevisto que se oculta, la promesa que hacen de observaciones y hallazgos templados por la imaginación.

CLAUDE LÉVI-STRAUSS

I
El fantasma

Un fantasma recorre el mundo y en particular ha encontrado una parte de su destino en este rincón del planeta.

Es un fantasma que recorre los mares del Índico inquietando a su paso las aguas supuestamente calmas y agitando las aguas ya turbulentas.

Un fantasma que surge del monzón tropical y que avanza por las costas de Borneo.

Un fantasma rabioso que cruza la tormenta en el mar de la Sonda.

Un fantasma envuelto en las telas y los harapos de los culíes chinos, de los taparrabos de los dayakos trabajadores de las minas de Perak; un fantasma con el turbante sucio de los esclavos de las plantaciones de Sarawak y de los frutales de Singapur, de las minas de estaño de Malasia y de las plantaciones de pimienta de Java. Un fantasma iluminado por los cipayos de la rebelión de 1857 en la India y los maravillosos insurrectos de las Filipinas; un fantasma multirracial, tribal, salvaje, despiadado, terrible las más de las veces.

Contra él se han conjurado las potencias de la vieja Europa, el imperio británico completo, las iglesias blancas de los católicos y los protestantes; todos los nombres de Dios conspiran contra él. A él combaten el káiser y el zar, los policías de Hong Kong y los colonialistas españoles, la Compañía de las Indias Orientales y la Compañía de las Indias Neerlandesas, incluso la Compañía de Jesús, los comerciantes de todos los imperios blancos y los traficantes de esclavos árabes y con ellos sus títeres, los traficantes de opio y los sultanes de Borneo.

Los imperios que han sabido extenderse hasta estas tierras y que han hecho brotar como por encanto fabulosos medios de producción y de transporte, recuerdan al viejo brujo que impotente para dominar los espíritus subterráneos que conjuró, se enfrenta azorado a ellos.

Es un fantasma que llama a combatir a virreyes, gobernadores, comerciantes, plantadores, generales, almirantes. Un fantasma de cuya esencia forman parte las sociedades secretas chinas, que animan el alzamiento de los desesperados trabajadores sin mujer y combaten a los casacas rojas; los cipayos hindúes que quieren acabar con el Raj y se amotinan al negarse a usar cartuchos cuya punta hay que morder antes de cebarlos en los rifles, porque están contaminados con grasa de puerco o res.

Un fantasma que actúa contra la conspiración de quienes van promoviendo conflictos y pescando en los ríos revueltos de los motines de la historia.

Pareciera como si la marcha de los tiempos estuviera en manos de la burguesía y sus instrumentos imperiales, pero no hay iluminación en estas luces, hay fulgor y luego sombras. Hay una cuota inmensa de barbarie en esta supuesta civilización y contra ella el fantasma se levanta.

Los parias de Asia no tienen nada que perder, quizá acaso sus cadenas. Tienen en cambio un mundo entero que ganar. ¿Podrán frenar las ruedas demoledoras de una historia que no es la suya? ¿Podrán detener un sistema que combina sus propias cuotas de salvajismo con la barbarie del capitalismo que viene de la vieja Europa?

II
Resurrección

Iban por la segunda copa de champaña, las gaviotas persistían en señalar la cercanía de la tierra firme de la que velozmente se alejaban, atrás quedaba la calima y una violenta sensación de calor, el mar adelante era la brisa y la libertad.

Había ambiente de júbilo en *La Mentirosa*. Hasta la perra Victoria danzaba sobre la cubierta cazando sombras. Sandokán brindaba y le pasaba la copa a Yáñez, que alegremente se bebía las dos. A su lado estaban tirados el par de ingeniosos arneses que terminaban en un collar de cuero con pequeños ganchos, gracias a los cuales al ahorcar a Yáñez y Sandokán, la cuerda había pasado por los ganchos en lugar de ir directamente al cuello, el peso se había distribuido por todo su cuerpo y hecho del estrangulamiento una farsa relativamente inocente.

Saúl se acercó con un ungüento para aplicarlo en las quemaduras de pólvora que los tiros de gracia de Barak, hechos con balas de salva, habían producido en la sien de Sandokán y la nuca de Yáñez.

—En nombre del realismo, Barak se está ganando una paliza —dijo el portugués.

Old Shatterhand se acercó acompañado del enano agitando en la mano un ejemplar del *Times* de Singapur, donde una escueta nota informaba del robo de los cadáveres de los dos peligrosos piratas conocidos como los Tigres de la Malasia.

—Traigan al prisionero —dijo Sandokán.

El joven prisionero, que habían atrapado durante un duelo en una calle de Singapur dos días antes, temblaba como caña de bambú en una tormenta.

Sandokán lo contempló durante unos instantes.

—¿Quién te dio la orden de atacarnos?

—No perdamos tiempo, arrójalo a los tiburones —sugirió Yáñez.

—Ha sido Mirim, el rey de los mendigos. Nos ha tirado un soberano de oro para repartir entre todos si volvíamos con vuestra cabeza.

—¿Qué puede querer un príncipe de los mendigos de Singapur de nosotros?

—Describe a ese tal Mirim, muchacho.

—Es un hombre tuerto, de unos cincuenta años. No un malayo como yo. Se dice que nació en Bengala, y antes de hacerse el rey de los barrios bajos de nuestra ciudad fue pirata.

—Otro enemigo más en la larga lista —dijo Yáñez—. ¿De dónde salen?

—Mándenlo a la sentina, a trabajar en las calderas, si quiere comer en *La Mentirosa*, que trabaje —dijo Sandokán despidiendo al malayo que aún seguía temblando.

—¿Qué rumbo, señores? —preguntó un sonriente Sambliong, que tras haberse curado del envenenamiento parecía haber rejuvenecido.

—Borneo —dijo Yáñez.

—Borneo —confirmó Sandokán—. Hacia Bidang, buscaremos alguna cala a unas cuantas millas al occidente del poblado. No creo que sea prudente volver a entrar en territorio enemigo de frente.

—¿Dónde no es en estos días *territorio enemigo*? —se preguntó Yáñez.

III
Un bote a mitad del océano

Los gritos de los malayos lo despertaron y limitándose a echarse agua en el rostro, tomada de una palangana que estaba al lado de su litera, Yáñez salió del camarote.

Las luces turbias del amanecer mostraban un mar agitado, probablemente preludio de tormenta. Sandokán, que apenas si dormía, lo había precedido y observaba con un catalejo hacia el noroeste.

—Es un bote, Sambliong lo descubrió por casualidad. Flota a la deriva.

—¿Restos de un naufragio? ¿Hay alguien en él?

—Parece que sí. Veo a un hombre cerca de la vela. Quizá esté muerto. La vela está llena de agujeros como si hubiera sobrevivido a una gran tempestad.

Sandokán le entregó el catalejo al portugués y tomando el timón puso la proa de *La Mentirosa* hacia el bote.

—¡A toda máquina!

Poco después Yáñez se acercó a su hermano de correrías con una media sonrisa entre los dientes y le dijo:

—Vas a llevarte una sorpresa. Tu náufrago es blanco, y no es un hombre.

—¿Qué es?

—Una mujer.

Quince minutos más tarde los marinos subían al yate a una mujer semidesnuda. Estaba extraordinariamente delgada, de rostro anguloso y una melena enmarañada que el viento le movía tapándole la cara. Apenas si podía tenerse en pie.

Las miradas maliciosas de los marinos siguieron su trayectoria hasta la pequeña mesa que estaba en la toldilla. Dándose cuenta, la mujer se arrancó los harapos que mal cubrían su cuerpo. Las sonrisas se congelaron al contemplar a la mujer desnuda.

—¿Ahora estáis contentos? ¡Salvajes! —dijo en francés.

Yáñez caminó hasta el entoldado y retiró de la mesa de un solo tirón el mantel, una bella pieza de seda de Manila. Se la tendió a la mujer para que se cubriera.

—A nombre de nuestra tripulación me disculpo, *madame*.

Cubierta con el mantel la mujer pidió en francés agua. Yáñez tradujo la petición y tres o cuatro de los Tigres llegaron corriendo con tazas de agua para ofrecérsela. La mujer bebió ávidamente.

—Dile que beba despacio o le reventará el estómago —dijo Sandokán.

—Un europeo aquí, rodeado de indígenas —dijo ella respondiéndole a Yáñez.

La mujer no sabía sonreír, cuando se reía su rostro producía una mueca nada agradable: abría demasiado la boca. Mostraba un poco los dientes. Su sonrisa era excesivamente agresiva, una mueca repleta de furor. Tenía una mata de pelo castaño rojizo rizado y una nariz recta y vigorosa.

Era delgada, pero quizá debido a las penurias por las que había pasado; aún las marcas de los grilletes se podían ver en sus tobillos.

—Tendría que darles las gracias por haberme salvado.

—¿Tiene usted un nombre, *madame*?

La mujer levantó la mirada. Los ojos grises tenían una chispa divina, pero estaban opacos, transmitían un enorme cansancio. Dudó.

—Supongo que necesitaré un nuevo nombre. Esta es la tercera vez que regreso de entre los muertos. La resurrección tiene ritos. Me gustaría tener un apellido polaco y un nombre blando como Adèle o Blanche o Marguerite. Eso estará bien… Sonaría como admiradora de Chopin… ¿Son ustedes verdaderamente piratas?

Dirigió la mirada a Sandokán, que le sonrió.

—¿Qué pregunta? —inquirió el príncipe malayo.

—Que si somos piratas —dijo Yáñez.

—Dile que lo hemos sido y que a lo mejor lo volveremos a ser.

—Dice mi amigo que es un oficio respetable. Hemos tenido vocación de incendiar esta esquina del mundo —tradujo libremente Yáñez.

—Sambliong, démosle el camarote de Saúl y del ingeniero Monteverde, seguro que estarán felices de hacer el servicio, díganle a Le Duc que le prepare un caldo de tortuga y en cuanto a la ropa, seguro que en la bodega hay algo que pueda usar, que ella misma lo escoja más tarde. ¿No hay un vietnamita entre los ayudantes de cocina? ¿No se llama Nguyen el pequeño? Dile que la ayude, que sirva de traductor, a cambio ella, cuando se encuentre mejor, tendrá que pelar patatas —resumió Sandokán en malayo.

—¿Qué dijo?

—Alojamiento, comida; un pinche de cocina vietnamita la acompañará a buscar ropa en la bodega y usted a cambio lo ayudará a él a pelar patatas. Una manera como cualquier otra de pagar el pasaje —dijo Yáñez.

La francesa bufó.

—¿No le gusta pelar patatas? En este barco todos trabajamos.

—Preferiría limpiar los cañones —respondió la mujer y luego se desmayó.

IV
El frescor del agua

Descendían por el río, que se iba ensanchando, aprovechando la intensa corriente. En un remanso, horas antes, habían añadido a la canoa de tronco ahuecado una balanza que funcionaba como flotador.

Kammamuri metió una de las manos en el agua, su frescor fue disipando lentamente la niebla de sus pensamientos. El mendigo manco no remaba mal para tener un solo brazo; o era ingenioso o tenía mucho miedo.

—¿Dónde estamos, Sin?

No entendió la respuesta, las palabras volvieron a él como una serie de ecos distorsionados donde sólo podía escuchar las vocales. Probó de nuevo en malayo. Inútil.

Tenía que seguir remando, luego se repararía las costillas rotas. En medio del fragor del río le llegaron nítidos sonidos de tambores. ¿Estaban los tambores en su cabeza? ¿Los estaban siguiendo? Era inútil, el maharato se sabía inmortal. También sabía cosas importantes de sus captores. ¿Qué cosas? Cosas muy importantes. ¿Qué cosas?

—El mar, maestro Kammamuri —dijo el mendigo señalando el horizonte.

Ahora lo había entendido todo. ¿Dónde había quedado su fusil? A su lado la pantera ronroneó. Los tambores seguían sonando en su cabeza.

V

Sólo cuando estamos de buen humor

—¿Qué está usted escribiendo?

Blanche-Adèle-Marguerite levantó el pequeño cuadernito, guardó el cabo de lápiz en uno de los bolsillos de la inmensa camisa que había adoptado como vestido, ciñéndola tan sólo una faja roja y recitó:

> *Ved desde el oleaje a las estrellas*
> *Despuntar las errantes blancuras*
> *Las olas van a toda vela*
> *Por las inmensas profundidades*

El enano aplaudió; la perra Victorisa, Yáñez había renunciado a llamarla Victoria ante el bautizo generalizado, dio dos aprobatorios saltos.

—El francés es un idioma maravilloso, en portugués sonaría mucho más triste, menos vibrante.

—¿Ese enano habla francés?

—No, pero a él y a la perra les gusta cómo suena.

—¿Podría usted decirme hacia dónde vamos?

—Vamos rumbo al norte de Borneo, intentaremos liberar a un grupo de esclavos, pero más tarde podemos desembarcarla en algún puerto importante. Es usted libre de escoger destino.

—No tengo libertad, me espera una condena a muerte si piso territorio francés y no sé si los ingleses le quisieran hacer el favor a los franceses si me detienen. Mi causa está temporalmente derrotada. Si no tienen inconveniente apelaré a su generosidad hasta que pueda definir más claramente mi destino.

—Es bienvenida, puede quedarse todo el tiempo que quiera a bordo de *La Mentirosa*. Y mientras nos acompañe nosotros garantizamos su seguridad. No hay gobierno en el mundo que pueda tocarla.

—¿Tan poderosos son ustedes?

Sandokán apareció en la toldilla con un par de sables de abordaje.

—¿Qué te pregunta?

—Si somos poderosos.

—Dile que no, pero que estamos dispuestos a morir alegremente. Lo cual nos hace más fuertes que muchos de los hombres que recorren estos mares.

Yáñez tradujo fielmente.

—Entonces yo también soy poderosa, porque he estado dispuesta, y lo sigo estando, a morir por lo que creo —dijo la mujer lanzando una fiera mirada al horizonte. Y en ese momento, sólo en ese momento, era bellísima.

—Nosotros no tenemos prisa para morir —dijo Yáñez.

—Yo tampoco.

—Ni yo —dijo Old Shatterhand que se había sumado a la conversación, y lo dijo en alemán, idioma que como todo el mundo sabe, da mayor sonoridad a las afirmaciones.

—Ah, esta mujer —dijo Sandokán no bien Yáñez le hubo traducido las últimas frases—. Está animada por el sueño de la venganza, maravilloso. ¡Maravilloso!

Sandokán clavó uno de los sables en la cubierta y blandió el otro, cortó el aire con elegancia, hizo un gesto para que Yáñez tomara su arma; el portugués, que estaba fumando un cigarrillo, no parecía tener prisa.

—Vamos, Tigre Blanco —dijo el malayo haciendo una reverencia.

Yáñez empuñó el sable y pasó el filo por el dorso del brazo produciendo una afeitada instantánea. Luego, sin mayor advertencia, tiró un potente mandoble dirigido a las rodillas de Sandokán, que éste paró con un golpe inverso. Saltaron las chispas. En los siguientes segundos una serie de golpes hicieron parecer como si fueran a arrancarse la cabeza; poco a poco los marineros y el resto de los tigrillos se acercaron a ver el espectáculo.

Sandokán lanzó un tajo frontal que hubiera cortado a un hombre en dos, Yáñez paró desviando para restarle fuerza al golpe y contraatacó buscando las costillas del malayo. Giraron en silencio tratando ambos de poner el sol a sus espaldas. Yáñez lanzó un tajo al costado que Sandokán paró apoyando el extremo de la espada en la mano libre; nuevamente saltaron chispas de los aceros.

Yáñez, tan hablador o tan silencioso de costumbre, y Sandokán, tan dado a las exclamaciones, permanecían en un silencio absoluto, quizá en la concentración de las defensas, en los cálculos del ataque, pero también en la medida del golpe, que un poco más fuerte o unos milímetros desviado, podía cortar la cabeza de su hermano de sangre.

El portugués lanzó un golpe recto que Sandokán desvió con un juego de muñeca, y otro, y un tercero. Obviamente estaba construyendo la trampa para alguna de esas estocadas aprendidas en quién sabe dónde y quién sabe con qué maestro de esgrima, o en qué lectura temprana; pero el sable de abordaje no se presta para fruslerías y Sandokán tomó la iniciativa fintando un tajo a fondo y danzando en el último segundo para buscar el costado derecho del portugués con un tremendo planazo, que le sacó el aire a éste.

—Soy cadáver —dijo el señor de Gomara apenas sin aliento.

—Repítelo, diablo blanco.

—Que estoy muerto, roñoso príncipe malayo de mierda.

Se abrazaron entre carcajadas mientras la tripulación celebraba golpeando rítmicamente las puntas de sus sables y sus parangs, las culatas de sus rifles y el mango de sus hachas en la cubierta.

—¿Y esto lo hacen frecuentemente, caballeros? —preguntó la francesa, alzando la nariz, con ese gesto que hacía que el mundo, incluidos los franceses, odiaran a los franceses.

—Sólo cuando estamos de buen humor —contestó el portugués.

VI
Falsos pasaportes

Yáñez le entregó ceremoniosamente el documento: todo un señor pasaporte fraudulento, elaborado en la mesita de las falsificaciones que tenía en su camarote, donde con la ayuda de tintas, huevos cocidos, falsos sellos, era capaz de elaborar casi cualquier documento oficial. Era un pasaporte húngaro, lamentablemente no del nuevo imperio austrohúngaro, porque el portugués aún no tenía los nuevos modelos.

Según él, la portadora, de treinta y siete años, se llamaba Adèle Blanche Marguerite condesa de Petöfi, viuda.

Adèle tomó el pasaporte entre las manos como si hubiera recibido una docena de rosas. A pesar de las emociones que la recorrían subterráneamente, trató de contenerse.

—¿Por qué Petöfi?

—Es el único húngaro que he leído, un poeta bastante poderoso.

La mujer acunó su recién estrenada identidad entre los brazos.

—Una pregunta indiscreta, señora: ¿cómo llegó usted hasta esa balsa? ¿Qué estaba haciendo en un bote semidestruido a mitad del Índico?

Adèle o Blanche o Marguerite lo miró fijamente.

El médico Saúl entró al camarote cojeando con una bandeja de arroz y plátanos y un delicioso guiso de armadillo cuyo olor hizo que a la francesa casi le saltaran las lágrimas. Luego el médico le tomó la cabeza y comenzó a mirarle los ojos.

—¿Qué está haciendo?

—Es el doctor Saúl, nuestro médico, habla un poco de francés, pero le advierto que tiene mal carácter, sobre todo después de que lo despojaste de su camarote.

—Puedo dormir en la cubierta —dijo ella.

—No es recomendable en un barco repleto de hombres.

La mujer bufó de nuevo. Parecía su forma suprema de expresar el desagrado, pero dejó que Saúl hiciera su trabajo mientras comía ávidamente.

Saúl le puso una pomada en las escoriaciones de los tobillos y colocó el oído sobre el corazón. Luego dio su dictamen:

—No la recomiendo como mujer, está demasiado flaca. Las heridas sanarán muy rápido. Se va a comer en las siguientes semanas la mitad de nuestras provisiones —le reportó directamente a Sandokán en español duramente marcado por el acento tagalo.

—Flaca estará tu madre —dijo la francesa en un español sin erres.

Sandokán y Yáñez soltaron la carcajada.

La mujer dijo entonces:

—Yo he estado en la gloria y el infierno. Y he gozado lo mejor de ambos. He visto cosas que me han henchido el pecho queriéndolo hacer explotar y me he tragado tantas lágrimas que estoy seca. Señores piratas, he visto el esplendor de los seres humanos. He visto el fulgor y la gloria. ¿Qué saben ustedes sobre la Comuna de París?

VII

Adèle, Blanche o Marguerite en la gloriosa Comuna de París

Asistía al entierro de Victor Noir, meses antes del estallido de la Comuna, cuando sentí la fuerza descomunal que estaba de nuestro lado. Era la fuerza de la multitud y de la fiebre. Iba armada con un puñal que le había robado a un tío mío, otros llevaban cuchillos, revólveres, compases escolares y un sastre sus grandes tijeras. Ahí en medio de la multitud, con un grupo de compañeras maestras y costureras, sentí que el pueblo vibraba a la espera de su hora de gloria, de su gran momento de libertad.

Siguió la absurda guerra franco-prusiana, la derrota hija de la corrupción de una república deslavada y sin principios. París sitiada. La cobarde capitulación de los republicanos. Pero París ya no era la de antes, el autoritarismo estaba en jaque, la ciudad era de izquierda, mandaban las guardias nacionales, los voluntarios del pueblo.

Requisamos los cañones que el ejército estaba dispuesto a entregar a los prusianos y los subimos a lomos de hombre y mujer a las colinas.

La burguesía se estableció en Versalles, ahí convocó a su asamblea y ordenó la prohibición de los periódicos de izquierda y la detención de los revolucionarios.

Y entonces llegó la revolución, brutal, eficaz, expedita, violenta. El 28 de marzo se proclamó la Comuna de París. Ese día abolimos el subsidio a los cultos religiosos, el servicio militar, los montepíos, confiscamos los bienes improductivos, hicimos una ley de alquileres que deshizo a los grandes rentistas. Jodimos a los banqueros, a los curas y a los generales que nos habían jodido tantas veces.

Yo fui sólo una mujer y fui un soldado, a veces un sanitario.

Se cuenta que llevé un piano a una de las barricadas. Unos dicen que porque no encontraba colchones y mesas suficientes, otros que para tocarlo, dejemos en la duda tan bella historia.

La libertad la defendimos a tiros y a cañonazos, semanas de gloria comunera y proletaria. La venganza fue terrible. Cobraron en sangre nuestros sueños. Cien mil de los nuestros cayeron fusilados en las calles, ejecutados en juicios sumarísimos, entre ellos el único hombre que amé en mi vida.

Por desgracia y azar caí presa. En el juicio intenté que me condenaran, quería morir. El peor destino era sobrevivir a la gente que amaba y respetaba. Fui condenada a cadena perpetua en la colonia de Nueva Caledonia. En el golfo de Tonquín viajaba en un barco repleto de deportados cuando un oficial de marina intentó violarme, un marinero vietnamita se apiadó de mí y me ayudó a estrangularlo con una cuerda, luego colaboró en mi fuga en la barquichuela en la que ustedes me encontraron. No sé cuántos días pasé en el mar, hubo tormentas, calor asfixiante, sed.

Y aquí estoy. Como no creo en la resurrección, reconozco que soy una muerta en vida. Tengo que reflexionar seriamente en qué significa esto. Por lo tanto les suplico un poco de paciencia.

VIII
La Torre de Babel

La Mentirosa no sólo era una reproducción minúscula de la Torre de Babel en cuanto a las razas, las costumbres, los hábitos alimenticios. Para unos estaban vedadas las carnes de puerco en salazón, para otros el tasajo de vaca, e incluso había algunos que se negaban a comer huevos de tortuga; en cambio todos comían la correosa carne de un tiburón y si había hambre estaban dispuestos a comerse a las gaviotas. La mayoría de la tripulación era bastante indulgente con los pecados de la carne comida y todos adoraban el arroz. Sandokán no soportaba el betabel y el brócoli y Yáñez aseguraba que era capaz de comer cualquier cosa que se moviera o brotara de la tierra.

Si había variedad de gustos y tabúes en materia gastronómica, un tanto de lo mismo sucedía a la hora de rezar a Dios.

Aquella mañana seis o siete mahometanos, dayakos de mar y malayos, tendieron su esterilla, se arrodillaron, dirigieron el rostro hacia donde Sandokán les había dicho que aproximadamente estaba La Meca y entonaron el sura *Al Fatiha*... «En el nombre de Alá...»

—¿El jefe no se les une? —preguntó la francesa en un mal español a un filipino, que en un español peor le contestó:

—Jefe no cree. Sólo en el diablo.

¿Había sido Sandokán educado como musulmán? Obviamente no, ¿entonces? La vida lo había hecho hereje, iconoclasta, agnóstico con unos restos del taoísmo que le administraron en la infancia: el camino, la perfección, el respeto por los antepasados. Había elaborado de manera inconsciente una especie de pentálogo que intentaba respetar: la venganza era sagrada y la violencia apetecible, la modernidad desconfiable, la inocencia inexistente, la naturaleza obedecible y digna de deferencia, los débiles, los lisiados, los enfermos, los niños, casi todas las mujeres, la mayoría de los ancianos: protegibles. Con eso como religión era suficiente.

Yáñez en cambio tenía el alma partida entre la religión del cinismo y la del romanticismo inconfesable, lo que lo volvía, las más de las veces, definitivamente vulnerable. Era consciente de que la contradicción entre sus dos maneras de ver el mundo resultaba insalvable y solía paliarla buscando que una se riera de la otra.

Si Heym-Old Shatterhand era de un catolicismo casi idílico, el ingeniero Monteverde era de un ateísmo de origen católico, el más potente; el doctor Saúl, de un catolicismo infiltrado quién sabe cómo por el mal humor y las religiones afrocubanas, y Adèle y el enano, de un ateísmo furibundo; los restantes pasajeros de *La Mentirosa* profesaban otra docena de religiones.

La minoría de los dayakos (aquéllos de la costa), un javanés y algunos malayos eran musulmanes; había dos chinos taoístas, todos ellos en la cocina y Sambliong creía en los genios del bosque, las ánimas sueltas y vagamente en la evolución; el papú creía en la reencarnación desafortunada y en el pesimismo y los dayakos del interior eran kaharingan, una religión cuyo nombre puede traducirse libremente como «vida», una mezcla indojavanesa que veneraba la existencia de un ser supremo y que se celebraba en el festival de la *Tiwah*, una treintena de días al año sacrificando búfalos, vacas, cerdos y gallinas, que luego se comían, o sea que básicamente creían en las fiestas, les preocupaba también la pérdida del alma, que conducía a estados de locura y ansiedad y tenían mil y un métodos curativos que casi nunca funcionaban.

Fueran unas o las otras las formas de creencia, todos los tripulantes de *La Mentirosa* eran adeptos a una religión superior, la religión de los Tigres de la Malasia, que no aceptaba compromisos o negociaciones, código de honor respecto a la manera de vivir y sobre todo respecto a la manera de morir, que se aplicaba férreamente.

En esa Torre de Babel multiétnica, poligastronómica y multirreligiosa, el idioma en común, la lengua franca, era el malayo; pero un malayo ajustado a la barroca realidad, en el que se mezclaba el inglés con el chino del sur, básicamente cantonés, lenguas del Indostán, papúa, dialectos de Borneo, portugués, español y tagalo. Era frecuente que una conversación se iniciara en una lengua y pasara rápidamente a otra, incrustando en mitad de una frase palabras en un dialecto o traduciendo fragmentos en inglés para uso de los presentes. Yáñez hablaba una docena de lenguas y lograba entenderse y hacerse entender en varios dialectos. De ellas cinco o seis las hablaba como un nativo, pudiendo hacerse pasar como ciudadano de esos países resistiendo la más severa de las observaciones y la más complicada de las conversaciones; dotado de un oído privilegiado para los idiomas, curiosamente no lo era tanto para la música ni tampoco para escuchar sonidos a larga distancia; Sandokán que era capaz de distinguir el sonido de un motor a varios kilómetros en medio de una tormenta o identificar el irregular canto de un pájaro, o detectar los gruñidos de un puerco salvaje a un kilómetro de distancia, no era tan ducho para las lenguas, aunque hablaba media docena con ligeras imperfecciones que le permitían entenderse correctamente, pero no le hubieran permitido simular.

A bordo de *La Mentirosa* se injuriaba en once idiomas y treinta y un dialectos, a los que últimamente se había añadido el francés. Sin embargo y a pesar de ello, la frase que se oía más comúnmente en el yate artillado era: «¿Qué dijo?»

Desde el episodio del ataque de la escuadrilla de los prahos, Yáñez y Sandokán se turnaban, sin haber establecido un previo acuerdo, en las guardias en el puente de mando. Esta vez el malayo vigilaba atentamente el horizonte. La temperatura había descendido en las últimas dos horas, síntoma quizá de una futura tormenta, pero el mar estaba calmo y no se veían nubes amenazadoras.

La francesa se acodó a su lado y se dedicó a tirarles pedazos de pan duro a unos tiburones que seguían la ruta del barco, más distraídos que hambrientos.

—Me miré a los ojos en un espejo, vi los ojos de una mujer, y me odiaba tanto que me quemaron. Me frieron literalmente la mirada... Es difícil explicarlo desde un punto de vista científico, pero funciona metafóricamente... A veces escribo poesía —le dijo al príncipe renegado en francés.

Yáñez apareció en ese momento, dirigió una breve reverencia con la cabeza hacia la francesa y palmeó la espalda de Sandokán.

—¿Qué ha dicho? —preguntó el malayo.

—Que se miró al espejo y se quemó viva.

—Conozco esa sensación —respondió Sandokán lentamente en malayo.

—¿Qué ha dicho? —preguntó la francesa.

—Que a él también le ha pasado —dijo Yáñez—. Y los dejo. A partir de ahora utilicen el lenguaje de los gestos. Ambos hablan un poco de español. ¿Por qué no prueban? —dijo Yáñez en francés y repitió en malayo.

IX
El enemigo

—Señor Sandokán, usted odia a los ingleses· —afirmó Old Shatterhand.

—Y a los franceses y a los holandeses y a los españoles y a los portugueses.

—Pero particularmente a los ingleses.

—Inglaterra «puagh», como diría el enano. Un paisito de hombres de verga pequeña y grandes pretensiones que maneja un tercio del comercio mundial y más de un tercio de los embarques marítimos. El imperio británico es noventa veces más grande que Inglaterra y todo se debe al maldito carbón, al hierro y a las manufacturas textiles. Treinta millones si contamos a los irlandeses, galeses y escoceses; y si yo fuera inglés, haría mejor en no contar con esos maravillosos rebeldes, por los que guardo todo mi respeto. El primer ministro británico Palmerston, el hombre que anexó Hong Kong al imperio, en un debate en la Cámara de los Comunes decía que como en la época del imperio romano, un súbdito británico dondequiera que se encontrase, estaría protegido «de la injusticia y el mal» por «el ojo vigilante y el fuerte brazo de Inglaterra». ¿Piensan que el mundo es suyo?

—*Pinga* —dijo el enano.

—¿De dónde saca usted esas cifras? —preguntó el alemán.

—Del *Times* de Londres, claro.

—No sé, pero odiar a todos los ingleses…

—No a todos, estuve profundamente enamorado de una inglesa… A Mariana le gustaban las flores —terminó diciendo sin que viniera a cuento.

184

X
Pequeños problemas

—Tenemos problemas, nuestra dama se ha desnudado enfrente de tus malayos —dijo Yáñez entrando apresuradamente a la cabina de mando de *La Mentirosa*.

Sandokán rió, levantó la vista de las cartas marinas que había estado estudiando y pidió al segundo timonel, Lao Hai, un viejo vietnamita, que mantuviera el curso.

—Tiene a la mitad de la tripulación sacudiéndose la verga por las esquinas y tras los mástiles y la otra mitad resollando después de la experiencia y bebiendo abundante agua en los barriles de la bodega... ¿A los malayos les da sed el sexo? —remató Yáñez preguntando.

—Nunca hemos tenido un motín en una de nuestras naves. No creo que nuestra flaca amiga vaya a provocarlo.

—Por si las dudas, deberías intervenir. Llévate al pequeño Nguyen y por favor, no te sonrojes.

—Yo nunca me sonrojo —dijo Sandokán sonrojándose, lo que no se notó demasiado a causa de su color cobrizo.

Ciertamente la falsa princesa húngara, hija de la Comuna de París, estaba tomando el sol desnuda cerca del palo mayor de *La Mentirosa*, que en esos momentos aprovechaba una racha del viento del norte.

—Sus marinos me miran como si fuera un objeto exótico —le dijo a Sandokán, haciéndose sombra en los ojos con una gorra de oficial inglés que había pertenecido a un difunto y casi sin importancia enemigo de los Tigres.

Nguyen tradujo.

–Es usted un objeto exótico, mi querida Adèle. Le sugiero que se ponga algo encima si quiere tomar el sol, porque está poniendo nerviosos a mis Tigres.

Nguyen volvió a traducir mientras se sonrojaba.

–*Pinga, pinga* –dijo el enano Pinga Puagh llevándose las manos al sexo, como confirmando lo que Sandokán estaba diciendo.

El príncipe malayo pensó que eso era suficiente y regresó al timón. La francesa se limitó a bufar.

Ese fue el primero de los episodios, pero al día siguiente Sandokán se vio obligado a interrumpir una pelea a cuchilladas entre dos malayos.

–Vas a tener que intervenir tú, si no la controlas, la tiro al agua –le dijo a Yáñez.

–¿Qué ocurre? –preguntó el portugués tragándose la sonrisa al ver que la cosa iba en serio.

–Ha estado fornicando alternativamente con Pamaga y Sutan Salim, los dos jovencitos javaneses y ahora éstos decidieron acabar con el reparto a cuchilladas.

Yáñez regresó poco después con una sonrisa entre los labios de los que colgaba un cigarrillo.

–Dice que está a favor del amor libre, pero eso sí, sólo ciertos días al mes, porque está a favor de controlar la natalidad; y dice que lo hace sólo con los que ella quiere.

Adèle venía detrás de él bufando.

–No me rescataron del océano para convertirme en una esclava mojigata.

–Señorita, mida cada una de sus palabras –dijo Sandokán–, no me gusta el tono de muchos europeos; por menos que esto ordené una vez que fusilaran a tres banqueros –dijo el príncipe malayo y se dio la vuelta dejándola plantada.

–¿Está hablando en serio? –le preguntó la francesa a Yáñez, una vez que éste hubo traducido.

–Desde luego, Sandokán sólo bromea con sus amigos, y usted no sólo no lo es, sino que lleva camino de no serlo nunca... Los puso al borde del mar en una playa y él mismo dio las órdenes al pelotón de fusilamiento. Aunque la verdad no los fusiló por banqueros... quizá sí... sino por violadores.

La francesa quedó en silencio. No había conocido antes a nadie que hubiera fusilado a tres banqueros, aunque sí a dos, y esto le producía un enorme respeto. Decidió que por lo menos iba a suspender sus baños de sol, por más que el sol era una bendición prácticamente inexistente en Europa.

XI
Nuevamente Borneo

—*Sahib*, la costa de Borneo —gritó Yayu.

—Iremos costeando hasta encontrar un lugar de desembarco no demasiado alejado de Bidang.

La isla de Borneo es más grande que Inglaterra, incluso Java y Célebes lo son. Borneo es más grande que Francia y muchísimo más grande que Portugal. Borneo es inmensa; para Borneo nació esa palabra, porque es interminable.

Explorada por los europeos en las costas y relativamente colonizada en el norte, una octava parte de la isla, donde se habían establecido la colonia de la isla de Labuán, el sultanato de Sulu, con residentes ingleses que manejaban buena parte de su vida política, y el protectorado de Sarawak gobernado por Charles, el hijo de James Brooke, que encerraba el sultanato de Brunei en su territorio, el resto de la isla, excepto algunas poblaciones pesqueras y enclaves comerciales, era tierra de nadie.

¿De nadie? Dos tercios del territorio aún permanecían inexplorados por los europeos y estaban dominados por pequeños sultanatos, centenares de tribus de dayakos con sus propios dialectos, con una estructura económica muy simple en la que la caza y la recolección eran la clave de la economía y en las zonas más cercanas a la costa, el cultivo de arroz.

En ese corazón de Borneo, un total de trescientos cincuenta y cinco mil kilómetros cuadrados de selva tropical ecuatorial, cortar las cabezas a los enemigos era una buena costumbre y una práctica ritual habitual.

XII

La Venecia malaya

El gran viajero y antropólogo Alfred Russel Wallace en sus peripecias e indagaciones en el Índico registró que los malayos son un pueblo que vivirá siempre junto al agua. Yáñez leyó: «Pon a un malayo en el centro de un desierto y caminará siguiendo su intención hasta el mar, así le tome meses, o morirá en el intento. Para el malayo el océano es la pesca, el viaje, el comercio, piratea, construye casas al margen de los ríos clavadas en el agua con estacas, o amarra balsas a ellas con cables, cuerdas y bejucos. No van a pie, siempre que puedan andan embarcados».

Sandokán no era ajeno a esas vocaciones de su pueblo, y no le molestaba confesarlo:

—¿Por qué siempre elijo cuartos de hotel que tengan una espaciosa vista al mar, o al río, o al lago? ¿Por qué me invade la desazón si no siento la humedad del mar cerca de mí? ¿Por qué tengo tan malas premoniciones sobre lo que va a sucedernos tierra adentro cuando nos aproximemos a Bidang?

—Porque tuviste un antepasado veneciano —dijo Yáñez malévolo.

Sandokán no conocía Venecia, pero había oído hablar de ella, contemplado grabados y leído descripciones, y no dejó que la broma de su amigo lo impactara; sus pieles estaban curtidas frente a ese tipo de dardos.

—Venecia fue fundada por malayos. Es una ciudad maravillosa, la única ciudad europea inteligente. No me preguntes cómo, pero te puedo asegurar que sólo un malayo haría una ciudad así.

A Yáñez la idea le resultaba atractiva.

—Son curiosos ustedes los malayos, se llaman a sí mismos *bumiputra*, hijos de la tierra, y no soportan más tierra que la que está a la orilla del mar.

—Más curiosos son ustedes los portugueses que llaman canción a una colección de lamentos —dijo Sandokán.

La conversación estaba resultando el prólogo obligado al desembarco en Borneo.

XIII
Bidang

Eligieron una pequeña cala a unos diez kilómetros de Bidang y desembarcaron ya iniciada la noche. Los dos Tigres junto a Old Shatterhand, los cinco *sikhs*, Yayu, Kim, los siameses de Célebes, Mali y Lali, el enano Pinga y otros tigrecillos, en total unos veinte hombres fuertemente armados y una mujer, porque la francesa se negó a quedarse a bordo y se armó con un par de pistolas y un machete ligero, irían por tierra y al amanecer se produciría el ataque. *La Mentirosa*, dirigida por Sambliong y el ingeniero jefe Monteverde, Saúl el médico y los cocineros y fogoneros, entraría en son de guerra en el pequeño puerto mientras la columna armada lo haría desde el interior.

La luna llena en una selva repleta de humedades parece chupar los humores de la tierra hacia ella; obliga a elevarse al calor del suelo y las putrefacciones, sin duda las atrae. Avanzaban en el bosque tropical de Borneo, donde a un par de kilómetros de la costa ya la voracidad de la vegetación, yerbas, musgos, árboles que se parasitaban unos a otros, hacía de cada paso una hazaña.

Un par de horas antes del amanecer, Yayu, que actuaba como explorador, apareció ante Sandokán, que iba abriendo camino, e hizo una señal de alarma, la columna se detuvo.

—A unos metros de nosotros termina la selva y se abre un claro, entre esos dos pequeños cerros hay una salida hacia el fortín y la playa. No hay centinelas, no esperan un ataque desde tierra. Tienen dos culebrinas, pero apuntan hacia el mar.

—¿Cuántos hombres?

—Muchos. Hay cuatro *loghouses* sin guardia donde debe estar la guarnición y otros cuatro barracones vigilados donde deben estar los esclavos y muchas casas que tienen en la puerta rifles y lanzas en haces. Muchos.

—¿Vigilancia? —susurró Yáñez, que se había acercado.

—Sólo hacia el mar, una torreta y dos o tres centinelas dormidos.

—¿Y en el mar?

—Un praho y dos o tres barquichuelas de pesca.

Sandokán dio orden de avanzar. Poco tiempo después la empalizada que protegía la parte posterior del poblado estaba a la vista. En varias de las puntas de las estacas estaban clavadas cabezas humanas en diferentes grados de putrefacción.

El grupo se distribuyó en el lindero de la selva a unos veinte metros de la empalizada, faltaba hora y media para el amanecer, a nadie le sudaban las manos.

XIV

Una triste derrota

—No tires el agua, perra —dijo el capataz malayo que adornaba su cabeza con un pequeño turbante adornado con plumas. Acto seguido le descargó a la mujer un golpe con el *rotan*, el bastón de castigo malayo. Fue lo último que hizo en vida porque el puñal que Sandokán le arrojó se le clavó en la garganta.

Como si hubiera escuchado el silbido del cuchillo en el aire, *La Mentirosa* hizo su entrada en la pequeña rada de Bidang. Sambliong iba midiendo el calado; probablemente no podría acercarse demasiado a tierra. Y justo en ese instante un cañonazo del yate deshizo la torreta de observación.

Yáñez lanzó un par de granadas a uno de los *loghouses* donde las armas en la entrada hacían suponer que estaba la guarnición de los hombres de la Serpiente. Gritos y aullidos inundaron el aire.

—¡No nos separemos! —gritó Sandokán y comenzó a descargar su carabina contra un grupo de hombres armados con lanzas que desembocaban en la pequeña plaza central del poblado.

La aldea se volvió un hormiguero. De los *loghouses* salían decenas de malayos, que reaccionaban atacando al pequeño grupo que iba cruzando el poblado disparando a diestra y siniestra.

En la placita y sin que Sandokán o Yáñez lo ordenaran, los Tigres de la Malasia formaron un círculo, cubriéndose unos a otros las espaldas. Old Shatterhand, con una frialdad pasmosa, iba disparando su Winchester contra toda cabeza que apareciera tras las cabañas. Uno de los *sikhs* lanzó su disco de acero acertando en el pecho de un malayo que embravecido se dirigía hacia Sandokán con su parang. Los cañones de *La Mentirosa* habían reducido a un cascajo el praho que estaba en la cala.

Animados al ver el reducido número de los atacantes, los malayos del Club de la Serpiente comenzaron a reorganizarse y pronto atacaron simultáneamente desde todos los rincones del poblado.

—Son demasiados —le dijo Yáñez a Sandokán, mientras disparaba sus dos revólveres hacia un grupo que cargaba contra ellos.

En ese momento los ladridos de una jauría comenzaron a escucharse y por otra de las esquinas de la plaza, cerca de un centenar de perros apareció. Eran perros de una raza desconocida en Malasia o Borneo, muy diferentes de los dingos sarnosos que pululaban en las aldeas de la costa.

—Son *ungers*, los perros del diablo —dijo Old Shatterhand—. *Teufel dogs* —y sin mediación descargó su Winchester sobre uno que se acercaba peligrosamente.

—¡Hacia la playa, que nos cubra el fuego de *La Mentirosa*!

El grupo empezó a correr hacia la rada. Cubriéndolos, Old Shatterhand con su Winchester y los *sikhs* con sus carabinas dieron cuenta de los primeros perros que los atacaban, luego se replegaron para dejar que el hacha de Sandokán y la espada de Yáñez hicieran la labor. Exaltados por el repliegue de sus atacantes los malayos de la Serpiente, que en un primer momento habían sido desbordados por el ataque del pequeño grupo, comenzaron a gritar jubilosamente y se lanzaron tras los perros. Habría en esos momentos no menos de doscientos.

—¡Los perros no nos seguirán en el agua! —gritó el alemán.

Sambliong, al ver la maniobra, había soltado la chalupa y acercado *La Mentirosa* lo máximo que permitía el calado. Disparando por encima de sus compañeros, un par de certeros cañonazos cargados de metralla dieron en el centro de la jauría. Eso fue suficiente para permitir a Sandokán y su grupo lanzarse al mar y nadar hacia el bote.

El fuego de las ametralladoras del yate obligó a replegarse a los malayos que intentaban disparar desde la playa. Con una parte del grupo de ataque en el bote y otros nadando y cubiertos por el fuego del barco, Sandokán y Yáñez fueron capaces de retornar al yate.

Ya sobre el puente, el príncipe malayo, que había perdido las botas, trató de hacerse una idea de lo que estaba pasando.

El fuego de una de las ametralladoras despejó la playa de enemigos.

—Están reuniendo a los esclavos —dijo Sambliong— y los están formando entre nuestros cañones y ellos para cubrirse.

Ciertamente, los hombres del Club de la Serpiente estaban sacando de las cabañas a un gran número de esclavos encadenados entre sí, creando una barrera humana para impedir el fuego de los cañones de *La Mentirosa*. Pronto quedó clara su segunda intención cuando la columna de esclavos y los guerreros que los custodiaban comenzaron a abandonar el pueblo en llamas y en una larguísima columna empezaron a avanzar hacia el interior.

—Se nos van a ir de las manos —dijo Sandokán.

—¿Quieres que les lance una andanada?

—No, mataríamos tanto a los esclavos como a los custodios.

—¿Intentamos seguirlos?

—Somos demasiado pocos.

—¿Los dejarán ir? —preguntó la francesa que sangraba por un corte en el brazo izquierdo y se restañaba la sangre de un rozón de bala que le había cruzado la mejilla.

—No sin que se lleven un recuerdo —respondió Old Shatterhand que había cambiado su Winchester por el famoso mataosos—. ¿Ven al hombre enmascarado que parece guiarlos, el que levanta en esos momentos el sable? —dijo alzando el arma y apenas sin apuntar apretó el gatillo. El tiro parecía haber fallado, pero como si el mundo se hubiera detenido, cuando el ruido del disparo se estaba sofocando, el hombre del sable, a unos doscientos metros, pareció recibir un martillazo en la cabeza y se desplomó lentamente. Hasta ellos comenzaron a llegar las maldiciones.

XV
Necesitamos dinero

La Mentirosa había quedado dueña de la rada. Los incendios de las chozas, el praho y unas cuantas barquichuelas subían al cielo enrojeciéndolo, pero no había sensación de victoria a bordo del yate artillado. Casi todos los que habían participado en la incursión en tierra estaban heridos, la mayoría de ellos levemente, aunque el hindú Kim había sumado a su rostro quemado una fea cuchillada que partía del hombro y llegaba a la garganta y dos jóvenes malayos, Sering y Pulang, estaban muertos sobre la cubierta. Saúl corría de uno a otro vendando y cosiendo, extrayendo una bala del muslo del enano que mostraba la limpia herida señalándola con el dedo y repleto de orgullo.

La columna de esclavistas se había desvanecido en el horizonte con rumbo sureste llevándose a su jefe muerto.

—Antes éramos igual de orgullosos, de soberbios y de prepotentes, pero las cosas nos salían bien —dijo Yáñez.

—No me esperaba una resistencia así, éramos veinte pero nos pusieron enfrente trescientos hombres que estaban dispuestos a combatir. Ni los Tigres de la Malasia pueden treinta a uno.

Sandokán tenía una mirada triste, la furia del combate se había desvanecido. Su camisa blanca estaba cubierta de sangre.

—¿Estás herido? —preguntó Yáñez.

—Esta sangre es de ellos —dijo el malayo con un tono de desprecio, se quitó el trapo ensangrentado y lo arrojó por la borda.

—¿De dónde salieron los perros? —preguntó Yáñez.

—Son perros de caza, alemanes, en el siglo XV se utilizaban para cazar jabalíes, pero estos perros han sido entrenados para atacar a seres humanos —respondió el alemán.

—¿Cómo han llegado hasta Malasia? ¿Dónde los están criando? —las preguntas de Yáñez se quedaron flotando en el aire.

Tras un instante, el portugués afirmó:

—Necesitamos dinero. Este es un enemigo que ha demostrado inmensos recursos, que tiene cientos de hombres repartidos por todos lados, que cuenta con potentes aliados.

—Necesitamos un ejército —dijo Sandokán—, hombres, ametralladoras, cañones y... ¿Te acuerdas de los juguetes de Congreve?

—Necesitamos dinero y un ejército, por lo menos un pequeño ejército. Tenemos además una cita importante con el padre de nuestro próximo hijo —aceptó el portugués, al que la esquirla de una bala le había herido la mano izquierda.

—Sea, pospondremos la búsqueda de estos canallas, así sea; Mompracem entonces y luego la Roca.

XVI

El Club de la Serpiente

Singapur podía ser una ciudad políglota, multirracial y en ese sentido dotada de eso que realmente es el exotismo, la capacidad para sorprender de unos y otros por otros y unos. Parecía cosmopolita, universal, desconcertante, pero sin duda no era moderna, aunque empezaba a serlo.

Erasmo de Rotterdam en el siglo XVI, muchos años antes de que la actual historia sucediese, había dicho que era descortés saludar a alguien cuando se está orinando o defecando. A pesar de sus recomendaciones, eso era lo que estaba sucediendo.

En el mismo siglo en que Erasmo andaba dando consejos de buen comportamiento, el inglés John Harrington, que por cierto era poeta, inventaba el retrete, *water-closet* o *water-clo* (1589). El diseño incluía una cisterna que también podía servir de pecera y reserva de agua y una manija para activar el mecanismo. Como la reina Isabel I era su madrina, el primer experimento de sir John se instaló en palacio, pero años más tarde, por andar haciendo bromas de mal gusto, Harrington y su retrete fueron expulsados de los escenarios de la realeza. Aun así, el invento prosperó y cien años más tarde el prefecto parisino emitió un edicto ordenando la construcción o instalación de inodoros en todas las casas. Si a esto se añade que a las colonias británicas en Asia estaba arribando el reciente invento de los japoneses, llamado «papel higiénico», la sala de retretes del Club de Bridge de Singapur era enormemente apreciada por la existencia en ella de cuatro «tronos» colocados paralelamente.

Allí se reunía el Club de la Serpiente, un tanto a la busca de privacidad y un mucho por esnobismo. Misterio y teatralidad, vocación del gran espectáculo. Un macabro sentido del humor y una búsqueda del secreto por los caminos del absurdo. Estas características de la sala de retretes eran también algunas de las señas distintivas de toda la operación a lo largo de los últimos dos años y que distinguían al Doctor M.

El primero en arribar fue un hombre de pequeño tamaño y casi patizambo, de modales y maneras atildadas que coronaba un traje de lino de tres piezas con una gran máscara de plata.

—Buenas tardes, barón —dijo después un segundo personaje que a pesar de la máscara podía fácilmente identificarse, tras haber tomado su asiento, por sus pantalones a media asta y su casaca, como un militar.

—Coronel... —respondió el llamado barón, realizando una breve reverencia.

No tardó en alcanzarlos alguien que resultaba inconfundiblemente un sacerdote católico por el hábito pardo que portaba y que se arremangó púdicamente dejando ver unas rodillas huesudas.

El cuarto en llegar fue Mirim, el rey de los mendigos de Singapur, que despojándose de su disfraz pero manteniendo en cambio la máscara, mostró bajo sus harapos un elegante *smoking* negro.

Curiosamente el Club de la Serpiente inició sesiones sin mayores rituales ni parafernalia. Dos grandes abanicos en el techo oscilaban a un ritmo perezoso pero regular.

—Tal como sospechábamos están vivos, el ajusticiamiento fue un simulacro, atacaron Bidang y nuestra emboscada dio resultado, a medias, esperábamos un desembarco y llegaron por tierra, y a pesar de que los derrotamos, pudieron huir al mar y ahí, por ahora, parecen invencibles —dijo el que sin duda era un militar y cuyo acento y rígidos amaneramientos lo identificaban como inglés.

—¿Qué dice Abel Proust?

—No lo podremos saber, caballeros. Proust ha pasado a mejor vida. Le dieron un tiro en la cabeza. Fue incinerado, sus cenizas dispersadas y su máscara marcha rumbo al castillo junto con una caravana de cuatrocientos esclavos. Mi hermano se ha comunicado vía Labuán —dijo el llamado barón.

—Pobre Proust, sus acciones serán repartidas de acuerdo a los términos del concordato. Primero Galore y ahora Abel Proust, esos señores están intentando hacernos más ricos a los sobrevivientes.

—Si nos hemos equivocado en elegir a Yáñez y Sandokán como nuestros cebos, se debe a la pobre información con la que contábamos, los creíamos un par de viejos y desdentados piratas, en estado de jubilación. Sólo usted, coronel, tenía amplias noticias de ellos, ni el barón, ni el reverendo padre, ni yo los conocíamos —dijo el travestido príncipe de los mendigos fijando la mirada tras la máscara en la máscara del militar. Éste no pudo evitar un escalofrío.

—¿Sugiere usted que renunciemos a esa parte de la operación? —respondió el militar.

—No, hemos invertido demasiado en ella. Y quizá otro de los cebos que hemos sembrado tenga más suerte.

—Yo tengo buenas noticias —dijo el llamado barón, que hablaba inglés con acento alemán y tenía una máscara de largas pestañas excesivamente femeninas finamente tallada en plata—. La gran plantación está en plena marcha, la construcción del puerto avanza y probablemente esté listo antes de abril, y la compra de las acciones de la East India ha culminado satisfactoriamente.

—No pareciéramos tener problemas en el aspecto financiero —dijo el sacerdote de las huesudas rodillas—, los fondos que teníamos que recolectar en Macao, en Goa, en Filipinas, están casi en nuestras manos. Sólo habría que encontrar una forma de transferir las futuras acciones...

—Si no podemos eliminarlos en las próximas semanas, yo preferiría que nos atuviéramos a la parte original del plan y capturarlos; al menos hemos logrado que todo el sureste asiático piense que los Tigres de la Malasia quieren crear un reino pirata en Borneo —dijo el rey de los mendigos.

Con su frase la esencia de la reunión pareció haberse difuminado, a partir de ahí se sucedieron algunos inocentes comentarios sobre la bolsa de Londres, los nuevos fusiles que estaban llegando a Delhi y las perversiones sexuales de un pequeño sultán en Perak.

La reunión había tenido algo de ridícula, un poco de macabra y un mucho de enigmática. ¿Pero no suelen ser así las reuniones donde se cambia el mundo, casi siempre para peor? ¿No hay un cierto ridículo en las formas del poder? Antes de salir, los cuatro personajes tiraron de las palancas de sus respectivos retretes produciendo un jocoso burbujeo de agua.

XVII

Mompracem

—Pienso en Mompracem como un águila en el mar tallada sobre la roca, cuyo pico y garras ilumina el sol. Pienso en ella con amor. Sí, con amor. Con nostalgia. Ya no tenemos Mompracem, pero tenemos su memoria. ¿Te das cuenta de que no soy el único que la piensa? Millares de culíes chinos, de malayos, de macasares, de dayakos, de bengalíes, de javaneses y tagalos en estos mares piensan en Mompracem. Sueñan con una isla que muchos de ellos nunca vieron —dijo Yáñez.

Sandokán miró fijamente a su amigo. En su cabeza se formó una imagen nítida de Mompracem: un islote de unos setecientos metros de longitud, rodeado por un gran número de escollos, una rada minúscula, un fortín en la loma, casamatas a los costados, bajo el fortín y cubierto por una pequeña montaña, un poblado.

—¿De qué hablan, caballeros, si se puede uno inmiscuir en la conversación? —preguntó Old Shatterhand, que se acercaba rellenando la cacerola de su pipa.

—De Mompracem —dijo Sandokán—. Estamos a unas horas de la isla.

—¿Pero existe esa mítica isla? Yo creí que era una invención, una leyenda.

—Tiene usted que aprender la diferencia entre mito, leyenda e invención —respondió Yáñez.

—¿Existe entonces?

—Claro.

—¿Y dónde se encuentra?

–Allá –respondieron simultáneamente los dos Tigres señalando a un punto a unos cinco grados a babor de la ruta que seguía *La Mentirosa*.

–¿Y cómo es que no aparece en las modernas cartografías?

–Los cartógrafos la perdieron. Es un islote, una colección de rocas –respondió Sandokán–. Los nuevos mapas no registran la isla, ni siquiera los mejores trabajos cartográficos del almirantazgo británico.

–Se dice que el islote fue descubierto alrededor de 1715, accidentalmente, por un barco portugués que transportaba una tripulación mermada por la peste, las tempestades y el escorbuto, que había sufrido, incluso, una tremenda experiencia de antropofagia. Los dos últimos supervivientes de aquella desdichada aventura murieron en la zona sobre la cual más tarde se construiría el fortín, víctimas de un pacto suicida. Por eso cuentan que nuestro fuerte se hizo de piedra amalgamada con sangre, y por eso no podía ser destruido –dijo Yáñez.

Sandokán se rió.

–Díselo a los ingleses cuando nos bombardearon en el 62. O cuando yo la volé en el 65.

–Aparecía en el atlas de Adolf Stieler, el cartógrafo alemán. El atlas que la Justus Perthes Geographical Institution publicó al inicio de los años veinte –contó Yáñez–. Luego hubo una versión corregida y el islote aparecía correctamente situado en el mar de la China, a un costado de Borneo occidental. También lo registraba el mapa de las Indias Orientales de James Horsburgh, a medio camino entre las Comades y las Tres Islas.

–Pero en el atlas de los mares del Sur de Belarmino Fernandes Tomás no aparece.

–Nuestro dinero nos costó –dijo Sandokán.

–No es fácil hacer desaparecer una isla de los mapas. Por ahí en algunos, en los más precisos, aparece un punto, una cagada de mosca, que señala una roca llamada Keraman –añadió Yáñez.

–Nosotros nos apropiamos de Mompracem en 1846. En esos momentos estaba desierta. Era el lugar ideal, se encuentra fuera de las rutas comerciales inglesas y holandesas y de las no tan comerciales de los juncos de los contrabandistas chinos.

–Para poder bombardear la caleta, los barcos deben penetrar por un pasadizo natural en el coral, lo que resultaba casi imposible si no tenían un buen práctico. Si pasaban, los teníamos bajo el fuego directo de las baterías colocadas en los fortines laterales, que en aquella época se llamaban «Los dedos de la mano del muerto». Entre la naturaleza y nosotros se lo habíamos puesto muy difícil. Antes de caer, tres veces lo intentó una flota mixta angloholandesa y fracasó.

—Para borrar la memoria cuando la abandonamos definitivamente le cambiaron el nombre, ahora la llaman, si queda alguien que la llame, Keraman —dijo Sandokán con un cierto dejo de tristeza.

—¿Sabían que existe otro Mompracem? —dijo Old Shatterhand—. En Veracruz, en México, bastante cerca de donde artillaron y abanderaron a *La Mentirosa*; es un pueblo de seis habitantes y está a diez metros de altura sobre el nivel del mar.

Durante un rato permanecieron callados, con la vista depositada en el horizonte, el real y uno imaginario, en el que en la lontananza se veía una mancha diminuta, la de la isla de Mompracem.

—¿Recuerdas qué es lo que tenemos en el sótano secreto, en el cuarto de banderas? —le preguntó Sandokán al portugués de repente.

—Sí, la más variada colección de insignias, pabellones mercantiles, banderas de señales, y banderas de países reales y otros que ni siquiera existen. Además de disfraces, una colección de catalejos inservibles y media docena de sombreros y turbantes —respondió el portugués.

—Y cuando estamos en guerra, cuando combatimos, ¿qué bandera ondea sobre nuestras cabezas?

—La bandera roja con la cabeza de tigre de Mompracem —sonrió Yáñez. Y con un gesto llamó a Sambliong:

—El Tigre quiere que lleguemos a Mompracem con nuestra bandera izada.

Poco después, entre los alaridos de la tripulación de *La Mentirosa*, la bandera mexicana era sustituida por la bandera roja con la cabeza de tigre y el barco viraba para iniciar su serpenteante ruta entre los arrecifes de coral.

El alemán, Adèle y el enano aplaudieron vigorosamente. Todo el asunto tenía un tono de gran celebración.

XVIII
A la vista

–¡Mompracem a la vista! –aulló el vigía.

Yáñez y Sandokán se acercaron al puente de mando.

–¿Quieres pilotar? –preguntó el malayo.

–Te cedo el honor, tu memoria es mejor que la mía –respondió el portugués–. Voy a fumarme un cigarrillo por ahí.

–Vamos a entrar a vela. Díganle al señor Monteverde que apague las máquinas.

Cuando por primera vez se deja capturar en el horizonte, no es más que un montón de rocas airosas derrotando al océano; una protuberancia en una escollera coralina situada en el lugar de nadie y nada.

Pero para Sandokán y Yáñez, para muchos de los miembros de la tripulación de *La Mentirosa* como Sambliong, Saúl o Kim, ese islote fue durante mucho tiempo una roca donde ningún hombre podía ser llamado esclavo, ni de la posesión ni de las deudas; donde no regía el dinero y donde la propiedad se limitaba a las armas y a las ropas y adornos corporales que sus habitantes poseían.

Yáñez se había alejado de todos para fumarse en solitario su cigarrillo, pero hasta la proa lo siguió Adèle.

–¿Por qué está sonriendo?

–Recordaba la «Tabla de Abraham», a usted que es comunista le va a gustar. Durante muchos años en Mompracem no existió el dinero. Todo era de todos. Y los repartos de los botines no se entregaban, se consignaban en un gran cuaderno que llamábamos en broma así. En la primera página del cuaderno se explicaban las reglas del reparto: tanto al capitán de una expedición, tanto al contramaestre de la nave, los capitanes del navío, los heridos, los simples combatientes, los que participaron en misiones peligrosas, los que se destacaron en un combate y así.

—Me hubiera gustado ser pirata con ustedes —dijo la francesa después de un rato—. ¿Me invita uno de sus cigarrillos?

XIX
La Compañía Británica de Borneo

Desde 1764 varias compañías inglesas intentaron obtener permisos de explotación de Borneo y fracasaron. Fuera de las zonas bajo control británico directo (Sarawak, Labuán, los Estrechos) o a través de sultanatos títeres (Sulu, Brunei), que se situaban al norte de la isla, Borneo permaneció siendo un enigma y un supuesto gran negocio inalcanzable. Unos ambiguos y teóricos derechos quedaron en manos de la East India Company hasta que en 1873 la North Borneo negoció con el sultán de Sulu un acuerdo de renta por cien años para la explotación de bosques y de minas y el posible trazado de un ferrocarril. La empresa, con un capital muy limitado, nunca tuvo futuro y no entró en operaciones.

Pero en enero de 1876 el barón austriaco Augustus voṅ Overbeck, quien siendo cónsul de Austria en Singapur había ya intentado meterle el diente a Borneo intentando vendérsela a los italianos para que hicieran en ella una colonia penal, su hermano Gustavus y el aventurero inglés Alfred Dent (del que se dice asesinó a su mujer en Estados Unidos para hacerse con una pequeña herencia), representándose a sí mismos, compraron la North Borneo, la dotaron de un capital de diez mil libras, se unieron a un nuevo grupo con base en Singapur que encabezaba el coronel Sebastian Galore; un aventurero de origen desconocido llamado Abel Proust, al que quizá el opio había acabado de borrar la memoria; el coronel británico retirado Wilkinson; el doctor James Moriarty y un español residente en Filipinas llamado Santiago Isidro Flores y de Hoyos, que se sospechaba era el hombre de paja de los jesuitas en las provincias de Asia. Los dos grupos registraron ante un notario en Bombay la British Borneo Chartered Company, que no sólo absorbía a la North Borneo, sino que anunciaba sus intenciones de operar en toda la isla. Una ampliación de capital a los tres meses de su fundación pareció incorporar dineros holandeses de los plantadores de Batavia, a través de la presencia en el consejo de administración de una mujer, un caso inusitado, Camila Klier.

Pronto la sociedad se hizo con los derechos de la Compañía de las Indias Orientales. ¿Los derechos para qué? ¿El dominio de una isla que no dominaban?

William Clarke, un pequeño aventurero que había sido dependiente de una firma comercial de Labuán, borracho y opiómano, elegante, mujeriego y encantador en las recepciones oficiales, pero insoportable en privado, apareció en los papeles como el «director general».

Hasta ahí todo era un problema de legalidades y fuerza comercial, capacidad de inversión, financiamientos. Pero una cosa es declararse propietario de una de las islas más grandes del mundo y otra hacerlo efectivamente. Borneo era una zona inexplorada y agresiva, los dayakos, celosos de su independencia y fragmentados en centenares de tribus no se someterían al primer europeo que llegara a quitarles las tierras y desde luego no estarían dispuestos a trabajar en haciendas y minas; los accionistas de la British Borneo tenían muy presente la frase de Gosse: «Los dayakos coleccionan cráneos como los hombres civilizados coleccionan sellos o huevos de pájaros» y también el antiguo proverbio dayako: «El orangután no habla para que no lo obliguen a trabajar». Tendrían que importar mano de obra, pero después de la experiencia de Perak no resultaba aconsejable importar culíes chinos; peor todavía resultaría traer obreros hindúes.

Esas no eran las peores contradicciones que enfrentaba la British Borneo Chartered Company. Estaban los problemas políticos. A partir de 1874, Gladstone era el primer ministro británico y no sólo era un viejo que miraba con odio al mundo en los dibujos y los grabados en la prensa, que lo criticaban ferozmente. Era lo bastante listo para quitarle a los ingleses la estructura de castas en el ejército y promover, en la relativa medida de lo posible, la eficacia y no la herencia como dinamo de ascensos en la cadena de mando. Y también era lo bastante liberal como para entender que los tiempos del imperio cambiaban. En resumen, era como aquel chino que estaba a favor del amor libre, pero como era dueño de una casa de putas...

La Compañía de Borneo tenía pues una serie de contradicciones con el gobierno de Gladstone y la política imperial al uso. Por ningún motivo el gobierno británico se quería embarcar en esos momentos en otra aventura que lo llevara a una guerra colonial y no le gustaba la presencia de tantos extranjeros en el consejo de administración de la empresa: austriacos, españoles, holandeses... hubiera resultado más cómodo que la Compañía de las Indias Orientales, en plena decadencia al absorber el gobierno a la India como colonia, se hiciera cargo, pero...

Y desde luego el imperio no podía aceptar públicamente el esclavismo en una región supuestamente bajo su control.

Territorio pantanoso como el que más en el que se movía la Compañía de Borneo. Más aún, desde el punto de vista de los observadores externos que no entendían muy bien qué pretendía en términos comerciales: ¿Desarrollar la minería? ¿En dónde y de qué? ¿Trazar un ferrocarril en Borneo? ¿Hacia dónde? ¿Para transportar qué? ¿Grandes plantaciones? ¿De qué producto? ¿Querían acaso competir con los cuarenta y cinco millones de libras de pimienta que al año exporta Java y que controlaban los holandeses? ¿Minas de hierro? ¿De carbón?

Detrás de la nueva compañía sólo había misterios, una moralidad bastante discutible y también profundas contradicciones. ¿Qué muertos escondía la «honorable empresa» en su armario de laca?

XX
Cocinando

No habían quedado restos de la aldea de pescadores, ni de las casamatas, tan sólo en aquel Mompracem fantasma supervivían fragmentos del fuerte principal, la Kota, con los muros reducidos a restos por los bombardeos de hacía diez años y la terrible erosión del viento, las lluvias y la tristeza. Ruinas vapuleadas en aquel fuerte de fantasmas.

Lloviznaba.

En medio de los espectros los dos Tigres sufrían de ataques furiosos de tristeza, pero mientras que en el caso de Sandokán llegaban a él como violentas nubes negras que se le metían en la cabeza e iban de un lado a otro de sus pensamientos destruyendo todo a su paso y provocando peligros y furias, en Yáñez la tristeza era una invasión, una lenta inundación del mundo de las ideas, una mancha gris que teñía todo lo que tocaba y se enseñoreaba de sus pasiones y sus miserias. Eran las tristezas como un filtro mágico que sin dar explicaciones se apoderaba de los sentidos y contra el que la voluntad poco podía. El portugués había decidido curarse la tristeza cocinando.

—No me muerdas, fierecilla, sé que tienes hambre —dijo Yáñez mientras guisaba en una esquina del cuarto, regando generosamente con oporto la carne que cocinaba en un brasero.

Los tripulantes de *La Mentirosa* se habían desperdigado por los restos de la fortaleza. Había algo en la isla desierta que invitaba a hundirse en los más tristes pensamientos. Old Shatterhand acompañado del enano había encontrado unos aparejos de pesca y probaba fortuna en la costa posterior del islote, la francesa Adèle acompañada de los espíritus de la Comuna de París vagaba sin rumbo por las ruinas de la fortaleza, Sambliong había encendido una hoguera en la playa y veía en ella las sombras de sus viejos amigos muertos, mientras que Sandokán y Yáñez se habían refugiado en una de las cocinas de la Kota que había quedado en pie milagrosamente.

—Deja ya de jugar con esa perra muda tuya que va a acabar destrozándote el brazo, hermanito.

—Tú tienes tus diversiones, Sandokán —contestó el portugués que jugaba con Victorisa. El animal sintiéndose ignorado le metió los dientes en el brazo y una gota de sangre daba fe del mordisco. Tras darle con un zapato en la cabeza, el portugués continuó—. Cocinar, por muy bárbaro que te parezca, cura el *spleen*. Y como después de semanas gozamos de un poco de calma chicha...

—Había quedado en estar aquí el 13 de abril, estamos a 16. Algo le debe haber pasado al señor Bombola.

—La paciencia no es una de tus virtudes —dijo Yáñez sonriendo y volvió a su guiso, que desprendía en aquellos momentos un olor magnífico. Revolvió la carne sobre la salsa de oporto y la arrojó en una ollita, en la que se estaban hirviendo una serie de tubérculos variados de Borneo y luego miró de reojo a Sandokán.

—Tenemos una expedición que hacer a los laberintos, pero no será sino hasta después de comer —dijo el portugués. La perra, aburrida de que no le hicieran caso, se fue a refugiar en un rincón.

Sandokán salió de la cocina y vagó por los pasillos hasta encontrar una pistola de duelo en una panoplia. Verificó que el tiempo no hubiera humedecido la pólvora y regresó con ella en la mano.

—¿Qué intentas hacer?

—Curarme el *spleen* como tú dices —respondió el malayo y apuntando cuidadosamente hacia la olla donde la carne con oporto se guisaba, la destrozó de un balazo—. Ahora podemos ir a los subterráneos, no tenemos que esperar a comer.

—Eres un salvaje —dijo Yáñez chupando los restos que habían quedado en la olla destrozada—. Estaba delicioso.

La perra se acercó a colaborar en el atracón con el despojo del guiso.

—Vamos ya, o utilizo la otra pistola que aún esté cargada para volarte los sesos y librarme de tu maligno sentido del humor.

Yáñez, acostumbrado a estos arranques de inocente locura, se dirigió al amplio ventanal abierto en la roca y contempló el mar calmo, azul, que ahora le parecía como un gran cementerio de viejas historias.

—Hay una barcaza en el horizonte. Debe estar llegando nuestro vendedor. Nuestro rey mago.

—¿Por qué es un rey mago? —preguntó Sandokán.

—Déjalo —dijo Yáñez—, es muy complicado —y se negó a sumirse en explicaciones que tendrían que ver con los inexistentes Reyes Magos de su infancia.

XXI
El Fulgor

Sandokán y Yáñez descendieron hasta la playa. El rey mago no parecía rey, ni mago; más bien un comerciante de vinos que había abusado de su producto; nariz rojiza, regordete, escaso pelo pajizo, abundantes patillas y una mirada maliciosa a través de sus ojillos azules.

—Pino Bombola, para servirles, caballeros —dijo en inglés chapurreado.

—¿Y éste? —preguntó Yáñez señalando a un segundo personaje que acompañaba al italiano y que venía vendado.

Los cuatro permanecían con las botas dentro del agua, una brisa suave hacía ondular las palmeras.

—Un amigo suyo me entregó una nota presentándolo —dijo Bombola y les tendió un papel doblado en ocho partes.

Confío totalmente en Mr. K. Sería interesante que los periódicos de esta parte del mundo tuvieran otra visión de lo que está pasando.

B. Barak

—Quítele la venda —dijo Sandokán—, así el señor K. podrá ver la gracia con la que se mueven nuestras palmeras.

El hombre se despojó de la venda y quedó deslumbrado por el sol.

—Rudyard Kipling, caballeros —dijo extendiendo la mano.

—Señor Kipling, estaremos con usted en unos minutos, acompañe a nuestros hombres a los restos de la fortaleza donde le servirán un refresco.

Mientras el periodista inglés era conducido por Sambliong hasta la Kota, los dos Tigres conversaron con el italiano.

—Señores, el barco está listo, puedo entregarlo de inmediato, o en cinco días en cualquier puerto cercano.

—¿Dónde lo tiene en este momento?

—En mar abierto, a unas tres horas al noroeste de aquí. No quisimos acercarnos en demasía por temor a las advertencias que ustedes nos habían hecho sobre los arrecifes. Tenemos que resolver el relevo de la tripulación y pienso que, tal como se acordó, los actuales tripulantes les ofrecerán a los suyos las informaciones técnicas necesarias.

—¿Qué tripulación lleva ahora?

—La mínima, unos veinte marineros, cocineros, el capitán, uno de los artilleros, el segundo de a bordo, un ingeniero.

—No tenemos hombres suficientes para *La Mentirosa* y nuestro nuevo hijo —dijo un Sandokán preocupado.

—Respecto al segundo pago… —preguntó Bombola.

—En una hora lo tendrá usted en las manos y alguien lo acompañará al barco. Hemos adecuado unas tiendas de campaña al pie de la colina, allá le servirán un refrigerio, señor Bombola. Dígale a sus marineros que lo acompañen.

—Tengo una segunda nota para ustedes —dijo el italiano entregándoles un sobre lacrado.

Yáñez de Gomara y Sandokán se quedaron un instante al borde del agua, los restos de unas suaves olas les lamían las botas.

—¿Lo saben?

—No pueden saberlo. Toda la operación se armó con intermediarios de absoluta confianza. No pueden saberlo. No hay manera de que hayan podido rastrear los vericuetos que hicimos para la compra, los intermediarios, la ruta del dinero, el banco de Boston, la intervención de Rogelio Simón Spinoza, los italianos…

Armado en Hamburgo supuestamente para Bolivia, país que no tiene salida al mar aunque sí un Ministerio de Marina, comprados los derechos de bandera a un cónsul que ahora debía estar en el casino de San Sebastián jugándose la fortuna que los Tigres le dieron, *El Fulgor*, un nuevo yate de vapor con blindaje de acero, era casi un hermano gemelo de *La Mentirosa*. No era tan veloz como su hermana y quemaba carbón como un dragón hambriento, podía dar un máximo de 12.3 nudos a causa de su peso, impulsado por una hélice con dos máquinas *com-

pound. En cambio contaba con más poder de fuego gracias a sus ocho cañones de 203 mm y dos de 152 mm. Desplazaba cerca de cuatro mil toneladas. Un garbanzo negro a mitad del Índico.

¿Por qué habían gastado los Tigres una inmensa fortuna en el barco? Cuando hacía dos años ordenaron su construcción no había las negras nubes en el horizonte que hoy abundaban.

XXII
«Los he descubierto»

Queridos resurrectos:

Los he descubierto. Aunque mis fuentes son de pocas luces y no está todo demasiado claro. Sin embargo, es obvio que el terror que reina en muchos puntos del interior de Borneo les sirve para garantizar el aislamiento de un proyecto comercial. Han creado un reino esclavista en el interior de la isla, una base segura.

Y ustedes juegan en esto un papel que no acabo de discernir.

Se trata de un grupo de aventureros con mucho dinero detrás y una mentalidad diabólica. Realmente diabólica.

Quieren seguir el camino de Raffles y Brooke y hacerse de un imperio, pero con muchas más ambiciones que aquéllos. Se sienten unos adelantados, en el sentido español del término que se le concedía a algunos colonizadores españoles en el siglo XVI. No son más que unos vulgares chupasangre capitalistas con el estilo del *innombrable*.

Algo está claro. Quieren volverlos a ustedes culpables; por eso han intentado, más que matarlos, capturarlos o asesinarlos en secreto. Para algo quieren utilizar la fama que tienen los Tigres de la Malasia en todo el imperio.

Estaré en Labuán dentro de un mes por supuestas razones familiares y de negocios. Les ofreceré entonces detalles de sus personalidades y poderes. Debemos hablar.

B. Barak

215

XXIII
Un tal Kipling

—*Mister* Yáñez, *mister* Sandokán, me alegro de que me hayan concedido esta entrevista.

—Nos sorprende que un británico esté interesado en nosotros, más allá de los que tratan de ahorcarnos.

—Soy un británico singular, he nacido en Bombay y además como periodista mantengo una máxima que he escrito en un breve poema:

> *Mantengo seis hombres a mi servicio*
> *Me han enseñado todo lo que sé*
> *Sus nombres son Qué, Por qué y Cuándo*
> *Y Cómo y Dónde y Quién*

—O sea que está dispuesto a escuchar nuestra versión.

—Desde luego, no hubiera venido de tan lejos de no ser así.

Durante un par de horas los dos Tigres narraron los extraños acontecimientos de los últimos meses, omitiendo, claro está, las partes de la historia que no querían que sus enemigos conocieran, o que revelaban sus bases y sus recursos, por ejemplo, la intervención y la identidad de B. Barak, o del criptógrafo griego.

Kipling era un joven, muy joven, de cejas potentes, pelo corto y una mirada levemente miope bajo la que aparecía un rostro dominado por una apariencia de sinceridad y terquedad. Sostenía, con cierto amaneramiento, un cigarrillo encendido en la mano izquierda mientras tomaba notas con la derecha. Vestía con la sobriedad de un oficinista pobre.

—Es increíble —dijo de repente.

—Debe haberse encontrado en su carrera de reportero muchas historias como esta.

—Nunca tan complejas, he cubierto en la India eventos locales, festivales provincianos, motines, juicios por asesinato y de todo ello lo mejor que saqué es que aprendí taquigrafía. Demasiados paseos a caballo, valses, cenas y conciertos; muchos más en una semana que los que hubiera tenido en Inglaterra en una vida completa.

—¿Y qué le parece?

El periodista, que estaba sorprendido por lo barroco de la historia y porque el lenguaje de Yáñez y Sandokán no era la jerga angloindia habitual, sino un inglés poseído por multitud de acentos, pero de gran riqueza. Los miró fijamente. O eran unos fabuladores magistrales, o esta era la más extraña historia con la que había topado y toparía en su vida.

—Regresará usted con el señor Bombola y espero que alguna vez podamos leer lo que ha escrito.

Pero no sucedería tal cosa. Los años habrían de pasar y la entrevista nunca habría de ser publicada, censurada por la prensa hindú. Kipling se quedaría en cambio con una sensación que habría de reflejar años más tarde en dos líneas de un poema:

Si llenas un minuto envidiable y cierto
de sesenta segundos que te lleven al cielo....

XXIV
El subterráneo

—Bah —dijo Sandokán—. Un tesoro escondido. Cuando yo era niño jugaba a arrojar botellas al mar en Sarawak con ese tipo de juegos, y soñaba en ver las caras de los imbéciles que si seguían mi mapa iban a dar a una misión presbiteriana en Kinabalú. Soñaba que con un poco de suerte torturarían a los sacerdotes para quitarles el tesoro, mientras ellos insistían en que el único tesoro era la poderosa fe de su dios —Sandokán caminó hacia la terraza y escupió al mar. Solía hacerlo cuando hablaba de dioses europeos, producto de las fobias adquiridas en su educación entre misioneros por ser hijo de un rajá bajo supuesta protección británica.

—¿Descendemos, su majestad?

—Después de usted, señor de Gomara.

En la cocina, situada en el ala este de los restos de la Kota, quedaba un gran horno de pan. Sandokán y Yáñez encendieron dos hachones y luego apoyándose en la esquina izquierda del horno empujaron hacia un lado; el horno lentamente y chirriando comenzó a deslizarse y dejó al descubierto una trampilla que al alzarse daba a un túnel abierto en la piedra que descendía en una pendiente suave pero continua. La perra los seguía atemorizada hasta de su sombra.

El pasadizo terminaba ante una puerta grande de dos hojas de madera reforzada con hierro. Frente a ella un esqueleto sentado con un cartel en la mano que decía en siete lenguas: «Mejor no entrar».

—Vaya, Ibrahim sigue cuidando la falsa entrada.

A unos metros antes de la puerta una pequeña fuente de agua deslizaba desde la pared un chorrito que iba a dar a un pequeño pozo, que seguramente estaba conectado a un sistema subterráneo. Sandokán se acercó, metió la mano en el agua y apretó con dificultad una llave que reactivaba un viejo mecanismo mediante el cual la pared lateral comenzó a desplazarse.

No parecía la cueva de Alí Babá, ni la cámara de un tesoro, sino más bien la ordenada y sobria bóveda del Banco de Inglaterra. Ni había coronas de oro tiradas en el suelo ni montones de perlas sobre una bandeja de plata, ni lingotes de oro brillando a la luz de los hachones. Sí en cambio una colección de las obras completas de Shakespeare sobre un armario viejo de un metro y medio de altura, una colección de floretes de esgrima metidos en un paragüero y un escritorio muy bello de madera de teca con un par de cajones. El único elemento de desorden era un sillón rojo sobre el que había tiradas varias llaves.

En la esquina opuesta del fantasmal cuarto había varias cajas de fusiles *mauser* del modelo 1871, perfectamente engrasados, varias ametralladoras Gatling, cajas de municiones, un lanzacohetes de Congreve, que tanto resultado les habían dado a los británicos en las guerras indias y un poco más allá, cuidadosamente dobladas, una colección de banderas de medio centenar de países existentes y otros no tanto.

Sandokán se acercó al armario y lo abrió. Fajos de libras esterlinas estaban cuidadosamente ordenados.

—Primero el pago, luego tú y yo vamos a tener que trabajar varias horas sacando todo esto hasta la cocina. Es lo más jodido de las cámaras secretas, que si las quieres guardar en secreto tienes que hacer de peón de carga tú solo —dijo el portugués refunfuñando.

XXV
El ataque del barco fantasma

Estaban apilando en la playa los rifles, las ametralladoras y los cohetes cuando el vigía de *La Mentirosa* comenzó a hacer sonar la campana llamando a zafarrancho de combate. El barco se encontraba anclado a unos doscientos metros de la arena y los Tigres se lanzaron hacia las dos chalupas impulsados por los gritos de Sandokán.

Yáñez, que se estaba afeitando en el camarote, salió a tiempo con una pistola en la mano.

–¿Qué ocurre?

–Un velero de tres mástiles nos está cerrando la salida de la cala, Tigre –dijo Sambliong.

–¿Qué bandera trae?

Sambliong le pasó el catalejo. El navío traía pabellón holandés. Sandokán mientras tanto estaba a punto de abordar el barco en la primera de las lanchas. En la playa se habían quedado el periodista inglés y el comerciante italiano y sus marineros.

–¡A los cañones!

La orden de Yáñez pareció ser respondida por el velero de tres palos, porque una primera descarga de su artillería cayó frente a *La Mentirosa* levantando grandes surtidores de agua.

–¡Carbón a la caldera! –gritó Yáñez y se dirigió al cañón de estribor que un par de marinos estaban disponiendo. Las cuatro piezas de *La Mentirosa* estaban dispuestas simétricamente, tres de ellas se elevaban desde la cubierta a proa, babor y estribor y el cañón de caza mucho más ligero estaba encubierto como un dispositivo de pesca a popa, de manera que si el yate artillado atacaba de frente podría disparar tres de sus piezas, y ofrecía un blanco menor. Eso es lo que intentaba hacer Sambliong desde el timón, pero lo reducido de la cala hacía difícil la maniobra.

Yáñez apuntó cuidadosamente. Su disparo fue a dar en plena cubierta del velero, matando e hiriendo a los nuevos enemigos y desquiciando su segunda descarga. El portugués estaba usando granadas de fragmentación, que dispersaban fuego y metralla en el blanco.

Sandokán, que estaba ya a bordo, se dirigió de inmediato al cañón de proa y Kim se hizo cargo del de babor. La segunda descarga del barco fantasma fue más afortunada que la primera y uno de los obuses alcanzó el blindaje de acero llevándose un pedazo de la cabina del piloto.

Mucho más peligrosos fueron los tres cañonazos de los Tigres que al estallar sobre la cubierta enemiga, originaron un fuego que alcanzó rápidamente las velas.

En medio del estruendo Sandokán gritó:

—¡A la línea de flotación, hermanito!

La francesa y dos dayakos cargaban el cañón del príncipe a tanta velocidad como éste podía apuntar y disparar. Old Shatterhand había retirado hacia popa a los fusileros, inútiles a un combate a esa distancia. Si las ametralladoras y los rifles habían sido clave en el enfrentamiento a los prahos, ahora el duelo de la artillería definía la batalla.

Haciendo un círculo y piloteado por el ingeniero Monteverde, el yate enfiló a su enemigo. La siguiente descarga de *La Mentirosa* se produjo con dos o tres segundos de diferencia entre las tres piezas y pareció golpear al velero en su corazón, la nave, alcanzada sin duda en un depósito de municiones, quedó cubierta de humo durante unos instantes y luego explotó fragmentándose en mil pedazos.

Del misterioso atacante sólo quedaron restos de madera flotando sobre el mar. Horas más tarde, tras haber recogido al italiano y a Kipling y camino al encuentro con *El Fulgor*, uno de los *sikhs* pescó de las aguas turbias donde se había producido el combate un cadáver mutilado. En el tobillo tenía tatuado el rombo con la «S».

XXVI
Nos vemos en el infierno

A unas diez millas de la costa de Borneo, a bordo de *La Mentirosa* se celebró una conferencia de guerra. A su lado, majestuoso, *El Fulgor* relucía de tan nuevo y blanco como era, carente de cicatrices.

—¿Cómo está Sambliong?

—Dice el doctor Saúl que está ileso. Sólo se le quemó el pelo. Cuando le vuelva a crecer será totalmente blanco, porque el susto no se lo quita nadie.

—¿Qué sigue?

—Nos dividimos. Yo circunnavegaré Borneo por el sur y subiré hacia la Roca, haciendo una parada cerca de Batavia...

—¿Dónde queda Batavia? —preguntó la francesa.

—En Java, en lo que ahora llaman las Indias holandesas —dijo Yáñez.

—...para completar la dotación de marinos de *El Fulgor*. Ahí dejaremos a la vieja tripulación y a *mister* Kipling —continuó Sandokán—. Y luego de nuevo al norte. Iré a la reunión en la Roca y armaré nuestro ejército en Kinabalú.

—Yo iré costeando Borneo por el lado opuesto y luego a Labuán, con *mister* Heym... Si no tiene inconveniente... —el aludido asintió—. Dos entomólogos europeos no causarán sorpresa, más aún si están buscando a un par de piratas, un portugués y un malayo. Ahí me entrevistaré con Barak. Por el camino reuniré una nueva tripulación para *La Mentirosa*.

—Podrías acercarte a la aldea de Lima y buscar al viejo Patadeperro. Seguro que él puede reunir a un grupo de nuestros viejos Tigres —dijo Sandokán.

222

—Repartamos nuestras escasas fuerzas. La señorita Adèle y el enano irán contigo.

La francesa asintió y los presentes miraron al enano que, sintiéndose interpelado, dijo:

—*Pinga* —y afirmó vigorosamente con la cabeza.

—Me llevo a los siameses y a Saúl, y Sambliong para que se quede a cargo de *La Mentirosa* cuando vayamos a Labuán —dijo Yáñez.

—El cocinero se queda conmigo y la perra es tuya. Los *sikhs* contigo. El ingeniero Monteverde, para que le vaya tomando el pulso a *El Fulgor*, los dayakos, Kim y Yayu conmigo.

—Nos vemos en la Roca, en Kinabalú o en el infierno, hermanito —dijo el portugués sonriendo.

—El que llegue primero que ponga a calentar el agua para el té —contestó el malayo.

XXVII
El albatros

Los pájaros se habían apoderado de los mástiles y la cofia de *La Mentirosa*, sus graznidos hacían una sinfonía errática y tumultuosa. Estaban navegando cerca de la costa oeste de Borneo, una zona poco frecuentada en las rutas comerciales por temor a los bajos y traidores arrecifes, que sólo un piloto experimentado podía recorrer sin miedo a encallar.

Las aves marinas parecían estar en su elemento y volaban desde las alturas hasta la toldilla aceptando de vez en cuando sin mostrar el más mínimo temor las cabezas de pescado que les arrojaban los tripulantes.

Un gran albatros revoloteaba en torno a la nave, lanzando de vez en cuando ese gruñido tan parecido al de un cerdo salvaje; tenía de punta a punta de sus alas unos tres metros aunque no habría de pesar más de ocho o diez kilos. Con las alas desplegadas daba un magnífico espectáculo. Era elegante.

Yáñez hizo una señal a uno de los dayakos que le apuntaba con una carabina, para que no disparara.

—La carne de albatros es dura, huele mal, Serim. ¿Tú no eres de la costa? —dijo Yáñez preguntando y afirmando al mismo tiempo: ningún dayako del mar le dispararía a un albatros.

—Nací en las montañas de Kinabalú, *sahib*.

—¿Y ahí le disparan a los pájaros?

—No, *sahib*, son sagrados.

—Ese pájaro es sabio, puede viajar mil kilómetros, usa el aire para deslizarse y suspenderse, sólo tiene una pareja durante toda su vida, cuida a sus hijos y si lo encerramos en una caja y la abrimos dos días después aleteará desconcertado, se elevará y luego sabrá orientarse.

El dayako bajó tímidamente la carabina, colocó el cañón apuntando a la cubierta y volvió a mirar al pájaro ahora con un renovado respeto. El albatros, reconociendo la admiración, se lanzó en picada hacia el mar para pescar algo, probablemente un calamar, su comida favorita.

Yáñez volvió a buscar las claves de la belleza del vuelo. Algo faltaba en su vida, tenía poco tiempo para observar el vuelo de los albatros. Mientras los acontecimientos lo fueran empujando... Luego caería. ¿Quizá?

Sambliong se había hecho cargo del timón y le gritaba a uno de los gemelos que lanzara una sonda para tomar la profundidad.

—¿Por qué no salimos a mar abierto? —le preguntó Heym al portugués.

—Nadie vendrá a buscarnos las pulgas aquí. Demasiados muertos y fantasmas de naufragios pueblan esta costa. Si nos estaban buscando, aquí no van a encontrarnos —dijo el Tigre Blanco sonriendo.

—¿Está pensando en desembarcar en el occidente de Borneo?

—Si nos están buscando será en el norte o en el extremo oriente. No se esperarán que aparezcamos por aquí. Aun así tomaremos el rumbo noreste siguiendo la curvatura de la isla y nos detendremos en el poblado de Patadeperro. Luego nos acercaremos más al norte antes de desembarcar.

—¿No tiene un proverbio chino al uso?

Yáñez dijo enseguida:

—No abandones un lugar donde hay pescado, ni anheles un lugar de aguas profundas.

XXVIII
D. M.

El Doctor Moriarty, James Moriarty, no se llamaba así, y tampoco era doctor en medicina. Probablemente no era doctor en nada. Años más tarde de lo que aquí se narra, un detective inglés cuyas hazañas haría famosas Arthur Conan Doyle, publicando historias de sus más sonados casos en el *Strand Magazine*, y de apellido Holmes, lo definiría así: «Es el Napoleón del crimen [...] Es el organizador de la mitad del mal que nos rodea y a pesar de eso permanece indetectado en su propia ciudad. Es un genio, un filósofo, un pensador abstracto. Tiene un cerebro de primer orden. Se sienta inmóvil, como una araña en el centro de su red, pero la red tiene un millar de radios».

Sobre su origen corren tantas hipótesis, que resulta absurdo no creer parcialmente en todas ellas, pensando siempre que el propio Moriarty metió mano en el asunto fabricando varias versiones de ingeniosa manera, a sabiendas de que no hay como una cortina de humo para cubrir otra cortina de humo que a su vez encubre una figura que se esconde bajo un cortinaje siendo una sombra y sólo eso queda de la figura real, que hace tiempo que no existe, en ese cuarto de ilusiones que es la sociedad humana.

Era doctor en matemáticas, o por lo menos profesor de matemáticas, expulsado de un colegio de varones por perturbar sexualmente a sus alumnos, tradición perversa en la Inglaterra victoriana, que por extrañas razones le había salido mal; pero también había sido maestro químico doctorado en la ilegal producción de enervantes y drogas, pintor mediocre, segundón de una familia aristocrática; había matado a su padre, propietario de una tienda de disfraces. Luego sería actor shakespeariano, maestro del ilusionismo travesti, cambiapieles, cosmetólogo, peluquero y vicario de una parroquia rural, violador de sus feligresas.

Era autor de un apreciadísimo folleto clandestino que circulaba en la más absoluta de las ilegalidades, en el que loaba las prácticas del sexo con animales, donde se apreciaba particularmente a los asnos, las gallinas y los borregos lanares.

De una edad, nunca mejor dicho, indefinida, Moriarty parecía a veces un treintón envejecido por los abusos, o un sesentón rejuvenecido. Nadie podía acertar en su verdadera edad, ni siquiera él mismo, que parecía haber olvidado el tema junto con el nombre de su madre.

Su rostro, si es que alguna vez hubo un rostro bajo la máscara y no otra máscara, a veces las más de ellas, correspondía al de un hombre de nariz afilada, calvo y con ojos enclavados en unas órbitas profundas y rodeadas de arrugas que hacían que una mirada de un intenso negro saliera de ellos como de un par de fanales, mandíbula prominente, relativamente alto y delgado, quizá porque sólo así podía ser gordo y pequeño. Resulta muy difícil hacer crecer a un enano o adelgazar a un magro, pero no lo será tanto lo inverso.

Adoraba los disfraces porque en ellos realizaba sus expectativas como el gran actor que era y que debió haber sido, encarnar personajes era una pasión; fingir, un placer; mentir, un goce supremo. Engañar, una ciencia.

La historia suele escribirse al revés y poca justicia suele hacerles a personajes como este. En aquellos años de consolidación colonial, los aventureros que arrojaba Europa sobre Asia no eran muy diferentes, simplemente mucho más mediocres. Hombres de doble moral a los que sin duda también les gustaba darles por el culo a los cebúes y las gallinas, antes desde luego de ir a misa; sin respeto a la condición humana, fatuos, engreídos, tontamente racistas, brutales, mentirosos. Hombres que hacían pequeños imperios sobre charcos de sangre, o morían borrachos en una hamaca bajo una solitaria palmera. La diferencia notable entre ellos y el Doctor Moriarty es que, incluso a pesar de sí mismos, eran hombres del sistema, a veces de la periferia del sistema, pero lloraban al oír los himnos nacionales, o podían matar por una botella de oporto. Moriarty en cambio no era convencional, usaba al sistema, pero no le pertenecía. De hecho Moriarty sólo reconocía la autoridad moral de un sistema, el suyo propio. Y por lo tanto se encontraba mejor en la marginalidad, aunque leyera atentamente el *Times* para averiguar las cotizaciones en las bolsas de Londres y de Hamburgo y tuviera opiniones sobre la prematura calvicie de la reina Victoria.

Por eso, cuando conoció en la India a Lahore, un oficial de lanceros de un regimiento anglohindú rebautizado propiamente «Los carniceros de Luknow» y éste le contó, alcoholizado y repleto de opio, cómo por casualidad había descubierto el pasaje del lago en Borneo durante una cacería, el Doctor Moriarty decidió crear un imperio. Quizá sólo para vivir un experiencia infernal plena, integral.

XXIX
El volcán

Estaba amaneciendo. Sandokán se había descalzado para sentir sobre la cubierta de *El Fulgor* los nuevos motores. Observaba atentamente cómo el ingeniero Monteverde desde la cabina de mando iba ordenando darle más presión a las calderas. *El Fulgor* era un poco más lento que *La Mentirosa*, estaba mejor artillado, los camarotes eran más pequeños y olía sospechosamente a limpio.

Estaban entrando en el mar de Java después de haber bordeado el sur de Borneo cuando el mar empezó a encabritarse, bandadas de aves marinas se dirigían veloces hacia tierra firme. De repente una tremenda explosión se oyó en la lejanía. Sandokán sacó su cronómetro, eran las 5:33 de la mañana. Sin embargo, el horizonte estaba despejado, ni columnas de humo ni nubes de tormenta.

—Paduca —dijo en voz suave un nativo de Sumatra que se había acercado al Tigre.

—¿Qué dice? —preguntó el ingeniero Monteverde, que acudía del timón al escuchar la explosión.

Sandokán intentó comprender al pirata que hablaba en javanés.

—Algo así como que Paduca, uno de los hijos del dios, que estaba encerrado bajo tierra por su mal comportamiento, se ha enfadado.

El mar lentamente se iba encrespando. Una hora más tarde una segunda explosión se escuchó y en las siguientes tres horas, otras dos más, la última mucho más potente, sin que en el horizonte aparecieran huellas de lo que estaba sucediendo.

Finalmente al iniciarse la tarde y sin duda con el barco aproximándose a la zona del conflicto, señales de fuego y una enorme columna de humo y de cenizas pudieron divisarse en el horizonte.

–Es un volcán. Aseguren todo, tendremos un tsunami –ordenó el príncipe malayo–. Todos bajo cubierta excepto el timonel y yo, arriar velas, iremos sólo a motor.

El cielo comenzaba a mostrar destellos rojos. La tripulación se apresuró a cumplir las órdenes.

Sandokán no se equivocaba, pocos minutos después una ola de al menos veinte metros venía directamente hacia la proa de la nave.

–¡Me cago en dios! –exclamó Monteverde en un recio español que usualmente había desaparecido de su lenguaje.

–¡Directo a ella! –gritó Sandokán–. Y amarrémonos al timón.

Con sus cinturones improvisaron un precario afianzamiento y vieron cómo el mundo caía sobre ellos. *El Fulgor* se alzó durante unos metros en la ola y luego fue lanzado al aire para al caer ser tragado por las aguas. Durante unos segundos los dos timoneles vivieron en el infierno, sintiendo cómo el cuerpo se les cortaba en dos. Luego el barco emergió para ser zarandeado por olas muy menores. *El Fulgor* corcoveó sobre las aguas sorprendido de su propia resistencia.

–Adoro a los ingenieros de Hamburgo… ¿Está usted vivo? –preguntó Sandokán en español.

–No –respondió el alto español en malayo.

Sandokán habría de saber días más tarde que la erupción se había producido en el pequeño archipiélago de Krakatoa al sureste de Sumatra y al noroeste de Java. Un volcán de ochocientos trece metros voló la isla en pedazos tras cuatro explosiones a lo largo de cinco horas. Los tsunamis subsiguientes a la explosión alcanzaron los cuarenta metros de altura y destruyeron ciento sesenta y tres aldeas. Según las meticulosas autoridades holandesas, la erupción produjo treinta y seis mil cuatrocientos diecisiete muertos y la destrucción total de Krakatoa y las islas cercanas de Teluk Betung y Ketimbang en Sumatra y Sirik y Semarang en Java.

Los que no vieron la ola gigante hicieron que Monteverde se las describiera una y otra vez. Los daños en el barco habían sido menores, se había perdido una de las chalupas, una zona de la toldilla se había hundido. Varios marineros estaban descalabrados y uno tenía dos costillas rotas; en las bodegas reinaba el caos, había entrado mucha agua y se habían mojado rifles y alimentos.

Dos javaneses se arrodillaron en la cubierta.

Adèle preguntó:

—¿Qué dicen?

—Los javaneses cristianos juran por Isa o Almasi, los otros nombres de Jesús —respondió Sandokán.

—¿Y ellos son cristianos?

—No, pero un terremoto amerita que jures por el primero que te encuentres.

XXX
Hacia Labuán

Patadeperro tenía noventa años, pero se había sumado gustosamente a la expedición; él, sus hijos y sus nietos, algunos primos de sus hijos y sus hijos, un cuñado y dos mirones. Un total de treinta y siete malayos, que mucho sabían del mar y algo de la piratería y reverenciaban a Sandokán y a Yáñez, maestros de sus andanzas de corsarios y hombres libres. Con el nombramiento de mayordomo de a bordo, ordenaba desde un sillón a sus huestes y obedecía disciplinadamente todo lo que Yáñez y Sambliong, con un turbante que le cubría el pelo rapado y las quemaduras, le ordenaban. Con la tripulación completa, Yáñez ordenó entrenamientos y ejercicios. Había que convertir a aquellos excelentes marinos de velero en los eficaces tripulantes de un barco de vapor artillado. Desde los turnos para palear carbón, hasta el entrenamiento con los nuevos rifles *mauser*, pasando por el manejo de los engranajes que elevaban y escondían cañones y chimenea, y el uso de las ametralladoras y los cañones. Donde más hubo de sufrir el portugués fue en el entrenamiento con las Gatling. Désele a un pirata malayo la posibilidad de apretar el gatillo o darle a la manivela y no dejará de hacerlo hasta haber acabado con todos los cartuchos. Tuvo un último problema a la hora de fijar salarios. Patadeperro y sus hombres ofrecían una disyuntiva: o iban con participación en el botín o si era un asunto de sangre y honor de los dos Tigres, trabajaban gratis por tan sólo las comidas, abundantes, eso sí, la ropa, las armas en propiedad y putas en cada puerto. El portugués estuvo de acuerdo en estas exigencias.

Cuando *La Mentirosa* comenzó a subir hacia el nordeste de Borneo se cruzaron con una jangola que llevaba sal de Madura hacia el continente, tenía pintada en el espejo de popa una serie de mariposas en vivísimos colores.

Ya cerca de la desembocadura de un río, Yáñez ordenó a Sambliong que detuviera a *La Mentirosa* y dio instrucciones a su segundo de a bordo. Luego repasó el plan con el alemán.

—En estas tierras Sandokán se enamoró de Mariana Guillonk, la Perla de Labuán. Su muerte dejó a mi hermano al borde de la desesperación eterna... —dijo Yáñez distraído mirando a la costa.

—¿Qué nos espera? —preguntó el alemán.

—*Labuán* significa «puerto» en malayo, es una pequeña isla, no tiene más de ciento dieciséis kilómetros cuadrados, un solo poblado que tiene el mismo nombre. Fue creado por los ingleses hace treinta años para que funcionara como una avanzadilla en los Estrechos, dependiente de Singapur. Tiene una ciudadela que llaman Victoria, claro, rodeada por varios pequeños fortines. Es por tanto una estación militar, una colonia con un comisionado británico. Luego descubrieron una mina de carbón, crecieron algunas plantaciones y en las partes elevadas las mansiones de los ricos. Vamos a desembarcar a unos treinta kilómetros de la población y tendremos que cruzar una selva muy espesa.

—Nuestra coartada es que somos geógrafos, que trabajamos para la Universidad de Berlín, yo soy alemán, usted es un gallego español. Llevamos varios meses en las selvas de Borneo —dijo Old Shatterhand—. Yo no cambio mi nombre: Stefan Hyner —dijo ofreciendo su mano al portugués.

—Camilo Franco —respondió Yáñez con acento gallego, estrechando la mano y mostrando luego un pasaporte falso.

La bodega de *La Mentirosa* había ofrecido de su inmensa riqueza materiales para el camuflaje, desde dos ajados trajes de explorador europeo tal como lo entenderían dos profesores de la Universidad de Berlín, con sus obligados salacots, hasta compases y sextantes, un pequeño telescopio, algunas carpetas de mapas, y cuadernos de anotaciones.

Tras citarse con Sambliong una semana más tarde en el otro costado de la isla, desembarcaron en una chalupa con una vela negra para que la luna no los delatara. La zona elegida era una laguna que salía al mar, un manglar que se adentraba en el océano.

Como las patas de una araña gigante, las raíces de los mangles colgaban de la mitad del tronco hacia el agua de la laguna, se depositaban en la enmarañada jaula de raíces con un entramado de lirios y ocasionales plantas de bambú. Cuando la chalupa no permitió el paso, los dos hombres se adentraron en Labuán con el agua a la cintura. Old Shatterhand exultante ante la nueva aventura, Yáñez preocupado porque sabía que en los manglares se ocultaban muchas serpientes de agua.

XXXI
La Cabalgata de las Walkirias

Los tripulantes de *El Fulgor* durante cinco días viajaron sometidos a una permanente lluvia de cenizas pesadas, que resultaba más irreal que molesta. La cubierta estaba llena de ellas y todos los hombres a bordo se encontraban tiznados. Parecía particularmente imposible comerse un plato de arroz sin que las cenizas coronaran la original blancura del grano.

No fue el único fenómeno extraño que produjo la erupción. Tras el paso del tsunami surgieron a la superficie millares de medusas, peces marinos de las profundidades, anémonas. Y desde luego millares de cadáveres de peces. El mar había enrojecido y para las mentes débiles la sensación de que se encontraban al borde del fin del mundo era potente. Incluso una colección de hombres y mujeres tan curtidos por la vida como los tripulantes de *El Fulgor* parecían invadidos de miedos irracionales, sombras de sus propios pasados, pesadillas en las noches.

Cerca ya de Batavia el yate, que el ingeniero Monteverde manejaba como un nuevo hijo, y cuyos secretos artilleros dominaban perfectamente Kim, Yayu y el propio Sandokán, avistó un *towkang*, el nombre que los malayos dan a los juncos chinos, que estaba prácticamente desarbolado. Desde el junco la tripulación les dirigía señales con brazos y banderas.

—¿No será una trampa, Tigre? —preguntó Kim, el joven hindú cuyo rostro estaba cruzado por una aviesa cicatriz.

—No lo creo. Mira la línea de flotación, ha tragado agua como un cachalote. De cualquier manera pon a nuestros hombres en alerta. ¡Señor Monteverde, rumbo al junco!

Poco después pasaban a bordo de *El Fulgor* media docena de chinos, todo lo que había sobrevivido de la tripulación al tsunami y cuatro estirados europeos, que los chinos habían recogido horas antes de una balsa que navegaba a la deriva. Por cierto que los ingleses llevaban consigo sus violines, en estuches que abrazaban con fervor.

Estaban a un día de navegación de Batavia y Sandokán fingiéndose un rico sultán malayo les ofreció desembarcar a todos en ese puerto.

Esa noche, los estirados británicos del cuarteto de cuerdas, que resultaron tres mucho menos estirados escoceses y un danés, descubrieron en la cocina, guiados por el enano, un par de garrafones de arak y se los bebieron de una sentada.

Poco después, absolutamente borrachos, decidieron interpretar a Wagner. Uno de los marinos de la tripulación original consiguió en el fondo de la bodega de *El Fulgor* un par de trompetas ceremoniales, que Sulu, un nativo de Bali, y Yayu soplaban con furor y el italiano Bombola sacó de la misma sentina una corneta de órdenes que tocaba con una cierta gracia. El problema de las intensas percusiones wagnerianas lo resolvieron los violinistas rompiendo platos con la ayuda del enano, que a una indicación del primer violín los arrojaba al suelo, y golpeando cacerolas con los pies, al grado que lograban imitar de manera bastante imprecisa las percusiones en esa versión rabiosa de la obertura de *La Cabalgata de las Walkirias*.

Sandokán, al principio, observó con desconfianza el experimento; sin embargo, algo de la furiosa aproximación de Richard Wagner a la realidad le tocaba el alma y mucho de la primitiva música permanecía en el sonido de los violines que se multiplican para ofrecer melodía y ritmo, resultando una *mélange* cautivadora. Los que lo recibieron con verdadero júbilo de entendidos, aunque novicios amantes de la ópera, fueron los Tigres: dayakos y malayos, javaneses y chinos, tagalos, hindúes y negritos filipinos que mientras duró aullaban y lanzaban gritos sincopados y golpearon al final de la interpretación con las culatas de rifles y carabinas contra las duelas de madera del piso del salón donde habitualmente comían y que en la noche se volvía el dormitorio colectivo de la tripulación donde los combatientes tendían sus hamacas.

—Querido público —dijo el flaco violinista que guiaba el cuarteto—, dado que tanto les ha gustado, lo haremos de nuevo, y espero que mejoremos la primera versión.

Adèle se acercó conmovida y le dio un gran beso, lo que aumentó el júbilo general.

Al día siguiente descendían en Batavia, la principal ciudad de la isla de Java, en la boca del río Ciliwung, Kipling, los chinos, los cuatro violinistas, la primitiva tripulación de *El Fulgor* y el italiano Bombola. Sandokán recibió con un gran suspiro la desaparición de su vida de tantos invitados incongruentes.

XXXII
El otro tigre

Los ruidos en la maleza hicieron que el portugués avivara sus sentidos. Algo se acercaba. La luna reapareció entre las nubes y dio una visión fugaz de un animal rayado. Las estrías amarillas y negras de un tigre refulgieron durante unos segundos.

El animal se acercó lentamente hasta el claro. Había olido a Yáñez, eso era seguro, había olido, el humo de la hoguera lo había alertado.

El tigre era un tigre viejo, mañoso, había matado a hombres y lo habían cazado; tenía las cicatrices de las heridas de la lanza, reconocía el silbido de la bala que puede matar y cojeaba levemente. Robaba ganado en las cercanías de los poblados e imponía su ley y sus miedos a los nativos. Sin embargo, estaba viejo, tendría más de quince años. Se le notaba en la pérdida de colmillos y en la triste mirada más acuosa de lo común.

Era un espécimen muy grande para los de su clase, medía unos tres metros de nariz a cola y pesaba unos doscientos kilos.

El tigre alzó la mirada, había orgullo en ella, no tristeza, había matado hombres.

Yáñez lo contempló desde el arbolillo en una de cuyas horquillas se había sentado a horcajadas. Apuntó la carabina a la espaldilla, justo entre las costillas. Si disparaba no quería dejar huellas en el rostro del animal. Durante unos instantes el tigre y el renegado portugués que había sido maharajá de Assam se miraron.

El tigre se relamió los bigotes, Yáñez de Gomara sonrió. El tigre mantuvo la mirada en el hombre. En otros momentos anteriores de su vida podría haber intentado el salto, ahora sólo se estrellaría contra el tronco, de manera que no le quedó más recurso que exhibir su pasada fiereza y gruñó suavemente. Luego se alejó mostrando su soberbia, una mezcla de desprecio y simpatía por el hombre del árbol.

—¡Tigre! ¡Tigre! ardiendo brillante/ en los bosques de la noche,/ ¿qué inmortal ojo o mano/ podrá reflejar tu terrible simetría? —musitó el portugués viendo la elegancia de la corva del tigre desaparecer entre la maleza, y lo hizo en inglés, un idioma que no acababa de gustarle, excepto cuando hablaba de tigres. La boca se le había resecado. Echó mano de su cantimplora y dio un largo sorbo de licor de palma. Asia era su mundo, el tigre era su hermano, pero sin duda prefería los vinos generosos al licor de palma que le bajó por la garganta ardiendo.

No es el único que se está haciendo viejo, dijo para sí mismo.

—¿Por qué no le disparó? —preguntó Old Shatterhand salido de la nada—. ¿Se encariñó con el tigre?

—¿Estaba usted por aquí?

—Unos quince metros atrás, preparando el segundo disparo por si usted fallaba.

—Mi sorprendente alemán, es usted mejor rastreador de lo que pensaba, no lo oí llegar. Debo estar envejeciendo.

Yáñez descendió del árbol.

—No debería preocuparse. Me educaron los apaches de Nuevo México y Arizona, los hombres más sigilosos del mundo. Dicen de ellos que no tienen ruidos en el cuerpo y que no producen sombra.

—También lo dicen de los asesinos ninjas japoneses —dijo Yáñez sacando un cigarrillo de algún lugar de su ajada chaqueta.

—Sí, pero éstos no serían capaces de tomar a una liebre de las orejas sin que ésta se enterara, y un apache sí —respondió Heym encendiendo el cigarrillo del portugués y sacando su pipa del bolsillo.

Caminaron hacia el pequeño campamento. El portugués tendió la hamaca cerca de la hoguera y sacó de uno de los mil bolsillos de su chaqueta un ajado libro al que le faltaban las pastas.

XXXIII
Los holandeses

Esa mañana el ingeniero Julio Eduardo Monteverde estaba en ánimo de confesiones:

—Tuve hace muchos años, tantos que cuando hablo de ellos me refiero a un hombre que no conozco, aunque bien pudiera tratarse de mí mismo, un empleo maravilloso. Era el comisionado de leer libros para definir si eran píos o impíos, para separar aquellos que podían circular libremente con aquellos otros que deberían ponerse en el índice de lo prohibido. Era una tarea sin igual, porque para que un libro esté prohibido por la Santa Madre Iglesia alguien debe leerlo y decidirlo, no dejarse engañar por títulos inocentes y apariencias equívocas. Como suele ocurrir, la verdad me iluminó y antes de enloquecer me dediqué a hacer lo contrario de lo que se me pedía, volví impío lo pío. Y devolví el derecho a la inteligencia a los lectores. No duré mucho en mi puesto.

Sandokán lo escuchaba con respeto. Estas crisis ideológicas de los europeos, los blancos que estimaba, le resultaban sorprendentes. Quizá aún quedara salvación para Europa, la madre de todos los desastres y de todos los abusos. Debió decir algo en voz alta, algo que tenía que ver con su amigo Van Horn porque a Monteverde se le ocurrió decirle a Sandokán:

—Hay que admirar a los holandeses.

No sabía en qué clase de conflicto se estaba metiendo.

—No hay que admirar nada, habría que quemarlos vivos a todos —dijo Sandokán, y le ofreció una amplia sonrisa.

240

—No, espere, jefe, déjeme contarle la historia —dijo Monteverde apelando a la paciencia más bien escasa de Sandokán—. En 1568 Guillermo el Taciturno, señor de Orange, libró letras de cobro a los pescadores de Holanda, Zelanda y Frisia en que los autorizaba a ser estatúderes o lugartenientes reales, y por lo tanto a atacar las naves y los puertos leales al imperio español de Felipe II. Surgen así los «Wassergeussen» o «gueux» del mar. Eran unos corsarios pobres. Pronto actuaron desde puertos ingleses y franceses como Dover y La Rochelle. Usted se hubiera identificado con los gueux, los «pordioseros del mar calvinistas».

—Puede ser que con unos pordioseros del mar, pero no con unos calvinistas, a los calvinistas les gusta quemar vivos a los que no piensan como ellos —dijo Sandokán que también sabía algo de historia.

—Desde entonces, los gueux pasaron de corsarios a comerciantes y ya para fines del siglo XVI se habían vuelto distribuidores, desde Lisboa, de los productos de las Indias Orientales y en 1602 fundaron la Compañía de las Indias Orientales, que creó su propio imperio conquistando Batavia, Malaca y parte de la isla de Ceilán.

—Pues puede que me gusten los gueux, pero en nada se parecen a los salvajes colonialistas que han creado esas plantaciones. Han roto la concordia de las tribus, han esclavizado a millares de hombres y mujeres, y todo para llenar barcos de pimienta, tabaco y otras especias.

—Lo mismo dice Multatuli, un seudónimo de un holandés que significa en latín «el que ha sufrido» y que publicó en 1860 un libro titulado *Max Havelaar*. Y lo dice de maneras más duras que las suyas.

—Entiéndalo, Monteverde, no me disgustan los europeos uno a uno, usted es la viva prueba de ello, o mi hermano Yáñez. Me disgustan cuando son más de dos y quieren ser millonarios.

—Para que modere su odio a los holandeses, le regalo una frase de Multatuli: «Si muero en el mar y mi cadáver danza entre las olas, habrá festín de tiburones y los monstruos cantarán este funeral».

Sandokán se quedó saboreando la frase, apreciaba en mucho las palabras de ese holandés.

—De nuevo —pidió.

—«Si muero en el mar y mi cadáver danza entre las olas, habrá festín de tiburones y los monstruos cantarán este funeral.»

—Me gusta, puede usted usarlo en mi entierro.

XXXIV
Un traidor

El zoólogo arrojó en la puerta del hotel sus bártulos y sus dos rifles. Dos sirvientes malayos se apresuraron a meterlos en la recepción. Mientras el alemán en su rígido inglés intentaba conseguir una habitación con dos camas, su compañero europeo, vestido con una sencilla camisa blanca, fuertes pantalones de sarga y un sombrero mexicano calado casi hasta las cejas para cubrirlo del sol inclemente, se quedó fumando en el porche. Labuán en esos días tenía unos tres mil habitantes malayos y trescientos blancos, un poblado con dos calles, una de ellas que llevaba a la fortaleza desde el puerto, donde había un hotel, varias cantinas y algunos comercios, todos ellos propiedad de chinos.

Yáñez observó la calle. Dos marineros europeos borrachos y un grupo de malayos que transportaba mercancía en carritos hacia Victoria. Ninguna mirada extraña, ningún rostro fuera de lugar. El instinto decía que por ahora todo estaba tranquilo. El instinto, esa maravillosa máquina de sumar lo que no se ve, lo que no se entiende, lo que aparentemente no está ahí y sin embargo está.

Un niño se acercó corriendo por la calle, tenía un turbante muy sucio en la cabeza y un par de sobres en las manos.

—*Sahib*, ¿se puede uno comer a la reina blanca?

Yáñez lo contempló fijamente.

—Por ahora, no. Vive muy lejos —respondió. El rostro impasible del niño le indicó que esa no era la respuesta correcta.

—Pero sí a sus alfiles, sus caballos y sus torres —intentó de nuevo.

—¿Qué es un alfil? —preguntó el niño entregándole los dos sobres.

—¿Te han dicho que me preguntes eso también?

—Sólo curiosidad, *sahib*.

Yáñez le puso unas monedas en las manos.

—Un hombre blanco que tiene muchas acciones de una empresa infernal.

El niño no se dio por satisfecho, pero saludó con el puño cerrado que contenía las monedas y salió corriendo.

El sobre más ligero contenía una nota de Barak. Yáñez esperó hasta que estuvieron a solas en su cuarto para leerla en voz alta:

Me están siguiendo, los pondría en peligro si me reúno con ustedes. Alguien de su círculo interior los está traicionando. B.

—¿Y qué hacemos? —preguntó Heym mientras se quitaba las botas.

—Salimos lo más rápidamente de aquí. Simulamos una de nuestras expediciones zoológicas y nos vamos hacia el costado opuesto de la isla a la búsqueda de *La Mentirosa*. En el camino nos detendremos en la granja de un viejo amigo, quizá podamos sumarlo a nuestra guerra.

—¿Cuándo?

—Ahora mismo, será mejor que se ponga sus botas de nuevo.

XXXV
Y no olvidemos a los jesuitas

La segunda carta de Barak era más larga.

Francisco Javier había dicho: «En el mundo sólo le temo a Dios». Y buscando a Dios o huyendo de él terminó en Asia a los treinta y cinco años. Era uno de los siete que bajo el mando de Ignacio de Loyola fundaron la orden de los Jesuitas, ese nuevo ejército del papado.

Cuando vio un terremoto y una erupción volcánica en Morotai pensó que el acceso al infierno estaba cerca y actuó en consecuencia. La fe de los locos, la increíble impaciencia de los alucinados. El fuego del volcán consumiéndolo en nombre de los fuegos del infierno. Bautizar, convertir, incluso a los que no entendían lo que decía, que eran, claro está, la inmensa mayoría.

Era un navarro de Pamplona y como tal pensaba que las puertas se abrían con la gracia del impulso de la palma de la mano o a cabezazos. Estudiando en París conoció al que sería San Ignacio y quedó cautivado con aquello de «¿De qué le sirve a un hombre ganar el mundo entero, si se pierde a sí mismo?»

Caminador infatigable, recorrió media India con equipaje ligero. En un país que adoraba a los santones, Francisco Javier estaba en su salsa. Era incansable, predicaba a personas que no lo entendían, chapurreaba nuevas lenguas, dormía en el suelo, erigía capillas. Pronto llegaron a él los enfermos y claro está, en ese ambiente de fervor, se produjeron curaciones.

Sus mayores éxitos se realizaron en la colonia portuguesa de Goa. Conocí a un sastre allí que era heredero del imperio de los sastres que los jesuitas habían creado, con eso de que un centenar de ellos manufacturaban camisas blancas para los conversos y los bautizos en masa.

Pasó por Japón, utilizaba los himnos religiosos, comía arroz con los pobres y sólo bebía agua, pero lo que funcionó en la India de las castas y los santones, no funcionó en Japón. Tuvo que vestirse con las ropas de gala de un embajador y adornar a sus servidores y ayudantes.

Creó en Asia un ejército disciplinado que no obedecía más órdenes que las suyas. Ni portugueses, reyes o mendigos, ni españoles, podían intervenir en su volcánico designio. Y este ejército fue pragmático: avanzar, catequizar, convertir, bautizar.

Murió en las cercanías de Hong Kong tratando de entrar en China. El Vaticano lo convirtió en santo.

Su ejército se mantuvo en las colonias españolas y portuguesas y durante doscientos años fue creando un poder político y económico y para eso hacía falta dinero. El fin justifica los medios, se dice que los jesuitas decían.

Por eso fundamentalmente, creo que se han metido en la operación de la Serpiente. Desde lejos y sin operar directamente, pero sin duda como financiadores.

Puede ser que el Concilio de Trento haya fijado la edad de las domésticas de un sacerdote en no menos de cuarenta años, pero no habló de que los votos de pobreza se aplicaran a las órdenes.

B. BARAK

XXXVI
El *faqr*

Sandokán asumió el papel de gran organizador y mayordomo de a bordo de *El Fulgor*. Ordenó que se comprara carbón, llenó de víveres frescos la sentina, envió un par de mensajeros a localizar a Giro-Batol, uno de sus viejos compañeros de armas, e incluso invitó a los integrantes del cuarteto de cuerdas, que se habían contratado en una taberna, a que dieran un nuevo concierto en el barco.

Al quinto día, al no haber recibido noticias de sus enviados, el Tigre malayo rentó cinco caballos y con Kim, la francesa, el enano Pinga y una ametralladora Gatling, se dirigió hacia el sureste de Batavia. Un sol inclemente caía sobre un paisaje repleto de plantaciones. La ruta, que habían abierto miles de carros transportando sacos de especias al puerto durante un par de siglos, era un camino de tierra suelta bordeado por una selva que permanentemente amenazaba tragarlo.

A unos veinticinco kilómetros del trayecto, los jinetes giraron hacia el poniente siguiendo los costados de un río caudaloso. Poco después divisaron una serie de cabañas de troncos construidas a la manera malaya, que hacían un arco en una de las curvas del río. Metros más adelante arribaron a una pequeña plaza creada por las cabañas donde habría de recibirlos un espectáculo inusitado.

Sentado en un sillón de madera, con su carabina en la mano y fumando en pipa, Giro-Batol estaba rodeado de una cincuentena de hombres y mujeres armados con viejas carabinas, espingardas, arcos y flechas y kampilangs. El rostro del javanés era una máscara repleta de arrugas y

246

estaba tocado con un penacho de plumas.

—Sandokán, padrecito. ¿Has venido a acompañarnos el día de nuestra muerte? Ya le dije a tus hombres que no era necesario que vinieras, que los que aquí estamos moriremos dignamente.

—Nadie morirá hoy fuera de nuestros enemigos, hermanito —dijo Sandokán desmontando de un salto y caminando hasta el sillón, donde tomó en sus brazos al viejo Tigre.

Las palabras de Sandokán parecieron romper el muro de la resignación de los pobladores, que comenzaron a ondear sus machetes y viejos fusiles y luego a golpear con ellos el suelo.

—Dadles agua a nuestros caballos y luego, Giro-Batol, cuéntame lo que está sucediendo.

Un grupo de hombres y mujeres jóvenes se hicieron cargo de la tarea y llevaron tres sillones que colocaron frente al javanés. El enano, al que no le había tocado sillón, escupió en el suelo y refunfuñó.

—Los dueños de las plantaciones nos han estado hostigando y quieren expulsarnos de nuestro pueblo. Hemos combatido con ellos varias veces. Pero hace un mes llegó un terrible *fakir*, que nos embrujó, envenenó el agua del río, hizo hechizos a nuestros jóvenes y embrujó a los pueblos vecinos para que nos hostigaran. Contra una magia tan grande no se puede luchar. Dijo que hoy íbamos a morir.

—¿Qué es un *fakir*? —le preguntó Adèle a Sandokán en su torpe español.

—Un *faqr* es un mago sufí, o un ascético hindú, una mezcla de santo y brujo; el nombre originalmente significa «pobre». Hace milagros: se sienta en una cama de clavos, puede enterrarse vivo durante una semana, se eleva en el aire, domestica serpientes, camina sobre fuego. Los hay en India, pero también en Malasia.

Sandokán se puso de pie y habló en malayo, lengua que casi todos los javaneses conocían:

—Yo, Sandokán, les digo, hermanos, que este día morirá alguien. Morirá el *fakir* que les han mandado los plantadores, y morirán los que con él vayan y los que a él sigan. Doy mi palabra.

—Mejor voy a desmontar la ametralladora —dijo Kim.

XXXVII
La emboscada

—¡Hijos divinos de cien mil putas! —dijo Yáñez, apuntó cuidadosamente y disparó acertando en el turbante de un enemigo que había imprudentemente asomado la cabeza.

—¿Le importaría seguirlos matando sin blasfemar, o al menos blasfemar en voz más baja? —se oyó una tímida voz a su lado.

—¿Su dios no me oiría si lo hago en voz baja? —dijo Yáñez clavando la acerada mirada de sus ojos grises en el alemán mientras cargaba su carabina. Old Shatterhand a su lado estaba buscando su blanco. Tenía la mejilla cubierta de sangre que se deslizaba hacia el cuello por el rozón de una bala. El silencio de los monos los había alertado sobre la emboscada, pero no habían podido evitar la primera descarga.

—No soporto las blasfemias, debe ser algo insertado en mi más profundo ser por mi educación cristiana. Siento repulsión por cada maldición o juramento.

El alemán llevaba unos segundos apuntando a una de las ventanillas de la cabaña y cuando apareció en ella el cañón de un fusil expulsó el aire que estaba reteniendo y disparó. El fusil se deslizó de una mano yerta hacia el suelo.

—¡Me cago en Dios! —exclamó el portugués al que un certero disparo de los emboscadores le había dado en la bota haciéndole perder el tacón—. Perdón, no puedo evitarlo.

Heym-Shatterhand sonrió.

248

—Cada vez afinan más su puntería. Y no estamos muy cubiertos que digamos.

Para confirmar su teoría dos disparos de los atacantes impactaron las ramas bajas del árbol que los cubría y un montón de hojas cayeron sobre ellos.

—¿Le molestan las blasfemias, pero no el matar a un hombre?

—En legítima defensa. Y además rezo en silencio por las almas de todos aquellos que envío al infierno.

—De poco les va a servir como pasaporte.

Yáñez disparó de nuevo, esta vez fallando, sobre uno de los emboscadores que pretendía salir de la cabaña; el disparo, que levantó el polvo a sus pies, lo hizo disuadir del intento. La situación estaba empatada. Los emboscadores no podían abandonar la cabaña y los dos emboscados no podían abandonar el viejo mangle bajo el que se habían refugiado. Ni a su derecha, ni a su izquierda tenían dónde cubrirse en aquel claro en la selva.

—¿Cómo estamos de municiones? —preguntó el alemán, secándose la sangre con el dorso de la mano—. Yo tengo un par de docenas de balas para el mataosos, y cincuenta cartuchos para el Winchester, ¿y usted?

—Dos revólveres cargados y unos veinticinco cartuchos extras para la carabina —respondió Yáñez.

Repentinamente los emboscadores habiéndose puesto de acuerdo dispararon una ráfaga que hizo que el portugués y Heym se cubrieran apenas tras el tronco, que recibió la mayoría de los impactos.

—¿Cuántos disparos han sido? ¿Diez, doce?

—Algo así.

—¿No es eso un barrilillo de keroseno? Allí, a la izquierda, cerca de los sacos que están a la entrada.

—¿Cree que uno de nuestros disparos puede inflamarlo y luego con un poco de suerte el fuego incendiará la cabaña?

—Creo, espero, porque si no, estamos condenados. Y creo también que no existen las malas palabras. Tan sólo las palabras. Las palabras sirven para nombrar cosas, para expresar emociones. Y a veces tienen que ser fuertes. La exclamación tan gustada por los españoles de «coño» denota suprema sorpresa, nada tiene que ver con el receptáculo femenino que algunos adoramos, mi estimado puritano germano. Malas palabras es el usar impropiamente envileciéndola la palabra *libertad*, asociándola a comercio y significando en realidad expolio, abuso, latrocinio.

Mucho más sensato usar para definir todo eso las palabras: «cagada de mono».

Heym escuchaba a medias las reflexiones del portugués mientras apuntaba lentamente al barril supuestamente de keroseno.

—¿Y si es un barril de agua? ¿O de arak o de samsun? Espere un segundo. ¿Y si Anwar está vivo dentro de la cabaña?

XXXVIII
Bailando sobre las llamas

Estaba oscureciendo, nadie conocía aquella zona mejor que los adolescentes de la aldea de Giro-Batol. Una vez que habían perdido el miedo que los paralizaba, se desperdigaron a la búsqueda del *fakir* y sus hombres, muy pronto llegaron las primeras noticias. A tres kilómetros de la aldea, el *fakir* había reunido una asamblea. Sandokán organizó la columna y fue besando en la frente uno a uno a los aldeanos.

–Señora, podríamos dejarla atrás o podría regresar a caballo con el enano a *El Fulgor*.

–El enano no me lo perdonaría y yo tampoco –dijo Adèle.

El príncipe malayo ordenó a la columna que se pusiera en marcha. Pronto se encontraron ante un espectáculo sorprendente.

La luz de la luna era opacada por la esterilla de carbones encendidos que habían tendido en un claro del bosque. Sandokán dispuso a su reducido grupo contra el viento y abierto en media luna y en el centro montó la ametralladora. Un centenar de hombres armados se congregaban ante la esterilla de fuego que debería medir unos ocho o diez metros.

Con la ayuda de un catalejo, Sandokán pudo ver claramente al personaje que dominaba la reunión. Era un hombre enmascarado vestido con una larga túnica que le cubría el cuerpo hasta los tobillos, y un turbante de seda roja. A sus pies se encontraban tres de los perros asesinos con los que habían chocado anteriormente. Y cerca de ella amordazados y de rodillas, con los brazos atados a la espalda con una estaca, estaban los dos Tigres que había usado como mensajeros, el Pequeño y el malayo Sutan Salim.

El príncipe masculló una blasfemia y pasó el catalejo a Kim, que luego se lo ofreció a la francesa, quien palideció intensamente al reconocer al joven malayo.

—¿Qué vamos a hacer? —preguntó Adèle.

—Esperar un segundo y tratar de encontrar una manera de salvar a nuestros hombres.

El *fakir* arrojó un puñado de pólvora en la hoguera provocando una pequeña explosión y que la llamarada subiera hacia la luna. Luego teatralmente comenzó a despojarse de la túnica, que terminó arrojando al fuego. Estaba totalmente desnudo y era... una mujer, de amplios pechos y cadera abundante, con el cuerpo cubierto de un polvo blanco que opacaba los brillos de la hoguera. La máscara metálica, que simulaba un rostro sonriente, y el turbante rojo eran lo único que había permanecido sobre ella.

Sandokán pasó de nuevo el catalejo a sus compañeros. Las imágenes pasaban a toda velocidad por su mente. ¿Una mujer? Y la máscara era parte de la apariencia ritual de los miembros del Club de la Serpiente.

La *fakir* avanzó sobre los carbones encendidos y comenzó a caminar sobre ellos, pareciera avanzar sin pisarlos, sin que el terrible calor la destrozara; tenía un paso rápido, casi bailarín, sus pies permanecían sólo instantes en el suelo y el blanco con el que se había pintado el cuerpo relucía.

Algún día en el cercano futuro Yáñez le contará a Sandokán lo que un antropólogo danés le había contado a él: los carbones están frecuentemente cubiertos de ceniza que es una pobre conductora del calor, la superficie de carbón es irregular y la zona del pie que la toca es pequeña; un estado de euforia produce que el torrente sanguíneo se llene de humores que inhiben temporalmente el dolor. Sandokán ha oído hablar del Thimiti, el festival de las adolescentes de Bali en el cual las muchachas que han sido poseídas por espíritus benévolos caminan sobre una esterilla de carbones ardiendo. Pero toda explicación racional nunca despejará de la mente del príncipe malayo la visión de la mujer desnuda caminando sobre el fuego. La imposible visión.

La mujer llegó hasta el final de la esterilla y se metió en una palangana de agua. A la distancia Sandokán vio cómo la sonrisa enmascarada se giraba hacia él como adivinándolo. Los perros se movieron inquietos. La mujer pidió algo a uno de los ayudantes que se encontraba cerca.

Mientras la envolvían de nuevo en el manto le trajeron un revólver. Caminó hacia los dos Tigres que se encontraban arrodillados y les disparó un tiro en la nuca.

El grito de rabia de Sandokán fue la señal involuntaria para que Kim comenzara a disparar la ametralladora.

XXXIX
De doctores

Yáñez y Heym subieron a *La Mentirosa* llenos de sangre, tiznaduras y suciedad varia, pero exultantes. Venía con ellos un nuevo miembro de la expedición, un malayo flaquísimo, que cojeaba a causa de una herida en la pierna, cargado de redomas y paquetes, presentado como Anwar, el farmacéutico, y que hizo que el doctor Saúl lo viera primero con sospecha y luego con verdadero amor al descubrir que era el mejor boticario que había visto en su vida. El delgado malayo se deshizo en reverencias y estuvo a punto de chocar con la cabeza del ingeniero Monteverde que se las devolvía.

Cuando la nave hubo partido a vela hacia la Roca se creó un instante de paz en la toldilla y mientras el doctor Saúl trataba de reparar a los heridos, los europeos encendieron a la luz de la luna unos puros de Manila muy aromáticos.

Calculando que al menos traían un par de días de adelanto sobre Sandokán, Yáñez decidió detenerse en un punto de la costa norte de Borneo a pocas millas de Kotabalú para presentarles al médico y al farmacéutico a la sanadora.

El portugués se adelantó a sus compañeros y los convocó en la aldea dos horas más tarde, porque tenía segundas intenciones en la visita.

La cabaña, colocada en una falda de la montaña, tenía una impresionante vista sobre el valle, todo él un fulgor de verdes a cual más brillante y al fondo, el océano. Era una mujer muy joven, la hija de otra mujer, hija a su vez de una mujer que Yáñez había conocido. Pero no era por eso menos interesante. Vestía a la hindú, con una pashmina de color lavanda usada como chal y una larga falda de una seda verdosa.

—Quítate la ropa, Yáñez de Gomara, *orang asing*, y disfruta de un vaso de agua.

—¿En qué orden, hechicera, bruja científica, sanadora de Kotabalú?

—¿Sabes las artes del amor, Tigre Blanco, o tendré que enseñártelo todo?

—Soy un humilde aprendiz con pocas aptitudes —contestó el portugués.

La mujer desató el nudo de su falda que se deslizó al suelo, sus dos piernas eran bellísimas y una mata de vello púbico parecía el centro del universo.

—Largo tiempo sin vernos, Tigre Blanco.

—Yo me lo he perdido. Últimamente he pasado muchas horas impidiendo que me maten.

—Hablan por ti tus cicatrices, incluso las más nuevas —dijo la sanadora quitándose el corpiño, del que colgaban unas monedas que tintineaban y poniéndole uno de sus pechos en la boca al portugués, que decidió que las palabras sobraban mientras intentaba bajarse los pantalones.

Un par de horas después, Yáñez presentó al farmacéutico y a Saúl a la sanadora formalmente.

—¿Y en qué basa sus artes, señora? —preguntó Anwar.

—Cualquier cosa que yo vea, diga o entienda en la sociedad, sea en el ejercicio de mi profesión o fuera de él, si es conveniente que no se divulgue, la guardaré en secreto con el mayor cuidado, pues considero el ser discreto como un deber en semejantes ocasiones.

—¡Coño, eso es el juramento de Hipócrates en malayo! —dijo Saúl en un español poco casto.

XL
Yo no mato mujeres

Las ráfagas de la ametralladora abrieron un claro sangriento en torno a la esterilla de carbones ardiendo. Sandokán disparaba su rifle con precisión y mató rápidamente a dos de los tres perros que acompañaban a la mujer *fakir*. Si bien la francesa y el enano no tenían una particular buena puntería aportaban al tiroteo, ella con particular fiereza, los ojos nublados por la sangre del Tigre muerto por la espalda. Los javaneses de Giro-Batol aullaban y disparaban a bulto sus espingardas.

La noche se poblaba de aullidos de los ametrallados miembros del Club de la Serpiente y de los atacantes. Pronto se produjo una dispersión y Sandokán dio a su partida la orden de ataque. La mujer intentó organizar una precaria defensa, pero sus mermadas huestes salieron huyendo. Tan sólo un pequeño grupo en torno a ella, de no más de media docena de hombres y uno de los perros, que tenía sujeto con una cadena, resistió la embestida.

Pronto los hombres arrojaron las armas, y el enano se acercó al perro y le disparó con su rifle a bocajarro.

La mujer alzó los brazos y le gritó a Sandokán en inglés:

—¡Cómo te atreves, perro malayo! —y sacando el revólver con el que había ajusticiado a los dos Tigres apuntó a Sandokán. El enano, que estaba más cerca de ella que los otros combatientes, le golpeó el brazo con su rifle y el revólver cayó al suelo.

Sandokán se acercó lentamente. La máscara sonriente brillaba como un sol a la luz de los carbones encendidos.

–¿Quién eres?

–Soy la muerte, estúpido.

El malayo en un movimiento fugaz le arrancó la máscara. La mujer era rubia, con un rostro no muy agraciado, dado a la redondez y una boca amplia.

–Me llamo Camila Klier y soy dueña de la mitad de Batavia, no te atrevas a poner tus sucias manos en mí, perro malayo.

Kim había montado nuevamente su ametralladora para impedir que los fugados se reorganizaran y los javaneses festejaban la victoria danzando y saqueando a los cuerpos caídos de sus mejores armas.

–Amárrenla –dijo el príncipe hace tiempo depuesto–. Giro-Batol, nos la llevaremos a *El Fulgor*.

La mujer se abrió el manto y lo dejó caer. Sandokán admiró furtivamente sus amplios pechos, pero terminó atrapado por lo maligno de la mirada. La había visto anteriormente, era una mirada de desprecio a ese mundo conquistado tantas veces.

–Mátenme, no iré con ustedes a ningún sitio.

–Yo no mato mujeres –dijo Sandokán.

–Pero yo sí –dijo la francesa y desenfundando su revólver se lo puso al lado de un pecho, sobre el corazón, y disparó. El cuerpo se sacudió hacia atrás con el tremendo impacto.

TERCERA PARTE

BORNEO

Si tú no vas a Lagardere, Lagardere irá por ti.

PAUL FÉVAL

I
Cuéntame

—Nos conocemos desde hace siglos, Yáñez, y nunca habíamos tenido enemigos tan terribles. ¿No sería hora de que me cuentes tu verdadera historia? Lo digo por si te matan antes que a mí. Yo tendría la misión de recordarla. He oído por ahí que no eres portugués verdaderamente.

Yáñez se rió alegremente y llevó la copa de oporto a los labios.

—Una vez hablaste de ese vino mágico —reiteró Sandokán señalando la botella con la punta de su cuchillo— y te referiste a él como vino de tu tierra. ¿Has nacido en Oporto? ¿Cómo es Oporto? ¿Dónde está Oporto? En Portugal, claro.

—Te estás volviendo viejo, Sandokán, hermano, y los viejos se vuelven chismosos. Has sido picado por la mosca de la curiosidad. Es una enfermedad de viejas en los serrallos —dijo Yáñez.

—¿Dónde está Gomara?

—No existe. Lo más parecido a ella es una islita en el archipiélago canario, propiedad de España y cerca de las costas de África que se llama Gomera o La Gomera. Es una isla volcánica, que produce muchos plátanos, donde yo tenía un amigo llamado Paco Pino.

—Una vieja me contó que eras hijo de un sacerdote católico, uno de esos franciscanos que andan descalzos y hablan con los animales y conversan con la luna llena, como los chamanes y los tibetanos, y de una mujer de la nobleza que murió cuando naciste.

—¿No te contaron que era hijo del rey de España y una gitana? —preguntó Yáñez.

—Tu español no es tan bueno. Y he visto grabados del rey de España y tiene cara de bobo, más que la tuya. Tienen muchos reyes en Europa...

Sin embargo Sandokán se quedó dudando. ¿Cuál rey de España? Porque Yáñez se parecía mucho al grabado de Amadeo I que había visto en un sello de Filipinas en una de las cartas que les había dado Lázaro. ¿Era viejo el sello? En el grabado tenían una edad parecida.

—No hay tantos reyes en Europa, hay más sultanes en Malasia.

—¿Cuántos años tienes?

—Los mismos que tú, nací el mismo día que Kaidagan se hizo padre de Sandokán en el sultanato de Sarawak... Eso creo.

Sandokán se levantó de la mesa enfurecido, más consigo mismo que con el supuesto portugués y se dirigió a la *spinetta*. Como siempre que se enfadaba con Yáñez, se desahogaba tocando el pequeño piano. Tocaba fragmentos de músicos italianos del Renacimiento, briosos como él, vivaces, los únicos que conocía; fragmentos de Antonio Vivaldi, Monteverdi, Scarlatti, Corelli, Albinoni, que le había enseñado un marino genovés que había permanecido un par de años prisionero casi voluntariamente en Mompracem. Una decena de fragmentos que repetía y variaba, alejándose y acercándose a la versión original, que a fin de cuentas no lo era tanto porque había dependido de la mala memoria del marino. Eso y la improvisación. Una vez, escondido tras un parterre de flores, había oído a Mariana, la mujer que fue el sentido de su vida, tocar a Chopin pero no podía recordar más que las ocho primeras notas de lo que era, y él nunca sabría, el inicio de una polonesa; como tampoco sabría que ese mismo día en que Mariana estaba interpretando había muerto en París, a decenas de miles de kilómetros de distancia, Federico Francisco Chopin.

—Eres hijo de un mono —dijo de repente el príncipe malayo dejando de tocar y sin mirar a su amigo.

—¿Será? Habiendo oído de tal circunstancia repetidas veces, a eso debe deberse mi amor por los animales, mi odio hacia los sacerdotes, los nobles y mi desprecio por la mayoría de los seres humanos —respondió Yáñez de Gomara abriendo la camisa y tocándose el pecho, donde justo arriba del corazón tenía grabada una pequeña rosa con unas letras en arco en portugués que decían: «La rosa de la muerte florece».

Sandokán volvió a la mezcla de Corelli con Vivaldi.

—Cuando murió Mariana... —Yáñez hizo una pausa—. Hace tantos años... Cuando murió, pasaste días enteros sin comer, habías perdido la voz. ¿Te acuerdas?

Sandokán rehuyó la mirada de su amigo. Prefería no recordar. La memoria era siempre terrible. La memoria era errática. Pasaba por momentos felices, fugazmente, para luego depositarse en aquellas historias malignas que no se olvidarían. Generalmente la memoria era absurda, a veces obsesionaba lo intrascendente, como aquel recuerdo de haberse clavado un anzuelo en la palma de la mano, pero las más de las veces, la memoria era certera, hiriente. La memoria de los demás y la propia. Mirarse a uno mismo cortando la cabeza de un hombre cuya única culpa era haber sido obligado por un sargento a ponerse enfrente del Tigre de la Malasia con un sable, no era una visión grata.

Además, mientras sonaba la *spinetta* a bordo de *La Mentirosa*, afuera se estaban preparando las huestes de los Tigres para el enfrentamiento definitivo con el Club de la Serpiente.

II
La Roca otra vez

El pequeño puerto de pescadores se había convertido en un jolgorioso campamento militar. El variopinto ejército de Sandokán y Yáñez se había congregado. En la caleta, *El Fulgor* y *La Mentirosa* estaban acompañados de tres prahos, todos ellos ondeando la roja enseña de los Tigres de la Malasia.

A lo largo de la anterior semana todo habían sido reencuentros y celebraciones. La llegada al poblado de los prahos de Samú y Dingo, su encuentro con Kammamuri y el mendigo manco, el arribo de *La Mentirosa* con Yáñez, Old Shatterhand y Patadeperro y sus parientes, el desembarco de *El Fulgor* con Sandokán, el enano, la francesa y Giro-Batol.

De todo ello, sólo una terrible noticia, en la pequeña oficina de correos los estaba esperando una caja sellada de madera, de esas que se usan para transportar municiones, con dos pequeñas asas de cuerda. Cuando los Tigres la abrieron encontraron en su interior la cabeza del dayako Simpang, al que habían mandado a recorrer el interior de la isla. La cabeza cortada tenía además un par de signos macabros, en la frente le habían grabado el signo del rombo con la «S» y tenía un enorme clavo de hierro clavado en la nuca.

Mientras Yáñez y Kammamuri intercambiaban las noticias de las últimas semanas y el maharato le contó la intervención del mendigo manco Sin, que por cierto había desaparecido al dejarlo en la Roca, Sandokán se dirigió a su antiguo reino en Kinabalú a reclutar nuevas fuerzas. Volvió cinco días más tarde con más de dos centenares de hombres, viejos Tigres, pero también sus hijos y si terciaba, los hijos de sus hijos.

Mientras tanto Kammamuri con la ayuda del alemán desembarcaron los fusiles traídos de Mompracem y comenzaron a dar entrenamiento a los javaneses de Giro-Batol y a las partidas de malayos y dayakos de Roy y Kolo. De gran utilidad se mostraron los *sikhs*, que eran excelentes tiradores. Sambliong y Kim entrenaron en el uso de las ametralladoras Gatling a media docena de malayos y el doctor Saúl, ayudado por Anwar, los siameses y el enano, hizo compra de todos aquellos abastos médicos que pensó podría necesitar.

Con la llegada de Sandokán, el pequeño ejército terminó de cobrar forma; finalmente un último praho convocado por el rumor arribó portando a media docena de negros de Mindanao y a varios papúas de Nueva Guinea que llegaron acompañando a Sinata, un viejo conocido de Sandokán, que causó sensación entre los demás.

Sinata usaba un largo peine de tres púas sujetando el copete central de su cabellera; al mismo tiempo tenía rapado a cero el pelo en los lados.

—Sinata significa peine, es el nombre de esas púas de madera que lleva en la cabeza, esa especie de peine.

—¿Hablas papúa? ¿Has estado en Nueva Guinea? —preguntó Yáñez.

—Unas pocas palabras. Y sí, estuvimos juntos en el 55. ¿Ya se te ha olvidado? —dijo Sandokán

—¿Y por qué lo llamamos así? —preguntó Yáñez ligeramente ofendido, el lingüista era él, no Sandokán. Y eso de la pérdida de memoria empezaba a desconcertarlo.

—Vaya usted a saber. Pero, ¿te has fijado cómo Sinata dedica más horas a su tocado que los musulmanes al rezo?

—Será parte de su religión.

—Se corta el pelo de los lados de la cabeza con conchas afiladas y deja ese crestón en el centro que luego sujeta con el peine. Más la cantidad de mierdas y cremas que se unta en el pelo, esas cosas deben afectar al cerebro —dijo Sandokán que estaba intentando recuperar su cabellera rapada aviesamente en la cárcel de Singapur.

No habían sido los únicos en notarlo, la mujer, casi adolescente, que habían rescatado del laksamana Raga junto a los otros esclavos, también era papúa y miraba a Sinata con fascinación. A este grupo se había unido por razones lingüísticas el enano, que en cambio había recibido una pequeña sinata que lucía en el pelo con orgullo.

—¿Qué tenemos? —preguntó el príncipe malayo.

—Cuatrocientos veintitrés hombres y dos mujeres —contestó Yáñez de Gomara.

—Cuatrocientos veinticinco, la francesa y la pequeña papúa saben matar. Diablo de francesa, me hubiera gustado interrogar a la mujer *fakir* holandesa, pero le metió un tiro en el corazón.

—¿A quién dejamos a cargo de nuestra pequeña flota?

—A los viejos. Patadeperro, Giro-Batol, media docena más por barco. Sambliong a cargo de *La Mentirosa* y Samú y Turong a cargo de *El Fulgor*.

—¿Y el ingeniero Monteverde?

—Viene con nosotros, quiere manejar los cohetes. Si hace falta, que *El Fulgor* lo lleven a vela y que concentren la artillería en los dos yates, si nos atacan aquí, perdemos los prahos, no tienen la menor importancia, que los carguen de dinamita y si nos atacan los vuelen.

—Salimos al amanecer. ¿No tienes ningún proverbio chino a la mano? —preguntó el príncipe malayo.

—No, pero tengo una frase de mi amigo Quevedo: «Mejor vida es morir que vivir muerto».

—Ese amigo tuyo sabía mucho.

En 1857, Paul Féval publicó la que sería su novela más famosa, *El jorobado*, dividida en tres partes: *El juramento de Lagardere*, *Aurora de Nevers* y *El jorobado*. El protagonista no era otro que Henri de Lagardere, famoso espadachín y hábil a la hora de disfrazarse, cuya identidad secreta dio título al libro. La frase no sólo se hizo famosa en Francia. El libro había llegado hasta las manos de Yáñez, que se lo prestó a Sandokán, de manera que de vez en cuando, como en aquel momento, ambos solían decir:

—Si tú no vas a Lagardere, Lagardere irá por ti.

III
Cocodrilos

Avanzaron por el manglar durante varias horas sin mayores molestias que el persistente ataque de nubes de mosquitos que se ensañaban con ellos, y un calor terrible, pegajoso, que hacía que el cuerpo, como una caldera en acción, intentara expulsarlo sin poder, bloqueado por el sudor.

Los mosquitos castigaban más a Sandokán que al portugués, cosa no habitual. Sandokán iba fumando, tratando de que la nube del caliqueño lo envolviera, pero los insectos habían aprendido a penetrarla.

—¿Por qué a ti no te pican?

—Creo que es el apestoso licor de palma que me he estado bebiendo, al sudar produce un veneno que mata a los mosquitos —respondió Yáñez—, es la única explicación que se me ocurre.

Pero si los mosquitos afectaban al malayo, estaban literalmente masacrando a Old Shatterhand y a la francesa.

Kammamuri llevaba la exploración acompañado por Kim, intentaba reconstruir el camino hacia el lago donde anteriormente había perdido, en su primera expedición, la ruta de los esclavistas. El cuerpo principal seguía a trescientos metros y luego la primera retaguardia con carros de bueyes que llevaban las ametralladoras y la cohetería, además de muchas provisiones, donde además viajaba el médico y los cocineros de *La Mentirosa* encabezados por Le Duc. Cerraban la marcha Yayu y los *sikhs* de Ranjit Singh.

En la primera jornada salieron del manglar para comenzar a ascender hacia una selva espesa. De repente se abrió un claro en la selva. No era natural, quizá años atrás allí se había aposentado una pequeña población de dayakos. Aun así no habían quedado vestigios de las cabañas ni los sembradíos, tan sólo un par de kilómetros cuadrados despejados de árboles y malezas. Quizá el terreno contenía... el hecho es que la partida cruzó en medio de un abrumador y extraño silencio, desprovisto por un momento de los sonidos de los pájaros y los monos. Yáñez, temiendo una emboscada, con un gesto de la mano extendió al grupo en un abanico y los Tigres pusieron el dedo en el gatillo de sus carabinas y alertaron las miradas. Los mosquitos parecían haberlos abandonado y estarlos esperando más allá del claro. El cielo era de un azul clarísimo, apenas sin nubes, y el sol caía vertical produciendo hombres que marchaban sin sombra.

Siguiendo un pequeño riachuelo volvieron a tomar dirección hacia el suroeste. De repente Kammamuri, que iba en la vanguardia, hizo la señal de alto alzando una mano en el aire. Sandokán se acercó hacia él.

Poco después volvió a la columna.

—*Madame* Blanche, ¿quiere acercarse?

La aludida se secó el sudor con un enorme pañuelo rojo que traía enredado en torno al cuello y seguida por Yáñez avanzó hacia el recodo del riachuelo donde estaba el príncipe malayo.

—¿Ha visto usted alguna vez a un cocodrilo apareándose?

—¿Hacen el amor los cocodrilos?

Se acercaron a un recodo del río donde a unos veinte metros se encontraba un grupo de cocodrilos. El cocodrilo malayo, de hocico muy alargado y estrecho, goza de una inmerecida fama de gran devorador; como son animales de sangre fría, no precisan crear un horno interno para mantener el calor de su cuerpo y por lo tanto, pueden resistir con una escasa cantidad de alimentos. Un macho de trescientos cincuenta kilos de peso no necesita más de un kilo de carne al día y a los diez o doce años de edad puede ya reproducirse.

Yáñez y la francesa se acercaron unos metros más y cubiertos por los troncos de un árbol contemplaron cómo un macho se aproximaba a la hembra dando en el agua golpes de hocico y cola. Comenzó a nadar en círculo para acercarse a la hembra y luego la tomó con sus patas delanteras y comenzó el apareamiento. El acto no estaba exento de gracia en medio de su aparente brutalidad.

—De esto pueden resultar unos noventa huevos de cocodrilo, aunque afortunadamente no sobreviven más que unos pocos. Este es un mundo de predadores.

—¡Tigres, hay una aldea abandonada a unos quinientos metros! —dijo Kammamuri que llegaba corriendo.

IV
El Hombre Ilustrado

A trescientos metros la aldea olía a muerte. Sobre la empalizada había clavados cráneos en cuya frente estaba tatuado a cuchillo la «S» en el rombo. Sandokán ordenó que se desplegara una parte de la columna en los límites del poblado y levantando la voz gritó:

—Los que han hecho esto son los hombres que estamos buscando. ¡Recordadlo!

Muchos de los miembros de la expedición no habían visto antes los sangrientos restos de las operaciones del Club de la Serpiente y desfilaron en medio de las ruinas. Las casuchas estaban quemadas y restos de cuerpos putrefactos tirados al descuido en medio de las ruinas. La reacción de los expedicionarios no fue la que sus enemigos buscaban. No sería el miedo sino la rabia lo que dominaría a los Tigres de la Malasia.

Cuando terminaron de enterrar los sangrientos despojos de los habitantes del poblado, Old Shatterhand insistió en clavar en tierra un leño y talló en él con una navaja unas cuantas frases en alemán. Luego se arrodilló y rezó una plegaria.

—¿Qué escribió?

—«Aquí yacen veintiún niños, once mujeres, trece hombres y seis ancianos. Descansen en paz.» Lo escribió en alemán —susurró Yáñez.

—Tú no hablas alemán, ¿cómo lo sabes?

—Interpreto.

—Nadie habla alemán en Borneo. ¿Quién va a leerlo? ¿Y reza al dios de los católicos? —preguntó Sandokán también en un susurro.

—Sí, sin duda.

—Los dayakos de esta zona no creen en ese dios. Creen en los genios del bosque. ¿Los genios del bosque entenderán alemán?

Los susurros de los dos Tigres y la plegaria del alemán fueron interrumpidos por la aparición en el lindero del bosque de un hombre desnudo cubierto de pies a cabeza de tatuajes, que portaba un hacha de doble filo, con un mango de setenta centímetros. Muy alto, mucho más que la mayoría de los dayakos, que de por sí lo son. Tenía una sonrisa triste y los observaba atentamente.

—Tienes respeto por mis muertos, *tuan* —dijo con una voz extraordinariamente sonora.

—Tus muertos son mis muertos, hermano —dijo Sandokán—. Voy a limpiar del suelo y de la tierra a los que los asesinaron, escupiré sobre sus tumbas.

—Me acompañarás entonces en la venganza —afirmó el Hombre Ilustrado. Centenares de cabezas asintieron, era como un juramento.

Los dayakos del interior de Borneo no son un grupo uniforme. Dayak es un nombre colectivo para las aproximadamente doscientas tribus que pueblan la isla. A diferencia del mito, la raza es de piel clara, con un ligero parecido a los chinos, de caras redondas, rasgos bien definidos y ojos ligeramente sesgados. Las tribus de la montaña dayak son físicamente imponentes, más altos que la mayoría de los asiáticos, musculosos y pesan setenta y cinco kilos o más. Éste era particularmente alto y cubierto de tatuajes. No había un espacio donde no hubiera dibujos, desde las hojas de la palmera de areca que le subían por los brazos, hasta cabezas de orangután o jabalí, con intrincados motivos que parecían decorativos, pero se revelaban como flores y plantas.

El Hombre Ilustrado parecía mostrar su historia en el cuerpo y acabarla de narrar en la infinita tristeza de su rostro.

—Soy el último de los jefes de mi tribu, el último, ni niños ni mujeres que lleven mi estirpe, ni viejos a los que cuidar. Los asesinaron a todos.

—¿Cuál es tu nombre, príncipe dayak? —preguntó Sandokán.

—Mi nombre son mis historias —dijo el Hombre Ilustrado con una mirada triste, pero apreciando el título que le había dado el príncipe malayo y mostrando sus tatuajes.

—Te llamaremos Historias.

V
Estruendo previo al combate

–¿No te espanta todo ese estruendo? –le preguntó Sandokán a Rakián, el más joven de sus hombres, un dayako de Borneo que no debería tener más de quince años

–No, Tigre, cada uno que toca un gong o un tambor o unos platillos, es uno menos que dispara. Ruidosos, pero no efectivos. Son bastante idiotas.

Los hombres de la Serpiente se adivinaban tras los linderos del bosque con su estruendo precediéndolos, habían arrojado a todos los animales de ese pedazo de selva, entre ellos una panda de monos chillones y una pantera muy joven que no se sintió a gusto en la planicie e inició una rápida carrera hacia un altozano situado a la izquierda del campamento.

–¿Cuántos serán?

–Por el ruido que hacen no más de un par de millares, pero tampoco muchos menos –respondió Sandokán a Yáñez, que sonreía aviesamente a través de unos labios finos y burlones.

Sandokán se había vestido para la guerra: botas rojas, su color favorito, una casaca de terciopelo rojo sangre con las mangas adornadas con bordados de oro y unos anchos pantalones de seda azul, traía un medio turbante en el que una perla rosada ocupaba el lugar de honor. Yáñez, más discreto, había sacado de quién sabe dónde su sombrero mexicano.

–¡Cada bala cuenta! –gritó el portugués a los Tigres que se habían distribuido organizando trincheras con árboles caídos, tras unas cajas de comida, así como detrás de los dos carromatos. En el centro del campamento, la pequeña torre de madera que habían levantado la noche anterior como punto de vigilancia tenía a tres hombres sobre la plataforma, elegidos por ser los mejores tiradores del grupo.

El estruendo avanzaba para ellos, una extraña sinfonía no melódica de gongs, platillos, tambores y tamboriles, flautas y cornetas, unida a gritos cuyas palabras no podían distinguirse.

—¿De verdad piensan que vamos a salir corriendo? —preguntó Sandokán.

—¿No será el cebo y tendrán otro grupo tratando de flanquearnos?

—Yayu, ¿ves algo a nuestra espalda? —gritó Yáñez a su viejo guardia de Corps, el hombre de la cara quemada, que estaba en la plataforma.

—Nada por ninguno de los flancos o la retaguardia, aunque empiezan a verse las sombras de los que salen del bosque, Tigre.

—¿Cuántos son?

—Imposible decirlo.

El lindero del bosque se encontraba a unos doscientos metros, y sí, ciertamente se vislumbraban manchas de colores que aparecían y se insinuaban, para desaparecer después en los bordes de la vegetación, mientras el estruendo se acercaba más.

—Van a saber lo que valen trescientos noventa Tigres bien armados ante una chusma como esta —dijo Yáñez.

—Vamos a darles una sorpresa —dijo Sandokán—. Señor Monteverde, monte usted el lanzacohetes.

—Está montado, Sandokán —se oyó la voz del alemán a unos metros a la izquierda de donde el malayo y el portugués se encontraban.

Los dos Tigres se acercaron. Monteverde se había colocado una máscara en el rostro y unos lentes de cristales entintados y oscuros como protección. Ayudado por Dingo y el alemán había instalado el extraño aparato, parecido a una gran caja de huevos montada sobre un trípode, que mostraba las cabezas de sesenta y cuatro cohetes apuntando hacia el bosque.

—¿Ha calculado la elevación?

—Así es y le he puesto a uno de cada tres cohetes cabeza incendiaria. ¿Quieren que haga un disparo de prueba?

—No, deje que salgan del bosque, vamos a sorprenderlos. Vamos a llenarlos de miedo, la historia de las afueras de Bidang no se repetirá.

VI
La batalla

Los primeros en salir del bosque, como si el ruido los hubiera enloquecido, fueron los perros. ¿Cómo dirigían su ataque? ¿Cómo provocaban
el estado de furor cercano a la locura en los animales? Serían un centenar y aullaban como si el infierno hubiera descendido sobre la pequeña
posición fortificada que defendían los Tigres.

—¿Disparo los cohetes?

—No, todavía no. ¡Fuego de ametralladora! —gritó Sandokán.

Kim, que se había situado en el extremo de la media luna menguante
del campamento, fue el primero en disparar. Yáñez desde la otra esquina cruzó su fuego. La primera ráfaga de Kim quedó corta, no así la del
portugués, que dejó tendidos a una docena de perros.

—Fuego graneado —ordenó Sandokán sonriendo y se llevó una carabina de plata al hombro. A su lado, en el centro de la defensa, estaban
los mejores tiradores: Old Shatterhand, los siameses, Ranjit Singh y sus
sikhs. Con parsimonia, con una extraña lentitud el alemán apuntaba y
disparaba. No fallaba jamás. Por cada disparo uno de los perros quedaba tendido con la cabeza destrozada. Unos cuantos de los enfurecidos
animales lograron llegar hasta el centro de las defensas. Sandokán tiró
la carabina a un lado, salió de atrás de la relativa protección del tronco
donde estaba semicubierto y sacó dos revólveres de la faja. Eran esos
momentos en que el príncipe malayo se transfiguraba, el horizonte se
llenaba de sangre y la voluntad de matar lo poseía. Las ametralladoras
habían dejado de disparar para no herir a sus compañeros. Al lado de

Sandokán el Hombre Ilustrado se lanzó sobre los perros sobrevivientes. Si el malayo parecía terrible, el dayako lo era aún más con el hacha de guerra despedazando y troceando y girando en un baile absurdo, evadiendo los mordiscos. Pero sería el enano Pinga el que diría la última palabra en este primer enfrentamiento cuando con sus dos pistolones de chispa avanzó hacia un animal, mucho mayor que él, que corría a su encuentro a la velocidad del rayo, y esperó hasta que el monstruo estaba a menos de cinco metros, luego descargó las dos pistolas. El resultado fue incierto porque el animal pareció no estar herido y se abalanzó sobre Pinga Puagh.

Kammamuri y Dingo, desde la torreta de madera, remataban a los animales, que a pesar de estar heridos seguían avanzando.

La francesa, acompañada de Sinata y de su pequeña compañera, llegó hasta donde el enano yacía cubierto por el perro muerto y sacó a un Pinga Puagh ensangrentado y victorioso que comenzó a danzar sobre el cadáver de su enemigo.

—Ahora vienen los otros perros —susurró Yáñez.

Pero se equivocaba. Repentinamente se hizo el silencio. El que dirigía a las Serpientes tenía intuición teatral, maestro de las puestas en escena.

—Esto me gusta menos que el ruido, Tigre —dijo el joven Rakián.

El Hombre Ilustrado sangraba por varias heridas, ninguna aparentemente grave, pero alzando su hacha al cielo bramó y luego resueltamente comenzó a caminar hacia el lindero del bosque.

—¡Historias! —gritó Yáñez—. Detente, ya tendremos nuestra hora.

El hombre vaciló y regresó lentamente hacia donde estaba el portugués. Justo entonces se oyeron una docena de silbidos. Por el aire volaban proyectiles, varios de los cuales cayeron en el campamento.

—La niebla verde —musitó Yáñez.

Eran cocos rellenos de gas y sellados con cera que se destruían al caer, dejando salir un gas espeso y verdoso que se pegaba al suelo. Eran lanzados con unas primitivas catapultas.

Kammamuri, todo imaginación, se sacó la verga y comenzó a mear sobre un coco que había caído cerca de él.

—¡A los árboles, súbanse en las carretas! —gritó Sandokán.

Yáñez mojó su pañuelo en la cantimplora y se cubrió nariz y boca con él. Los efectos del gas habían afectado a media docena de Tigres, uno de los cuales vomitaba y se retorcía en el suelo.

Siguiendo el ejemplo de sus dos jefes, la mayoría se había subido a los árboles o tomado posición en las carretas o en la parte superior de las barricadas de troncos, lo cual los exponía al fuego si las Serpientes decidían atacar.

—¡Señor Monteverde!

—Presto.

—Están lanzando el gas desde el lindero del *hutan* —dijo Sandokán usando el nombre malayo para el bosque—. Entre aquellas dos palmas altas. Ponga la maquinaria de Congrave a funcionar.

El ingeniero de *La Mentirosa* y sus dos ayudantes sacaron sus chisqueros y tras mover su caja de huevos mortal para ajustar el tiro, comenzaron a encender mechas. Y de repente sesenta y tres cohetes surcaron el cielo.

—Coño, maldita sea —dijo musitando el ex cura español—, uno ha fallado.

Y de repente las explosiones, casi al unísono, como si se tratara del Año Nuevo chino en Hong Kong, se produjeron en el lindero de la selva que comenzó a arder.

—Toquen ahora sus putos tamborcitos —dijo Yáñez de Gomara.

Sin duda la descarga de la cohetería había llevado el infierno hacia los lanzadores de cocos y los había desorganizado, pero al menos donde se suponía debería estar el centro del enemigo, reinaba el caos, los gritos así lo mostraban. Tan sólo un coco surcó los aires, y eso de mear sobre ellos parecía dar resultado porque Lali y Mali, los siameses de Célebes, lo orinaron con presteza desvaneciendo los efectos del gas.

—Preparen una nueva descarga.

—¡Cómo adoro yo a la ciencia! —gritó Monteverde.

—Un poco más a la derecha. En aquel lugar donde ese gran árbol se inclina hacia el lindero y hay una especie de sendero, diez metros más adentro, para que las copas de los árboles no bloqueen los impactos.

—Listos —dijo Old Shatterhand y una nueva descarga de cohetes surcó el aire produciendo aparentemente los mismos efectos devastadores que la anterior.

Fue entonces que los atacantes salieron al descubierto e iniciaron un ataque desplegado disparando sus carabinas y aullando.

—¡A pie firme, Tigres! La primera descarga a mi voz —gritó Sandokán.

Old Shatterhand tomó puntería sobre un malayo que se había adelantado unos metros, pero esperó la orden de Sandokán. Al grito de

«¡Fuego!» las dos ametralladoras segaron las primeras líneas de los atacantes y a ellas se sumaron tres centenares de rifles.

Durante tres o cuatro minutos, el par de millares de hombres que salían de la selva parecía que podrían tocar el erizo de fuego que habían construido los Tigres, pero el poder del fuego era inmenso. Se calentaban los cañones de las carabinas hindúes de tanto disparar, pero los Enfield y los *mauser* estaban dando un excelente resultado.

La carga se desbarató y pronto no quedaron más que centenares de hombres huyendo, tratando de buscar la cobertura del bosque.

Al portugués le repugnaba matar a enemigos que no podían defenderse, Sandokán en cambio era partidario de no dejar títere con cabeza: enemigo y muerto eran para él lógicos sinónimos en el porvenir. Y cuando la carga cedió desbaratada por el inmenso poder de fuego, ordenó una nueva descarga de los cohetes y sacando su sable de abordaje ordenó el ataque. Y a un solo grito, los Tigres de la Malasia hicieron que el infierno fuera cosa sencilla para sus enemigos.

VII
Tras ellos

El campo de batalla era tan terrible como tantos otros que había visto anteriormente. Yáñez pensó que si la desolación del final, el vacío en el alma que se producía cuando la histeria de la muerte se desvanecía de las venas estuviera presente en los combates, nunca hubiera levantado un arma.

—Patrón, tenemos nueve muertos, catorce heridos y varios heridos leves e intoxicados con esa mierda de humo verde —dijo el médico Saúl—. Dos de ellos, si mueves, matas.

Sandokán, menos sensible a los estragos, apareció radiante.

—¿Quién inventó lo de mear los cocos?

Yáñez señaló a Kammamuri y el príncipe malayo, quitándose la perla que tenía en el turbante, se la ofreció a un sonriente maharato.

—Por una perla así un octavo de Europa perdería la virginidad —dijo Sandokán inclinándose ante el cazador de tigres hindú.

—¿Y los otros siete octavos? —preguntó Yáñez—. ¿Por qué andas tan benévolo?

—A juzgar por los hijos de puta que nos mandan por aquí, no es malo mi cálculo: mitad hombres, mitad mujeres... mitad de la mitad de las mujeres...

—No es necesario, Tigre, me urgía descargar la vejiga. Pero gracias, cuando tenga ganas de mear me acordaré de la perla —dijo Kammamuri.

La perra Victorisa, que había permanecido ante el ataque de los dingos de la muerte en una prudente segunda fila, se acercó a lamer a Yáñez.

—¿Qué hacemos? ¿Dejamos una parte de nuestro ejército con los heridos aquí? Son muy vulnerables —dijo Yáñez.

—No me gusta este lugar —respondió Sandokán.

—A un día de marcha hay una pequeña Kota —dijo Kammamuri.

—Sin dudar. Preparemos la partida.

Las huellas del enemigo derrotado eran claras, primero los cadáveres de hombres y perros, cerca de cuatro centenares de malayos del Club de la Serpiente, ningún enmascarado; luego aquí y allá vendas ensangrentadas, multitud de huellas. Kammamuri, que hizo una pequeña exploración, confirmó lo que pensaba. Iban hacia el lago donde los había perdido por primera vez.

Ese día comenzó la temporada de los monzones. Sin previo aviso se inició una lluvia torrencial que habría de durar por horas. Una especie de turbión arrojaba sobre la columna cascadas de agua que hacían inútiles sombreros y chubasqueros de hule, que portaban los más previsores marinos de *La Mentirosa*. Cuando la lluvia cesó dio paso a un calor pegajoso, insoportable, nubes de vapor se elevaban de la tierra dando a la columna un aspecto fantasmal. Pronto llegaron los mosquitos.

Marchaban en una estrecha columna con flanqueadores y como siempre Kammamuri, de cuyo sentido y olfato este pequeño ejército no podía prescindir, al frente. El maharato iba, cuando cedió el monzón, olfateando el aire, observando las copas de los árboles, siguiendo cualquier movimiento de animales e inusual acción de los pájaros, que tras la lluvia volvían a reinar. Suyo era el reino de la selva, no había misterios. Una rama no debería moverse y lo hacía: monos de larga nariz, varios, aquel era el macho que lideraba la partida, estaban inquietos, otros hombres habían pasado antes por aquí. Los nativos los llamaban *orang belanda*, las mismas palabras que se usaban para designar a un holandés, a causa de la nariz y el rostro rojo. Kammamuri sonrió, ser el hombre de la vanguardia no le impedía tener sentido del humor.

Pronto llegaron a una kuala, la boca donde un afluente del río que habían venido siguiendo desembocaba en un río más ancho y potente.

Descendieron por las márgenes del río a lo largo de varias horas abriéndose paso a golpes de parang, el machete largo de doble filo. Al llegar al *loghouse*, que el hindú recordaba, ahora sin duda abandonado, la columna hizo un alto. En una de las cabañas, Kammamuri descubrió que las Serpientes habían dejado tras de sí tres muertos. Allí estaban heridos dos perros de la muerte.

Los perros de los dayakos siempre tienen hambre, pero estos estaban gordos, cebados.

—Hay que matarlos —dijo Kammamuri—, han comido carne humana y les gusta.

Los agresivos ladridos de los perros gordos parecieron darle la razón. El Hombre Ilustrado sacó su hacha y entró en la cabaña.

VIII
Malaria

–Últimamente hablamos mucho.

–¿Y eso es bueno o malo?

–Malo. Era mejor antes, cuando hablábamos menos.

–Será cosa de la edad. Cuando no haces tantas cosas te dedicas a pensar en las que hiciste. Se habla mucho del pasado cuando el presente es tan inocuo y volátil. Y precisamente hablo de volátil, como la pólvora cuando vuela.

–Precisamente eso es lo que no me gusta –dijo Sandokán que parecía inmune al sudor y que había tendido su hamaca en la entrada de un *loghouse*, casi sobre el río.

–Dice el doctor Saúl que vengan, Tigres –dijo el espigado ingeniero Monteverde–. Su francesa está enferma.

Monteverde era de naturaleza misógino y observaba con notable desprecio a la francesa, quien a su vez no acababa de perdonarle que hubiera sido cura en una vida anterior, aunque eso de andar gritando desnudo en las catedrales que «Dios no existe y además no importa», era un detalle; pero ahora el español se veía conmovido.

Adèle estaba tendida sobre una esterilla en uno de los *loghouses*, cubierta con los capotes de otros expedicionarios. Temblaba violentamente y se retorcía sin duda por los dolores musculares. Su rostro cubierto de sudor frío parecía brillar, a su lado la perra la vigilaba desconcertada.

–Tiene malaria, jefes –dijo Saúl.

–¿No ha estado tomando quinina? –preguntó Yáñez.

—Dijo que producía mal aliento.

—Por cien mil putas indostanas. Se lo merece. Además la palabra malaria viene de *malaire*, en francés, un mal aire. O sea que le tocó por afinidad.

—¿Qué hacemos con ella? —preguntó Sandokán.

—Zarzaparrilla en té, té de cortezas de ese árbol para que baje la fiebre, ese que Anwar recomendó; baño de agua fría si sube demasiado y agua de coco para que no pierda el agua del cuerpo. Y luego esperar, parece fibrosa, aunque flaca —dijo Saúl.

—Flaca, tu madre —dijo Adèle en francés y en un susurro.

IX
Millonarios

Alfred Dent estaba borracho y no podía seguir las cuentas por más que pasara el dedo sobre las cifras cuando el barón entró en el cuarto. El inglés tendió la mano hacia su máscara, pero al descubrir a su socio simuló que buscaba su pipa.

—Nos derrotaron en la selva, traen a Wilkinson muy gravemente herido —dijo el barón golpeando con su bastón una silla.

Dent tartamudeó algo. El cuarto en que se encontraban era de una extraña sobriedad, como una sala de espera de ferrocarril en las afueras de Londres. A Dent le había gustado así, se sentía como en casa, rodeado de escritorios espartanos que casi nadie usaba y en cuyos cajones guardaba una interminable colección de botellas de ginebra holandesa. Al barón en cambio le gustaba la ópera y su oficina, a un costado de la del inglés, parecía un mal decorado de un templo egipcio.

—¿Y ahora quién se va a hacer cargo de la defensa? Yo sólo sé administrar. Sé de contratos, no de fusiles.

—Cuando no está borracho... El coronel se hizo cargo de irlos frenando. Y cuando lleguen al lago nuestro amigo se hará cargo de ellos. Nada está perdido. Vamos a ver a nuestro ilustre compañero —dijo el barón poniéndose su máscara de plata. Alfred Dent dejó la inútil pipa sobre la mesa y lo siguió.

En la tercera de las oficinas, a la que se llegaba por un pasillo en una planta octogonal, reposaba en un catre rodeado de dos mujeres el inglés.

—Me voy a morir sin ser millonario —dijo el coronel Wilkinson, flaco, anguloso, decididamente británico, que tenía una herida de bala en el estómago del tamaño de un puño de niño.

—Ya lo era —respondió el barón Augustus von Overbeck.

Pero cuando lo dijo, el coronel estaba ya muerto.

X
Oso malayo

—Tus chinos quieren matar a tu francesa, patrón —dijo el doctor Saúl indignado—. Préstame tu pistola, jefe, voy a educarlos.

Yáñez siguió al furioso y pequeño filipino tratando de averiguar lo que estaba sucediendo. Uno de los dayakos de Roy había cazado a un pequeño oso malayo y en torno al animal de apenas un metro veinte de altura, el pequeño comedor de plantas e insectos estaba siendo destazado por los chinos de *La Mentirosa*, porque querían hervir sus pezuñas y dárselas a la francesa, milagrosa curación para casi todos los males. Saúl los enfrentaba con un escalpelo llamándolos salvajes.

Durante los cuatro días que el ejército de los Tigres llevaba en el campamento, habían encontrado todo tipo de animales: orangutanes de brazos largos y pelaje pardo rojizo, monos, gibones y macacos de larga cola, incluso un leopardo nebuloso que se limitó a rondar por las afueras del campamento, señalado por los movimientos de la cola de la perra Victorisa y la reaparición de la pantera de Kammamuri. La llegada de Bah había cautivado a todos aquellos que no la conocían y a los que tan sólo sabían de su extraña fama. Kammamuri y Bah se hicieron cargo de la caza junto a Yayu y Kim, y no habían tenido que utilizar las raciones; abundantes banteng, una especie de buey silvestre y ciervos sambar habían sido llevados a la hoguera.

No habían encontrado en cambio ni rinocerontes, más pequeños que los de Sumatra, pero más agresivos, ni elefantes pigmeos, que solían estar en la zona habitada del noreste de Borneo y eran usados para colaborar en las plantaciones.

La francesa seguía tendida en una esterilla, las fiebres venían y se iban sin lógica alguna, sudaba profusamente y tenía problemas para tragar el agua de coco y las sopas de buey con galletas que Le Duc le daba a cucharadas; en esos días el agotamiento y la postración, incluso los delirios cuando la fiebre subía violentamente, la habían dejado reducida al esqueleto.

—¿Se va a salvar? —preguntó Yáñez.

—Es débil pero correosa, jefe.

—¿Y los demás heridos?

—Ha muerto Komu y pronto morirá uno de los javaneses. Nada puede hacer este humilde servidor a hombres con grandes agujeros en el pellejo.

Yáñez salió del *loghouse* tratando de resolver el rompecabezas. Le habían dado cuatro días a un enemigo que huía, le permitían reponerse. Había que seguir.

Dos disparos sueltos se escucharon en el aire.

Sandokán salió de su tienda. Otros dos tiros sueltos. Los Tigres corrieron hacia el lugar donde se habían escuchado los disparos. La aldea estaba protegida por los márgenes del río, pero cuando este hacía una curva hacia el norte, una pequeña colina se alzaba en la orilla opuesta. Desde allí les estaban disparando.

Old Shatterhand y Kammamuri, cubiertos por un inmenso mangle, estaban a la espera.

—Francotiradores. No nos han matado de milagro —dijo el alemán a los dos Tigres que se aproximaban.

—Que nadie más se acerque —dijo Kammamuri—. Quieren blancos. Déjemelo a mí, señor Heym.

—Te dejo uno, al otro lo tengo localizado. Su fusil escupe tras el tiro un humo blanco —dijo el alemán apuntando su mataosos. Sonaron dos disparos más, uno dio en la corteza del árbol—. Ahora —dijo Old Shatterhand y apretó el gatillo.

Kammamuri mientras tanto había desaparecido. Y muy pronto se oyó un grito de júbilo. Poco después cruzaba el río de vuelta con el dayako Historias, que traía en una de sus manos su hacha y en la otra la cabeza cortada de un malayo.

—No podemos seguir así —dijo Sandokán—. En una hora nos ponemos en marcha, dejamos atrás a los heridos y a la francesa con Saúl y diez hombres con ellos.

XI

Una locura

A lo largo de la tarde la columna había sido hostigada por continuas emboscadas. Las pérdidas para los Tigres fueron menores, y en la mayoría de los casos los emboscadores no sobrevivieron la experiencia. Pero el ritmo de la marcha en esa selva espesa era extraordinariamente lento, y la tensión de los combatientes permanente.

—Están intentando demorarnos —dijo Sandokán—. Mandan a sus hombres a la muerte sólo para frenar nuestra marcha.

—¿De dónde los sacan? Casi todos son malayos —dijo Yáñez.

—Ranjit, que fue policía, cuenta que reconoce a algunos como antiguos mendigos en Singapur, pero para ser mendigos pelean bien, han sido entrenados.

Cuando se montó el campamento en una colina, una gran luna llena brillaba en el cielo, amarillenta, palúdica. Tras ordenar las guardias y montar las ametralladoras y la máquina de Congreve, Sandokán tendió su hamaca en el centro del acantonamiento. Yáñez se dedicó a fumar un cigarrillo tras otro mientras paseaba en torno a la hamaca.

—Dilo ya —lo interpeló Sandokán.

—¿Y si hacemos una locura?

—Creo que tenemos edad para hacer eso y algo peor.

—Vamos por delante de la columna, viajando de noche, a toda velocidad.

—¿Vamos solos? —preguntó Sandokán sonriendo.

—Con un par de hombres más, nos moveremos más rápido.

—¿A quién nos llevamos?

—¿A Yayu? ¿A los siameses? ¿A Kim? ¿A Historias?

—Déjales a Kim, ha demostrado su utilidad como ametralladorista... Historias lo hará bien, sabe moverse en esta selva y Mali y Lali olfatean el peligro.

—Y se quedan a cargo de la expedición...

—... Kammamuri y *mister* Heym.

No hicieron falta más palabras.

Venían tomados de la mano; en las que tenían libres, ella llevaba un pequeño machete corto y él un temible parang de doble filo. No eran una pareja idílica Sinata y la pequeña ex esclava.

—La Pequeña dice que sabe adónde vamos.

Ella tenía los ojos luminosos, bajaba la cabeza. Durante el pasado combate, Sandokán la había visto disparar un arco con rostro feroz, los Enfield tenían un retroceso que la podía tirar de espaldas.

—Dile que nos cuente todo lo que conoce.

La Pequeña lentamente fue desgranando una historia en el idioma de Sulawesi, la Isla del Hierro, que Sinata traducía al malayo:

—Hay un lago y tras el lago, en el que vive un monstruo de hierro, hay un pasaje en la piedra, donde se pierden hasta los que lo conocen bien y está poblado de perros, pero esos perros no son del infierno, yo ya maté a uno. Y luego del pasaje en la piedra se llega al Palacio de las Cuatro Serpientes, que están dibujadas en la pared y detrás del palacio están las plantaciones de los árboles que lloran y la mina.

—Un reino secreto —musitó Yáñez—. Pensé que ya no existían reinos secretos, sólo en los cuentos de hadas.

—¿Cómo lo sabe?

—El capataz del barco del laksamana lo contaba.

—¿Qué estamos esperando? —dijo Sandokán—. Demos las instrucciones.

—Iremos ligeros de equipaje —respondió Yáñez, que se frotaba las manos como un niño ideando una travesura.

XII
El lago

—Quieto, *sahib*, no muevas ni las pestañas —dijo Mali.

Sandokán permaneció inmóvil como si se hubiera congelado. Historias levantó su hacha y la dejó caer con la velocidad del rayo a unos centímetros del pie del príncipe malayo. Una serpiente, a la que el hachazo le había cortado la cabeza, aún sacudía el cuerpo.

—Una serpiente de lodo de Kapuas, cambia de color y se asemeja a las plantas que la rodean. Muy, muy venenosa, jefe —dijo Lali.

—Historias la mató porque la tiene en su espalda —dijo Mali mientras el aludido les mostraba el tatuaje en la espalda, donde la kapuas reptaba en medio de la foresta.

Era el cansancio, el agotamiento. El estado de alerta se iba embotando. Habían viajado una noche y un día y una noche más, a toda velocidad, sin apenas reposo. Dormido apenas en las últimas horas de la noche en unas cuevas cercanas al lago.

Amanecía y empezaba a llover. Nuevamente la lluvia monzónica, como una cascada que el viento arrojaba sobre el bosque y los hombres.

—Estamos viejos —dijo Yáñez.

Un último esfuerzo los llevó a coronar una pequeña elevación y desde ahí a contemplar el lago. Había valido la pena el esfuerzo. La columna debería seguir atrayendo a sus emboscadores y ellos los habían burlado viajando de noche.

Rompía las imágenes de una naturaleza bellísima y brutal, en medio de la lluvia y sobre el lago, un paracil, una barquichuela redonda en forma de canasta, de tres metros de diámetro, hecha en bambú y recubierta de pieles de búfalo cosidas, una barca de pesca. Bogaba a la malaya con un peculiar sistema de remos cruzados mirando a proa.

Yáñez le pasó su catalejo a Sandokán.

—¿Pescando en medio de la lluvia?

Poco después una mano surgía del agua y atrapaba el brazo del incauto vigilante en el paracil y lo arrastraba al fondo.

Instantes después en medio de la lluvia Mali tomaba su lugar. Y continuaba con la rutina de bogar y simular que los peces tenían algún interés en él en medio de la tormenta.

Repentinamente, a unos cuantos metros de la orilla, emergió una esfera metálica de unos cuatro metros de altura. Bajo la lluvia que seguía arreciando era impresionante el aspecto fantasmal de la esfera, como un monstruo subacuático inerte iluminado en fragmentos por los relámpagos, pareció moverse hacia una de las orillas del lago. Pronto asomó la cadena que tiraba de ella. Surgía de los linderos del bosquecillo. Hacia ella se dirigieron los Tigres y sus dos compañeros, mientras Mali remaba en su paracil.

Dos hombres, en una excavación cubierta parcialmente por una trampilla y bajo unos árboles, accionaban un malacate que iba recogiendo la enorme cadena en un rodillo gigantesco.

—Déjalos trabajar. Luego actuamos en silencio —susurró Yáñez. Historias elevó su hacha a la altura de los hombros. Sandokán sacó de la faja el kriss malayo que nunca olvidaba.

La esfera submarina llegó a unos cinco metros de la orilla y los hombres del malacate se detuvieron. En ese momento los Tigres atacaron con sus armas blancas. En el lago, un relámpago iluminó una puerta en la esfera que comenzó a abrirse, y del monstruo de metal salió un hombre manco. Sandokán avanzó hacia él con el kriss.

—No me mates, *tuan*. Soy Sin.

—El mendigo que salvó a Kammamuri —dijo Yáñez.

—Los estaba esperando.

—¿Y qué haces aquí?

—Luego os lo contaré, Tigres, ahora debemos apresurarnos y hacer la señal para que desde el lado opuesto accionen el mecanismo. Si no es así quedaremos aislados del Castillo.

—¿Cuál es la señal?

—Dos tirones de la cadena opuesta.

—Nos conducirás hasta la salida. Cuando lleguemos haremos la misma señal e Historias, Mali y Lali tirarán de las cadenas y recuperarán este aparato infernal y luego esperarán al resto de la columna.

Sin entró en el submarino. Visto desde su interior era un aparato de una gran simpleza, no más que una cámara de hierro armada con placas finamente ensambladas para evitar que el agua pasara, y un ventanal en cada uno de sus opuestos.

El mendigo tiró de la cadena gracias a una palanca que desde el interior de la nave tocaba la cadena exterior y cerró el portón.

Pronto se deslizaron bajo el lago.

—Me han pasado muchas cosas en mi vida. Esta es una de las más extrañas.

—¿A dónde nos lleva? —preguntó Sandokán

—Al otro lado de la cascada que se encuentra en el lado opuesto del lago, bajo ella. Ahí hay dos hombres accionando la cadena. Me mandaron a buscar noticias de los hombres que atacan vuestra columna, pero a vosotros no os esperábamos hasta mañana.

Yáñez contempló atentamente al manco. Tenía la piel tal como la había descrito Kammamuri, llena de manchas oscuras mezcladas con suciedad y arañazos. Era un desecho humano, pero había probado su indudable utilidad a la causa de los Tigres.

XIII
Conversando en la oscuridad

—Los laberintos de setos no fueron más que una forma de juego, los de piedra pueden ser extrañamente confusos, construidos con motivos rituales, pero las cuevas laberínticas, dependiendo de su grado de complejidad tienen la misión de confundir. Un absurdo es decir que alguien eternamente se quedó vagando en un laberinto. Se sale con tesón, incluso al azar, se sale, a no ser que las salidas estén encubiertas, o que hayan puesto rampas —dijo Yáñez de Gomara a un Sandokán que lo precedía a un metro.

—¿De dónde sacas eso? —preguntó el malayo, que había atado su faja al cinto del portugués.

—De un libro de laberintos que leí alguna vez.

—Lees cosas muy raras.

—No más que tú. El otro día estabas leyendo a Homero en inglés.

—Me divierten los dioses de esos griegos —dijo Sandokán.

—No parece natural, hay en la pared destrozos. Esto se hizo a punta de dinamita y pico y pala.

—Maldita sea, vaya momento que eligió Sin para desaparecer.

—Y pensar que en Francia un laberinto era un juego de jardín para aristócratas maricones —dijo Yáñez.

—¿Los laberintos eran antes o después del rey al que le cortaron la cabeza?

—Antes, al que le cortaron la cabeza tenía especial predilección por los laberintos de jardín y le gustaba vestirse de pastorcito.

Sandokán, que solía tener poco interés por el mundo occidental, del cual sólo apreciaba la música, los casinos, las latas de leche condensada y la tecnología bélica, pareció interesado.

—Esa máquina que inventó Guillotine es fácil de reproducir...

—Ciento veinte pasos, luego derecha, izquierda en el segundo acceso, vuelta de tres cuartos, recto cien pasos, derecha, izquierda. ¿Podrás recordarlo? Si lo logras, yo memorizaré lo que sigue.

Media hora más tarde Yáñez decidió detenerse a fumar un cigarrillo. A la luz del yesquero trazó un dibujo en la arena con la punta de su cuchillo.

—¿Qué haces?

—Reconstruyo nuestros pasos.

XIV
El castillo de las hadas malignas

–Un viejo conocido decía una vez cuando le hablé de lo maravilloso que era ver luz al final del túnel, que no me hiciera ilusiones, que era un tren que nos venía de frente –dijo Yáñez y no pudo ver la sonrisa de Sandokán. Todo eso venía a cuento porque en los últimos minutos de deambular habían percibido una leve claridad y se dirigían hacia ella.

Repentinamente estaban en la boca del extraño laberinto y la luz y los verdes de la selva los cegaron. Cuando los ojos se acostumbraron, pudieron ver que ante ellos se alineaban dos docenas de hombres armados con fusiles y dirigiéndolos el mismísimo Sin.

–Te lo dije –susurró el portugués.

–Tiren sus armas al suelo, es inútil resistirse. Ahora me valen lo mismo muertos que vivos –dijo el mendigo manco, que quién sabe con qué extrañas artes no sólo había recuperado el brazo sino que hablaba en un inglés elegante.

Sandokán miró a Yáñez. Podrían intentar huir, pero mientras llegaban de nuevo a la oscuridad del laberinto los hubieran acribillado. Contemplando con ojos llenos de furia al mendigo, dejó caer sus dos pistolas y el kriss, el portugués dejó caer su sable al suelo y encendió un cigarrillo.

–Tiene que explicarme alguna vez cómo hace ese truco de ser manco y dejar de serlo. Resulta verdaderamente fascinante.

Con las manos encadenadas, los dos Tigres fueron conducidos por un camino en la selva que parecía haber trazado el paso de cien carretas. Durante dos horas cruzaron una plantación que pudieron identificar como del famoso caucho, por los recipientes que colgaban de las heridas de la corteza y que recogían la savia del árbol. Trabajaban en ellos algunos cientos de dayakos y muchos niños bajo la vigilancia de malayos armados. Luego en un recodo del camino, a la vera de un río que sin duda desembocaba en el lago produciendo las cataratas bajo las que habían cruzado en el submarino, vieron lavaderos de oro, donde cientos de hombres y niños trabajaban de nuevo bajo la custodia de los guardias.

Estaban sin duda en un valle cercado por una cadena montañosa. Y en su centro estaba el castillo que era tal cual la postal lo había narrado: un palacete de unos treinta metros de altura, a medias rococó francés y templo hindú. La mezcla debería obedecer a los delirios de un arquitecto opiómano y borracho. En el frontal estaban grabadas en la piedra cuatro inmensas serpientes que descendían a pares por los lados de la gran puerta de bronce.

—Hermanito, si me dices que te gusta, te retiro la palabra —dijo Yáñez al príncipe malayo.

En la puerta tres hombres con máscaras de plata aplaudieron a su paso. Sin hizo una reverencia hacia ellos. ¿Burlona o real? ¿Era su ayudante o su jefe?

Sandokán y Yáñez fueron conducidos a un sótano donde había un par de calabozos. En el primero se encontraba Ben Barak, encadenado a un poste y sufriendo el tormento chino de la gota de agua. A pesar de los llamados de los dos Tigres para reanimarlo, el director de la policía de Singapur y su aliado más importante no reaccionó, estaba sin duda desmayado.

Los arrojaron a un segundo calabozo.

XV
Director de escena

El ex manco Sin, Mirim el ex rey de los mendigos de Singapur, el Doctor Moriarty, se había ido a cambiar y vestía un uniforme militar de ejército desconocido en tela color marengo y botones plateados, su cabeza descubierta estaba coronada por una enorme mata de pelo color rojizo y en el rostro destacaba una fina nariz aguileña.

–Para un hombre sin patria y sin mayores pretensiones en la vida que sacarles el hígado a sus enemigos y ser feliz, es el máximo honor conocerlos, caballeros –dijo Moriarty como si un mal actor estuviera recitando a Shakespeare.

–Aún no sabemos si podemos pensar lo mismo –contestó con soltura Yáñez, que no dejaba de fascinarse ante el travestismo del inglés. A su lado los otros tres hombres con máscaras de plata ocupaban sillones altos de bambú cubiertos de seda.

Estaban en un gran salón, de techos muy altos y grandes ventanales, iluminado por multitud de lámparas y antorchas, como si fuera un pastel de cumpleaños de esos que tanto gustan en América.

–Tengo que pensar si los queremos muertos o encerrados de por vida –dijo Moriarty.

–«Un perro no ladra por valiente, sino por miedoso» –respondió Yáñez.

–«El cocodrilo que desea comer no enturbia el agua» –le devolvió Moriarty en un duelo de proverbios chinos.

–Te voy a cortar la cabeza –le dijo Sandokán al inglés mirándolo fijamente. El malayo no estaba para juegos verbales.

Moriarty hizo un gesto con la mano como desvaneciendo en el aire tan ingratos pensamientos.

–Esperarían ustedes de mí una explicación de motivos, un discurso del mal encarnado; unas reflexiones sobre los placeres de la línea de sombra. Una justificación de un culto diabólico. Nada más lejos de mis intenciones. Puedo en cambio hacerles unos juegos de magia simple –dijo sacando dos pelotitas del bolsillo y haciéndolas girar entre los dedos–. Soy un mago de contacto bastante aceptable, prestidigitador y un regular malabarista –las pelotitas volaron en el aire y de repente sólo había una.

Yáñez, esposado aplaudió chocando los codos.

–Señor de los mares de la Malasia, príncipe Sandokán, quizá quiera que le hable de las virtudes de la civilización, de las bondades del imperio que trae hasta estas tierras hábitos maravillosos como el del té de las cinco, o las manufacturas de lana, que nadie puede usar a causa del calor. Imposible, nadie odia más al imperio que yo. Incluso puedo decir que nadie lo ha desacralizado más, porque una vez me acosté con la reina Victoria en el *Blue Room* haciéndome pasar por el príncipe Alberto. Una experiencia para mí de lo más desagradable, quitando la parte de la impostura, que me resultó muy divertida. Pero no, no hay amores imperiales en mí, no por razones morales como ustedes aducen a veces, simplemente porque las cabezas del imperio británico me parecen bastante idiotas, lamentablemente mediocres.

–No sé por qué, pero estoy paladeando el momento en que le corte la cabeza –dijo Sandokán en español.

–Mi español no es suficientemente bueno, pero puedo estar seguro de que me augura malos deseos. Aun así, habría otra tercera posibilidad que me encantará negar también: el poder, el poder del dinero. Todo lo que hemos construido aquí mis amigos y yo, el barón Overbeck, su hermano, los desdichados Wilkinson, Galore, Abel Proust, Camila Klier, Dent –dijo señalando al tembloroso director comercial de la Compañía de Borneo, al que le sudaba ostensiblemente la frente bajo la máscara–. Es una empresa comercial, multimillonaria, sin duda, brillante en su ejecución, basada en la esclavitud de millares de dayakos. Pero no me atrae el dinero en sí mismo. Prefiero pasar semanas como rey de los mendigos de Singapur o como el manco Sin, recorriendo aldeas de la costa y comiendo basura. O sea que, haciendo un apretado resumen, oh sorpresa, no es el amor al mal, no es el respeto al imperio, no es el dinero.

—Seguro que usted nos ofrecerá entonces una explicación de sus actos. No creo que pueda evitarlo. Y de pasada le diré que me gustaría fumar un cigarrillo –dijo Yáñez.

Moriarty sacó una pitillera de plata y le puso el cigarrillo en la boca al portugués. Yáñez se acercó a una de las antorchas de sus custodios y aspiró encendiéndolo.

—Es la puesta en escena. Es poder dirigir la escenificación de una obra de estas colosales dimensiones. Es crear un reino de cuento de hadas, con laberintos, submarinos y castillos rococó, miles de esclavos, miles de muertos, un reino basado en el terror, en la manipulación y el engaño, la codicia y el miedo. Es, señores, la posibilidad maravillosa de dirigir una obra tan complicada como esta, en la que ustedes tienen un pequeño papel, aunque tendría que reconocer que lo han hecho mucho más grande de lo que nosotros esperábamos.

Todo esto era un prólogo teatral para algo, pensó el portugués.

—Sólo la noche nos llama por nuestro nombre, en el día volvemos al baile de las máscaras –dijo Moriarty haciendo un gesto a uno de los sirvientes. Una de las puertas al final del salón se abrió y entraron otro Yáñez de Gomara y otro Sandokán.

Tras la primera sorpresa, Sandokán no pudo evitar comentar:

—El que se parece a mí es más joven y al tuyo le faltan las arrugas alrededor de los ojos. Ese Sandokán de pacotilla tiene en el turbante una perla falsa. Y el Yáñez no tiene amarillento el bigote de tanto fumar como tú.

—No engañarían a nuestras madres, pero nuestras madres hace mucho tiempo que han muerto; no están mal, nada mal. ¿Serán buenos para la esgrima? ¿Tendrán buena puntería? ¿Sabrá Yáñez hacer el crucigrama del *London Times*? –se preguntó el portugués.

—No pidan milagros, señores –dijo Moriarty–. El Yáñez no habla portugués. Pero para lo que los necesitamos será suficiente.

—Lo siento –dijo el portugués.

—¿El qué? –preguntó Moriarty.

Y de repente, como si lo hubieran fraguado durante años y con una agilidad insospechada, Yáñez se hizo con la pitillera del inglés y de pasada con su revólver y Sandokán golpeó con el codo a uno de los custodios y recuperó su kriss.

Lamentablemente, bajo sus pies, en el suelo, se abrió una trampilla y cayeron en un pozo que no parecía tener fondo.

XVI
El pozo

Se encontraban en una extraña celda subterránea, una especie de pozo cavado en la roca, cuyos bordes superiores estaban situados a unos cinco metros. Las paredes estaban cubiertas de parasitaria vegetación tropical. Yáñez sacudió la cabeza varias veces y se puso en pie. Se había desmayado. Bueno, tenía los cigarrillos y la pistola.

–Vaya, ya era hora, hermano. Dame un cigarrillo, no quise pedírtelo antes para no despertarte –dijo Sandokán.

–¿Dónde estamos?

–No lo sé. Pero de vez en cuando se aparece un hombre por allá arriba vestido como un mendigo y hace descender una cesta con comida, plátanos y arroz.

Al conjuro de la frase de Sandokán, en la boca del pozo aparecieron una serie de antorchas.

–Al fin están despiertos, han tardado mucho, quizá demasiado –dijo la inconfundible voz del Doctor Moriarty–. Quería venir a despedirme de ustedes...

Las antorchas alumbraron durante un instante el rostro sonriente. Luego comenzó a escucharse un ruido de engranes y cadenas.

Sandokán tomó la pistola de Yáñez y disparó hacia la abertura del techo que se cerraba mecánicamente, pero su enemigo se había retirado a tiempo. Sin embargo la bala debió haber herido a uno de los portadores de las antorchas, porque antes de que la última señal de luz desapareciera por la grieta, escucharon un grito apagado.

—Un miserable menos –dijo el Tigre.

Yáñez, parsimoniosamente, encendió un cigarrillo. Sandokán golpeaba con el kriss las paredes de la pequeña celda subterránea donde estaban encerrados, tratando de encontrar alguna fisura, un hueco en las impenetrables piedras.

—¿Qué va a pasar ahora, hermanito? –preguntó el Tigre malayo.

—Supongo que aprovecharán el desnivel del lago para inundar esta pequeña celda y ahogarnos. ¿Has visto que en aquella esquina blanquean los huesos de algunos de nuestros predecesores?

—También pueden arrojar desde arriba un cesto con cobras o cualquier variedad local de serpientes venenosas. Las kapuas esas estarían bien –dijo Sandokán sonriendo.

—O arrojar sobre nosotros a un par de orangutanes en celo… o inundar este pequeño subterráneo con hojas de upas ardiendo, para que sus vapores tóxicos nos conduzcan a la peor de las muertes.

—Pueden hacer algo peor aún –dijo Sandokán– pueden olvidarse de nosotros para siempre. Pueden dejarnos aquí durante años, hasta que ni siquiera nuestros huesos sean reconocibles. Hasta que nuestros amigos no se acuerden de nosotros. Pueden condenarnos al olvido.

—No, no pueden, sean quienes sean nuestros enemigos, nos odian demasiado –contestó Yáñez sonriente.

Sandokán dejó de buscar un inexistente hueco en las rocas con su kriss de doble filo y se dejó caer en el suelo.

—¿Qué habrá pasado con nuestro pequeño ejército? ¿Habrán llegado hasta el lago? ¿Caerá Kammamuri en una trampa para idiotas como nosotros?

—¿Puedes ver?

—No, hermanito, ¿dónde estás? Espera, ahora sí distingo la brasa de tu cigarrillo –dijo el portugués con la voz quizá un poco más ronca que otras veces–. A veces pienso que nunca lo lograrán… Que nunca podrán matarnos, y que si por casualidad alguna vez lo logran, nadie les creería. Porque entonces otros soñarían que eran nosotros.

—Tantas veces han dicho ya que estábamos muertos, hermanito; una vez más qué importa, aunque esta sea verdad –contestó Sandokán.

Durante un instante en la celda subterránea sólo se escucharon las risas de Yáñez que apagaban el rumor imaginario del agua que entraba por unas tuberías escondidas, el imaginario siseo de las serpientes venenosas, y los gruñidos más imaginarios aun de los orangutanes y el crepitar de las hojas envenenadas de upas que arderían arrojando su fuego maligno.

—Ya sé cómo vamos a salir de aquí —dijo el portugués repentinamente.

—¿Cómo? —preguntó el Tigre de la Malasia, con un mínimo dejo de esperanza en su voz.

—Por una vez vamos a quedarnos quietos, y confiar en que Kammamuri, Old Shatterhand, el ingeniero Monteverde y los trescientos Tigres que traen con ellos hagan la labor.

XVII
Lógica

La columna llegó al lago un día antes de lo esperado. Sin haber recibido noticias de los Tigres, Kammamuri y Old Shatterhand apresuraron el paso y en lugar de resistir los enfrentamientos con las pequeñas emboscadas, cargaron sobre ellas, haciéndolas pedazos.

Al llegar al lago se encontraron con un trío de desesperados, Mali, Lali e Historias se sentían responsables de la desaparición de Yáñez y Sandokán. Habían intentado traer el submarino de regreso, pero sin duda estaba anclado en el lado opuesto bajo las cataratas.

El maharato montó un campamento provisional, colocó las ametralladoras y el aparato de Congrave y se tendieron trincheras. Quizá el enemigo había capturado a Sandokán y al Tigre Blanco, pero ellos tenían controlada la clave de acceso al lago.

Una y otra vez Old Shatterhand y Kammamuri se hicieron contar lo que los tres testigos habían escuchado. Pero la respuesta no vino de ellos sino de Monteverde, que dio un curso de lógica, hijo de sus conocimientos de ingeniería:

—Es simple: se trata de seguir la cadena, pasando bajo unas cataratas y eso nos lleva al submarino, sólo hay que liberarlo.

—¿Y cómo seguimos la cadena? —preguntó el alemán.

—Buceando —respondió Kammamuri dándose una palmada en la frente.

—Obviamente —aseguró Monteverde—. No debe ser demasiado profundo el lago, el problema es el pasaje bajo las cataratas.

Una asamblea de combatientes se celebró bajo la tenaz lluvia en torno al malacate que tiraba de la cadena y que era custodiado por dos de los *sikhs*.

—¿Dingo, cuánto se puede resistir bajo el agua?

—Cuatrocientos latidos —respondió el feo pescador de perlas.

—¿Alguien resiste aquí cuatrocientos latidos? —preguntó Kammamuri.

Sólo Dingo levantó el brazo.

—¿Y trescientos cincuenta?

Tres manos más se alzaron. Dos de los javaneses y uno de los ex esclavos.

—Yo no sé de latidos —dijo Historias—, pero quiero probar.

Mali y Lali asintieron a su lado.

—¿Hay más voluntarios? —preguntó Kammamuri gritando.

Trescientas manos se alzaron en el aire.

—El mayor problema va a ser meter a la perra y a Bah en el submarino —dijo Julio Eduardo Monteverde, que ya iba dos pasos adelante en el futuro de los acontecimientos.

XVIII
Los dobles

—Entonces, ¿cómo vamos a salir? —preguntó Sandokán.

—Con paciencia —dijo Yáñez, que estaba inquieto y sin mucha paciencia, porque se le estaban terminado los cigarrillos.

Y en ese momento cayó la cuerda.

—¿Ves? —dijo el portugués guardándose la pistola en la faja y tomando el primero de los nudos comenzó a escalar.

Sandokán no sabía cómo expresar su sorpresa, si riendo o dándole un golpe en la cabeza a su hermano portugués con el mango del kriss.

En el borde de la trampilla se encontraban sus dobles con dos antorchas en las manos. Los miraban con una mezcla de sorpresa y adoración. Parecían figurantes de un mal *music hall*.

—Espero que ustedes estén bien —dijo el doble del portugués en francés e hizo una reverencia.

—*Tuan*, si algo está en la memoria de mi gente, desde mis abuelos, es el Tigre Blanco y su hermano el Tigre Rojo de Mompracem —dijo el malayo poniéndose de rodillas—. No queríamos burlarnos de ustedes ni causarles daño.

—Perdón por la impostura. Yo me llamo Serge —dijo el francés—. Soy actor y Mohamad no es muy listo, pero cuidaba las panteras del sultán de Biru.

—Todo está perdonado, chicos —respondió Sandokán—. Y quítate esa falsa barba, no te queda tan bien como a mí.

—¿Alguno de ustedes tiene cigarrillos? —preguntó Yáñez.

En ese momento comenzó a oírse a lo lejos el inconfundible tableteo de las ametralladoras, ese terrible sonido de ropa rasgándose.

—¡Vamos a sacar a Barak del infierno! —gritó Sandokán.

Seguidos a duras penas por sus dobles, tomaron el camino inverso desde la sala de los tronos. El tiroteo parecía acercarse y podían distinguir a lo lejos el sonido de la cohetería.

Los guardias en la entrada del calabozo parecían haber desaparecido y bastó con correr cerrojos para llegar hasta el desdichado Ben Barak, al que libraron de su suplicio. La tortura de la gota de agua, inventada por los chinos, consiste en inmovilizar el cráneo de un hombre y dejarle caer sobre la cabeza de manera reiterada, durante horas, días, una gota de agua en una zona del cráneo que se ha afeitado. Unido a la falta de sueño y de comida, el continuo impacto de la gota puede enloquecerlo. Quién sabe cuántos días llevaba Barak en ese estado, pero estaba reducido al mínimo que un ser humano puede estar: demacrado, empapado, los ojos sanguinolentos.

—No les dije nada —dijo en un susurro.

XIX
Al asalto del castillo

Lo que había sido fácil en las primeras horas, no lo era en ese momento. Tras haber reducido a los vigilantes del submarino bajo las cataratas, gracias a los parangs de los pescadores de perlas, Kammamuri y Old Shatterhand habían movido su pequeño ejército a la base tras las cataratas antes de ser descubiertos. Luego se sucedieron una serie de escaramuzas con los sorprendidos servidores de la Serpiente, lo que les dio tiempo de organizarse en el momento en que los Tigres llegaban a los primeros árboles de la plantación. Las Serpientes se replegaron y Kammamuri avanzó hasta el límite de las caucheras, donde había un taller en el que se reunía el látex, allí ordenó que montaran las ametralladoras y el aparato de Congrave.

—¡Vienen cubriéndose con los esclavos!

—¡Alto al fuego de las ametralladoras! —dijo Kammamuri—. No disparen los cohetes.

Ciertamente, una columna de cuatrocientos o quinientos malayos armados con fusiles, con un enmascarado a la cabeza, avanzaba hacia ellos por el camino de la mina hasta los límites de la plantación, cubriéndose con cientos de mujeres, hombres y niños esclavos.

Old Shatterhand sacó su mataosos.

—Déjenmelo a mí —y apuntando a unos doscientos metros tomó unos segundos que parecieron interminables, luego apretó suavemente el gatillo y fulminó al enmascarado. La bala perforó la máscara en el centro de la frente.

—Sólo los mejores tiradores, disparen a la cabeza de los que van detrás. Sólo tiro seguro —dijo—. No arriesgar. No desperdiciar balas.

A su lado se puso Kammamuri con su vieja carabina hindú y los *sikhs* de Ranjit, Yayu y otros dos assameses y Kim junto con dos o tres de los Tigres malayos.

No sonaban como descargas, sino como tiros aislados, pero uno a uno, a una distancia en la que sus carabinas eran ineficaces, los primeros Serpientes fueron cayendo, mientras sus escudos humanos se tiraban al suelo.

Entonces Kammamuri ordenó que volvieran a disparar las ametralladoras.

—¡Tiren alto!

Fue cuando se produjo la desbandada.

XX
Olor a pólvora

En un recodo de los subterráneos del castillo, Sandokán y Yáñez, que precedían a sus dobles, quienes cargaban al desfallecido Barak, fueron a dar a una amplia sala.

Al llegar al salón descubrieron que por el pasillo opuesto una docena de malayos armados con fusiles entraban en el mismo espacio. La sorpresa fue común para los dos grupos.

Sandokán reaccionó al instante y se lanzó sobre ellos rugiendo con el kriss en las manos. Una docena de disparos lo buscaron y milagrosamente no lo encontraron, una bala le cruzó el turbante deshaciéndolo, otra le perforó las mangas de la camisola, una más rebotó en una columna volándole una esquirla el tacón de una bota. Menos suerte había tenido su doble, que recibió dos impactos en el pecho. Yáñez usó los cuatro últimos tiros del revólver, lo que hizo que los malayos sobrevivientes a la furia de Sandokán huyeran.

Desde la puerta del ridículo castillo pudieron observar cómo los esclavos dayakos daban cuenta de los restantes hombres de la Serpiente.

Tras ellos llegaba Kammamuri saltando obstáculos, rematando aquí y allá a alguno de los malayos.

—*Pinga, puagh* —dijo el enano abrazándose a las piernas de Yáñez.

—Dirás que me lo advertiste, pero nunca había visto la muerte tan cerca —dijo Sandokán mientras los Tigres lo vitoreaban.

—Registremos todo, tenemos que capturar a los jefes de las Serpientes —ordenó Yáñez.

Moriarty se había desvanecido en el aire. Algunos de los malayos capturados decían que Mirim, el príncipe de los mendigos, había volado por los aires en brazos de un dragón. Dent en cambio había sido encontrado en su silla muerto de miedo, literalmente difunto, con los ojos inmensamente abiertos y una botella de ginebra vacía a su lado. El barón Overbeck, cuyo hermano había muerto en el combate exterior gracias al eficaz tiro de Old Shatterhand, había sido capturado escondido en uno de los sótanos. En su intento de defenderse con un florete, Kammamuri le había disparado en el brazo.

Sandokán y Yáñez se reunieron con él en la sala de los tronos.

—Sólo faltan Moriarty y el español. Este es el barón Augustus Overbeck —dijo Barak, que comenzaba a reponerse.

—Y bien, ¿qué dice en su descargo?

—Soy diplomático austriaco. Si no quieren crear un incidente internacional, deben devolverme sano a Singapur. De inmediato.

—Nos encantan los incidentes internacionales.

Los ojos del barón echaban chispas.

—Sólo me queda un consuelo —dijo el barón, convencido de que lo iban a matar—. Mi mundo triunfará, el mundo de ustedes será barrido de la faz de la Tierra. Ustedes no son inmortales —dijo con un inglés repleto de acentos germanos.

—¿Qué dice este idiota? ¿Que no somos inmortales? —preguntó Sandokán.

—Sí, eso asegura —dijo Yáñez y luego, dirigiéndose al barón—. Llévese la duda.

—Eso, llévese la duda al infierno —remató Sandokán y levantando la pistola le descerrajó un disparo en el centro de la frente.

XXI
Carbón

Para alcanzar 15.5 nudos o millas marinas por hora, veintinueve kilómetros, se necesitan muchas cosas: una buena máquina *compound* con buenas hélices, un mar calmo y una tonelada y media de carbón al día, quinientas toneladas al mes si no se alterna la navegación a vapor con la de vela, y tiene que hacerse a no ser que se quiera que el motor explote.

Y no cualquier carbón, se necesita hulla magra o seca, ese carbón de mina que tiene un aspecto negro alternando franjas mates y brillantes; porque el carbón vegetal, que se hace de leña y es más fácil de conseguir, tiene desventajas respecto a los carbones minerales para la combustión, con el mismo volumen se obtiene mucho menos poder calórico, a causa de su porosidad.

No es esto suficiente. No basta con saber qué carbones se necesitan, para poderlo palear en la caldera hay que conseguirlo. El carbón tiene que estar distribuido en depósitos a lo largo del inmenso océano Índico, puesto que no hay bodega que pueda acumular más de lo necesario para un par de semanas.

Y por si fuera poco, el barco necesita un buen ingeniero, un mecánico y un grupo de diestros fogoneros que paleen dos o tres toneladas de carbón al día, el trabajo más ingrato, que obliga a que los combatientes y marineros de *La Mentirosa* y *El Fulgor* se turnen de seis en seis en esa pesada tarea.

En la amplísima región donde se están moviendo, los Tigres saben, y sus mapas registran, que existen los depósitos ingleses, los holandeses, los que controla el sultanato de Brunei. Con ellos no se puede contar.

En cambio Yáñez y Sandokán poseen clandestinamente una empresa rudimentaria de carbón vegetal, oculta en las cercanías de la plantación de Tremal Naik al noroeste de Borneo. Y claro está, siempre se podía contar con los chinos o con los contrabandistas: estaban las minas de hulla en la boca del río Simunjong, pequeño brazo del Sadong, al este de Sarawak, y las del Batang-Lupar. Y estaban los depósitos que los Tigres habían almacenado pacientemente, cubriendo su identidad, en Filipinas, Mompracem y Macao.

O sea que en el viaje de *El Fulgor* y *La Mentirosa* hacia Singapur no sólo había un trazo marítimo, también una previsión. Más ahora que la vigilancia de la flota británica en la zona debería haberse incrementado enormemente.

XXII
El sol se pone

Viejos Tigres quizá, pero no desdentados, pensó Yáñez mientras *La Mentirosa* surcaba mar abierto. A unos centenares de metros *El Fulgor* mantenía el mismo rumbo.

—¿Cuántos años tienes, Sandokán?

—No me lo recuerdes, hermanito, ¿quieres estropearme la puesta de sol?

Efectivamente. Un sol granate incendiaba las aguas del océano Índico, manchando de un rojo profundo el azul del mar. Yáñez esbozó un bostezo.

—Sabes, nunca te había dicho algo así, pero que saltaras sobre los guardias del Doctor Moriarty fue el acto de valor más salvaje que he visto en mi vida.

—No te quedaste atrás.

—Yo no soy tan valiente —dijo el portugués—. Lo que pasa es que tengo un fuerte sentido del ridículo.

—Sabes que cuando me cruza un velo de sangre ante los ojos reflexiono poco. Es un problema de carácter, hermanito.

—Sambliong, trae una mesa a la cubierta y una cesta con pollo, curry y algunas botellas de vino —ordenó Yáñez—. Una buena historia se recuenta con estilo.

Luego se dio la vuelta para mirar cómo el sol desaparecía en el océano y encendió un puro de Manila tras humedecerlo con su saliva.

Tras la derrota del Club de la Serpiente habían ordenado la destrucción de las plantaciones de caucho y el abandono de la mina de oro, tras saquear todo lo útil que pudieron encontrar en el castillo. El último acto de los Tigres de la Malasia fue hacer volar el castillo en mil pedazos con varias cargas de dinamita. «Era un castillo horroroso, una muestra de mal gusto», dijo como epitafio Old Shatterhand. «Una mierda de castillo», sentenció Kammamuri. Habían realizado un generoso reparto del botín entre los esclavos, y el submarino se pasó días transportando a tierra a cerca de dos millares de ellos; luego, haciendo generoso uso de la dinamita cegaron el paso de las cataratas y dejaron que el sumergible se hundiera en el fondo del lago. «*Luddismo* puro» dijo Yáñez, y remató: «Atila en el mejor nivel». Los esclavos liberados comenzaron el lento retorno a sus comunidades destruidas. El centro de la isla de Borneo tardaría en reponerse del Club de la Serpiente. Con ellos marchó Historias, no sin haber dejado amplias explicaciones de cómo podrían volver a encontrarlo si alguna vez lo necesitaban.

Después recogieron a la francesa y los heridos en la Kota, de vuelta a la Roca. Adèle estaba demacrada, macilenta y amarillenta, pero había sobrevivido a la malaria, lo que hizo que el ingeniero Monteverde le preguntara si había tenido relaciones íntimas con algún chino.

Giro-Batol recibió de regalo uno de los prahos y con él se llevó a la mayoría de los javaneses. Roy y su cuadrilla regresaron hacia las plantaciones de Tremal Naik y Patadeperrro y sus parientes a su aldea. Una buena parte de los hombres de Kinabalú fue reclutada para completar las tripulaciones de los dos yates artillados.

Por más que los Tigres en el interior del reino de las hadas malignas y en los exteriores buscaron pistas del paradero del Doctor Moriarty, no pudieron encontrarlo. De tal manera que sintiendo que esta extraña historia no podía haber terminado sin haberle cortado la cabeza al inglés, decidieron llevar sus dos barcos hacia Singapur, aun a riesgo de tener completamente quemados sus disfraces y de la presencia de una fuerte flota británica en la región.

El sol había acabado de ocultarse en el horizonte y Sambliong apareció con la comida y unos farolillos, tras él venía Ben Barak tomado del brazo de Old Shatterhand y Adèle.

—No he tenido fuerzas para contarles el resto de la historia —dijo—. ¿Están dispuestos?

XXIII
Los planes de la Serpiente

–Inocente de mí, me había puesto parcialmente en sus manos, mi red de informantes mendigos de Singapur la manejaba Mirim, su rey, una de las falsas personalidades del Doctor Moriarty. Mientras pensaron que trabajaba para el imperio me dejaron tranquilo, cuando intuyeron que tenía relaciones con ustedes me secuestraron en Labuán –dijo Ben Barak– y me llevaron al castillo.

–La idea del reino del caucho y del oro usando trabajo esclavo es más o menos clara, no tendrían otra manera de llevar trabajadores a esa parte del interior de Borneo, y los dayakos no se prestarían a trabajar en las minas o las plantaciones pudiendo vivir libremente en sus aldeas. Incluso se entiende desde la mentalidad retorcida de Moriarty la creación del terror, el viento verde, los perros salvajes alemanes, las cabezas cortadas en los campamentos –dijo Yáñez–. Pero nosotros, ¿para qué les servíamos en ese engranaje?

–Si nos hubieran dejado tranquilos… –resumió Sandokán.

–Esa es la clave del plan. En un determinado momento de la operación, la British Borneo Chartered Company tendría que mostrar su lado civilizado, su servicio al imperio, sus buenos modales y mejores maneras; la idea era mantener el reino oculto durante el mayor tiempo posible, pero culparlos a ustedes del terror que reinaba en la isla y luego simular que los derrotaban y ellos eran responsables de la limpieza de piratas de Borneo que atacaban a las aldeas.

–Para eso querían a nuestros dobles.

—Por eso no les importaba si nos capturaban o nos mataban, siempre y cuando esto no fuera visible.

—Pero el falso ajusticiamiento en Singapur les estropeó parte del plan.

—Hasta que atacamos Bidang, donde sin saber que estábamos «muertos» nos esperaban... Y nos buscaron en Mompracem.

—¿Y qué piensas hacer? No han destruido tu cobertura. Puedes seguir actuando como leal jefe de policía al servicio del imperio británico.

—Llevaré a la British Borneo Chartered Company a las cortes inglesas, ajustaré algunas cuentas con Moriarty desde luego; con Clark, el presidente de la compañía, con los jesuitas...

XXIV
Dragón en el cielo

Sandokán iniciaba una sonora carcajada cuando fue interrumpido por el viejo Sambliong, al que empezaba a crecerle un pelo muy blanco:

—Se acerca un objeto extraño, Tigre —dijo al oído del destronado rajá.

—En un segundo estaré con ustedes —les dijo el de la Malasia a sus invitados apartándose de la mesa. Yáñez lo imitó.

—¿Qué pasa? —preguntó el portugués.

—Algo se acerca.

—¿A estribor?

—No —respondió Sambliong.

Yáñez contempló el horizonte hacia este y oeste. El sol brillaba en la inmensa soledad del océano.

—¿A nuestra cola?

—No, Tigre Blanco, viene por el cielo.

Yáñez levantó incrédulo la vista hacia las alturas y descubrió, a menos de una milla náutica, un aerostato de rayas rojas y azules, los odiados colores de la Union Jack, un gran dragón dorado pintado en el centro, con las alas abiertas y arrojando su aliento flamígero, y en la barquilla el rombo con la «S» en el centro, el fatídico símbolo de la Serpiente. El globo viajaba unos ochenta metros por encima del mar, impulsado por una suave brisa oriente-occidente. Era un bello espectáculo, sin duda, pero aterraba a los marineros malayos y dayakos que nunca habían visto uno.

–Diles que es una cometa china, que no se inquieten. Cometa grande, con hombres dentro. No hay ningún misterio en ello –le dijo el portugués a Sambliong, quien partió de inmediato a cumplir su cometido.

–¿Qué opinas? –preguntó Sandokán a su hermano blanco. Juntos contemplaron el globo, que se acercaba lentamente a la nave.

–El perdido doctor reaparece.

–Zafarrancho de combate, Yáñez –dijo Sandokán.

Yáñez con un gesto indicó a Parang que hiciera sonar las campanas del barco. La tripulación de inmediato se movilizó descubriendo los cañones y las ametralladoras. Lo mismo parecía estar sucediendo en *El Fulgor* dirigido por Kammamuri y el ingeniero Monteverde.

La decisión de Sandokán había sido extraordinariamente oportuna, porque en ese instante, desde el interior del aerostato, comenzaron a arrojar pequeñas bombas de mano que hicieron su explosión a tan sólo unos metros de *El Fulgor*.

Una tercera bomba de nitroglicerina alcanzó a *El Fulgor* cerca del castillo de proa sacudiendo el puente de mando y matando a uno de los artilleros. El maligno aerostato, en toda su belleza colorida en la tarde resplandeciente, descendía buscando al yate artillado cuyas chimeneas arrojaban densas nubes de humo negro mostrando la terrible energía controlada de sus calderas.

–Ametrállalo, Yáñez –gritó Sandokán.

–Imposible, hermanito, aún se encuentra a mucha altura y distancia –respondió el portugués, dirigiéndose sin embargo hacia una de las ametralladoras que se habían instalado en el castillo de proa. Pero el globo se les acercaba. Otra bomba más sacudió al buque como si una mano gigantesca hubiera dado un terrible puñetazo en las aguas del mar.

Yáñez comenzó entonces a disparar bala tras bala de la ametralladora, aprovechando el descenso leve del aerostato impulsado por una corriente de aire y vio los impactos de sus tiros golpear las canastillas, e incluso contempló claramente cómo uno de los heridos en el globo caía hacia el océano. La pericia del portugués le permitió enseguida corregir el tiro ayudado por Yayu, que le abastecía de municiones. A su lado Old Shatterhand tomaba puntería con su mataosos. El globo se elevó para desaparecer un instante en medio de unas nubes bajas. Durante un par de minutos el portugués esperó con los dedos firmes en el gatillo doble.

–*El Fulgor* está dañado –dijo Sandokán.

En ese momento, el infierno se desató en *La Mentirosa* al explotar en la cubierta principal otra de las bombas de nitroglicerina lanzadas por el globo de sus misteriosos enemigos. Lo último que Yáñez vio fue un cielo cubierto de gaviotas por el que ascendía una monstruosa columna de fuego y creyó ver un segundo globo en el cielo.

XXVI
Duelo en el aire

Sandokán vio a Yáñez volar por los aires e ir a dar al agua. Tiró su rifle y sin pensarlo se lanzó tras él. El portugués se hundía lentamente y el malayo, que había visto donde había impactado con el agua, se hundió nadando tras el cuerpo.

Bajo la superficie todo es más lento, más inexacto y Sandokán buscaba desesperadamente el cuerpo de su hermano mientras profundizaba más y más. De repente y sin quererlo, su brazo tropezó con Yáñez y asió la manga de su chaqueta. Tiró de ella mientras pataleaba buscando el regreso a la superficie. Los dos rostros surgieron de las aguas y los Tigres boquearon desesperadamente tratando de hacer llegar aire a sus pulmones. Yáñez sangraba por una cortadura en la frente y preguntó con una voz fantasmal.

—¿Qué pasó?

—¿Podrás mantenerte a flote?

El portugués negó con la cabeza.

Sandokán alzó la vista y observó como el segundo globo, que llevaba pintada la cabeza de un tigre sobre el fondo rojo, se acercaba al dragón y la serpiente disparando una ametralladora con balas incendiarias.

—Me cago en las sagradas enseñanzas de Mahoma —dijo—. Ese segundo globo es nuestro. Tiene nuestro emblema. ¡Es nuestro!

El globo de la serpiente, de menor envergadura y sorprendido, trató de elevarse para evadir el fuego de las ametralladoras de los barcos y del nuevo enemigo.

Sandokán estaba empezando a agotarse, el peso del portugués era materia muerta que tiraba hacia el fondo del océano, mientras en el cielo el estruendo y el fuego creaban un espectáculo de una terrible belleza.

Finalmente el globo del dragón y la serpiente, muy dañado por los impactos de las ametralladoras y el fuego que le hacían desde el dirigible del tigre con fondo rojo, comenzó a desplomarse incendiándose. Su barquilla cayó a unos cuantos metros de donde se encontraban los Tigres. Sandokán miró a Yáñez que empezaba a reponerse y trataba de flotar.

—¿Resistirás?

Yáñez pareció asentir. Y entonces Sandokán sacó su kriss de la faja y nadó vigorosamente hacia donde había caído la barquilla.

—¡Espérame! —gritó el portugués aún atolondrado por la explosión, pero nada podía detener al malayo.

Una lancha de *La Mentirosa* se acercaba con sus tripulantes bogando furiosamente hacia donde estaba Yáñez. Remaban como si fueran al infierno, la idea de perder a los dos Tigres era insoportable. Poco después llegaban hasta Yáñez y lo izaban a bordo.

—Diríjanse hacia donde cayó el globo del dragón, hacia allá fue Sandokán —pidió el portugués poco antes de desvanecerse.

La barquilla parcialmente en llamas aún flotaba, pero no había huellas del príncipe malayo. Durante unos segundos todos contemplaron el mar esperando una señal. Repentinamente el Tigre Rojo emergió del fondo escupiendo agua a unos metros de la lancha. Sandokán traía en una mano, tomada por el pelo, algo que se asemejaba a la cabeza del Doctor Moriarty.

XXVII
¿Se puede matar a un mito?

Había llegado la hora de las despedidas, como en esas canciones mala-
yas de amores imposibles, todos simularon que no sería para siempre,
que sus destinos se volverían a cruzar, que el pasado concentrado en
aquellos dos meses era tan fuerte que sería inolvidable, y que nunca se
curarían las peores nostalgias, las de las lejanías de los amigos. Algo habría de eso.

Yáñez y Sandokán decidieron que mientras que *La Mentirosa* no
había sufrido más que daños superficiales, *El Fulgor* necesitaba reparaciones importantes. Había que llevarlo a un puerto lejos de aquellos mares, donde el yate no fuera conocido, para ponerlo en forma. Ese viaje
serviría para dejar en tierra firme a los que se separaban.

Old Shatterhand quería volver a Alemania y contarle las historias
del Índico a su socio Karl May; Adèle con pasaporte nuevo intentaría
llegar clandestina a Londres, donde se estaba reuniendo el exilio comu-
nero.

Los Tigres decidieron que el lugar más seguro era Port Arthur en
Rusia. Sambliong estaría a cargo del barco y se llevaría con él a Dingo y
a Ranjit y sus *sikhs*. Soares volvía a París a proseguir sus estudios en el
barco, tras haberle enseñado a Monteverde los manejos del dirigible.

Se quedaban en *La Mentirosa* Yáñez y Sandokán con Kammamuri y el doctor Saúl, Kim, Yayu y los gemelos javaneses, el enano Pinga
Puagh, la pantera Bah, a la que parecía empezar a gustarle la vida a bordo y la dieta de pescado, y la perra muda.

Hubo salvas en ambos barcos al despedirse y se izaron las banderas del Tigre bajo fondo rojo, sólo para ser sustituidas poco después. *La Mentirosa* volvía a ser un yate mexicano, y *El Fulgor* un yate con bandera prusiana. Pañuelos en el aire a la europea, y rítmicos golpes con las culatas de los rifles en la madera de la cubierta. Durante un tiempo, los pasajeros de ambos barcos se vieron alejarse y luego desaparecer.

Kammamuri se dedicó a la pesca, mientras Yáñez y Sandokán jugaban ajedrez, pero el portugués no parecía concentrarse.

—¿Y ahora a dónde vamos? —preguntó de repente Yáñez.

—Tendríamos que salir durante un tiempo de estas tierras.

—Podríamos volver a Mompracem

—¿Estás pensando en reconstruir Mompracem? Podríamos conseguir ingenieros militares franceses...

—No podemos reconstruir Mompracem, los monstruos de acero holandeses o ingleses la harían pedazos, la reducirían a polvo en meses. No hay fortaleza que resista sin apoyo exterior un par de semanas de cerco y cañoneo. Mompracem es algo del pasado, hermano.

—¿Sueñas por el placer de soñar?

—No me has entendido, Tigre. No quiero reconstruir una pequeña fortaleza en aquel islote que se llamaba Mompracem, quiero reconstruir la idea de Mompracem, el mito de Mompracem, la leyenda de Mompracem: la isla de los hombres libres en un océano de amos y de esclavos. Esa isla por la que suspiran los mejores hombres de los mares Índicos.

—¿Dónde? Tú lo dijiste. No hay lugar en estas tierras en el que podríamos permanecer seguros por mucho tiempo. Si sobrevivimos, lo haremos enmascarados, simulando que somos otros, sin tierra.

—Hay dos posibilidades y a ellas me he dedicado estos días. He puesto a trabajar mi cabeza, hermanito, como nunca, ¿no has notado que salía humo a veces de ella?

—Creí que era por esos apestosos cigarrillos toscanos que le robaste al conde italiano en el casino de Goa.

—¡Dos posibilidades! —dijo Yáñez e hizo una cabriola sobre el puente mientras sacaba la lengua.

Sandokán lo miró sorprendido: Yáñez no hacía bromas a costa de sí mismo, pero por más que lo intentó no logró sacarle palabra. *La Mentirosa* tomó rumbo a los Estrechos. De ahí podía subir por la costa malaya, hacia Singapur, Indochina o la propia China o virar hacia el oeste, hacia la India o más allá, hacia África.

No existen los finales definitivos como bien sabía Richard Wagner, sino los preludios de nuevos finales, pensaba Yáñez de Gomara aquella noche mientras fumaba a la luz de la luna. Aspiraba profundamente y se llenaba los pulmones y luego la boca del sabor del tabaco holandés y su aroma.

Fue entonces, con luna llena, cuando una flotilla británica a la que se habían sumado dos veleros españoles y un crucero holandés apareció en el horizonte, delatada por el humo y los chisporroteos de sus calderas. Los reflectores de los barcos parecían haber captado al yate de los Tigres.

Sandokán también se había dado cuenta. Parecía que esa noche nadie podía dormir.

—Está interesante. Parece ser que hemos agitado el avispero. ¿Cómo vamos a salir de esta? ¿Cuántos son? ¿Cuatro o cinco?

—Con terquedad. Ya verás, hermanito —dijo Yáñez, y sus dientes brillaron en la oscuridad en una diabólica, amorosa, solidaria y fraternal sonrisa—. O con velocidad. El caso es que esos pobres imperios regidos por bobos no pueden matar a un mito.

Ciudad de México, febrero 1998 / Gijón, verano del 98 / Ciudad de México, primavera del 99 e invierno de 2001 / Ciudad de México, 2002 / Gijón, enero de 2003 / Ciudad de México, fin de 2003 y fin del verano de 2006 / Guadalajara, noviembre–diciembre 2006 / Ciudad de México, invierno 2008, primavera y verano 2009.

FUERA DE LA NOVELA

1) Sobre algunos materiales aparecidos en este libro

El poema que lee Blanche-Adèle-Marguerite pertenece a Louise Michel y está dedicado a Rochefort, fue escrito durante su viaje a la deportación en Numea. Y sí, la anécdota de que Louise Michel llevó un órgano hasta una de las barricadas de la Comuna de París es cierta.

«Siempre hay multitud de pequeños detalles estúpidos para apartar la vista de los grandes problemas» es una cita de mi amigo, hoy difunto, el novelista holandés Nicholas Freeling.

Los proverbios chinos de Yáñez son auténticos.

Federico Engels escribió *El papel del trabajo en la transformación del mono en hombre* en 1876. Si usó o no las notas de Yáñez lo desconozco, aunque hay abundantes menciones a los orangutanes en el texto.

El fantasma que recorre el Índico se inspira sin temor y con fervor en la introducción del *Manifiesto Comunista* debida al propio Engels y a su amigo Carlos Marx.

Obviamente el tigre poético que cita Yáñez es el *Tiger, tiger* del místico, poeta y grabador William Blake, muerto en 1827. Los grabados de John Tenniel, George de Maurier y Gustave Doré son reales. Y sí, Monteverde pudo haber leído *20 mil leguas de viaje submarino*, de Jules Verne, publicada en 1869.

Todo lo que sé sobre barcos del siglo XIX lo aprendí en *L'encyclopédie des bateaux* de Chris Marshall, en *The Complete Encyclopedia of Warships* de Batchelor y Chant y en *La Marina da Guerra* de Giovanni Santi-Mazzini.

Stefan Hyner (en la novela conocido como Old Shatterhand) existe en la *realidad real*, es un excelente poeta alemán y gran amigo. Sin embargo el odio contra las blasfemias de Old Shatterhand no es cosa de él ni mía, se encuentra relatado en el tomo 25 de las novelas de Karl May publicadas por la editorial Molino.

Obviamente el Doctor Moriarty, archienemigo en otras vidas de Sherlock Holmes, no me pertenece totalmente, el nombre y la descripción son hijos de la pluma de Arthur Conan Doyle. Y resulta imposible que Holmes lo haya definido en el tiempo en que suceden los hechos aquí narrados, porque las historias holmesianas, en algunas de las cuales aparece Moriarty, suceden en la última década del siglo XIX (un total de cincuenta y seis cuentos y cuatro novelas). Naturalmente el Doctor de alguna manera sobrevivió para reaparecer en Londres muchos años más tarde.

«El éxito/ de todos los fracasos. La enloquecida/ fuerza del desaliento» es un fragmento del poema del hermano de sangre de mi padre, el poeta español Ángel González, titulado «Para que yo me llame Ángel González».

La idea del Hombre Ilustrado obviamente no es mía, le pertenece a Ray Bradbury, yo sólo elaboré su versión dayak.

Para efectos de esta narración he adelantado la erupción del Krakatoa o Krakatau, que se produjo en 1883, siete años después de los acontecimientos que se narran; lo mismo he hecho con el arribo de las plantas de caucho a Malasia, que sucedió unos cinco años después, aunque la esencia de la historia es la misma. Otro tanto he hecho con la fundación de la British North Borneo Chartered Company, que se producirá realmente en 1878 y que sólo actuará en la zona costera del norte y este de la isla. En 1882 Sandakan se convertirá en la primera capital del norte del Borneo británico, curiosamente del nombre de la ciudad tomará Salgari el de su personaje central. El St. Stephen's College fue fundado en 1881 y desde luego no admitía a nativos, o a mestizos.

La entrevista con Kipling no pudo haberse producido. Rudyard Kipling, nacido en Bombay, en el momento en que se produce esta narración tiene once años, más tarde estudiará en Devon y no regresará como periodista a la India hasta 1882.

Dentro de la conflictiva cronología de la saga he actuado con bastante fidelidad, pero sin exagerarla, para hacerla aún más imposible; he hecho enviudar a Yáñez y crecer a su hijo Soares más que deprisa, para que pudiera ser un estudiante de aeronáutica.

2) La saga de los Tigres de la Malasia

He renunciado a establecer la saga literaria de los Tigres de la Malasia, dejo a los académicos la labor, porque Salgari reescribió varios de sus libros, que aparecieron primero en versiones periodísticas, todo ello mezclado con apócrifos y para hacer todo más complicado, las ediciones en que los leí en mi infancia cortaban muchas veces un libro en dos y cambiaban los títulos sin dar referencia al título original.

Parece que entre 1887 y 1913 Emilio Salgari publicó once libros que constituyen su saga malaya. Todo se origina en *Los misterios de la jungla negra* (publicada en un diario), donde aparecen Tremal Naik y Kammamuri, origen de la serie, aunque no de los personajes principales. Seguirían *Los Tigres de la Malasia*, publicado como libro en 1902 donde aparecen Yáñez y Sandokán, Mompracem y su archienemigo lord Brooke, así como Mariana Guillonk, a las que seguirían: *Los piratas de la Malasia, Los dos Tigres* (1904), donde se cuenta el enfrentamiento contra los thugs; *El rey del mar* (1906), una secuela de la anterior, con el misterioso hijo del jefe de los thugs como personaje secundario; y *A la conquista de un imperio* (1907), donde Yáñez se hace de Assam. Luego siguieron: *La venganza de Sandokán, La reconquista de Mompracem, La caída de un imperio*. Tengo mis dudas sobre la autoría de *La venganza de Yáñez* (*La rivincita de Yanes*, de 1913) y también publicada en español como *En los juglares de la India* y *El desquite de Yáñez*, donde se recupera Assam.

La saga tendrá continuidad en las novelas escritas posteriormente por Luigi Motta: *El cetro de Sandokán*, que incorpora a Van Horn y al maligno Lu Feng, *La gloria de Yáñez* y *Adiós, Mompracem*, que además de incluir la aparición de un submarino (cosa que era imprescindible en la serie después de Verne) da final a Sandokán cuando vuela Mompracem consigo mismo ante la enésima ocupación de la isla por los ingleses. Otras versiones escritas con el permiso de sus hijos, supuestamente sobre manuscritos inacabados de Emilio, serían *El fantasma de Sandokán* de Giovanni Bertinetti y *El hijo de Yáñez* de Emilio Fancelli (del que se decía que terminó en México combatiendo con Pancho Villa y que murió pobre).

Índice

SEGUNDA PARTE

MOMPRACEM